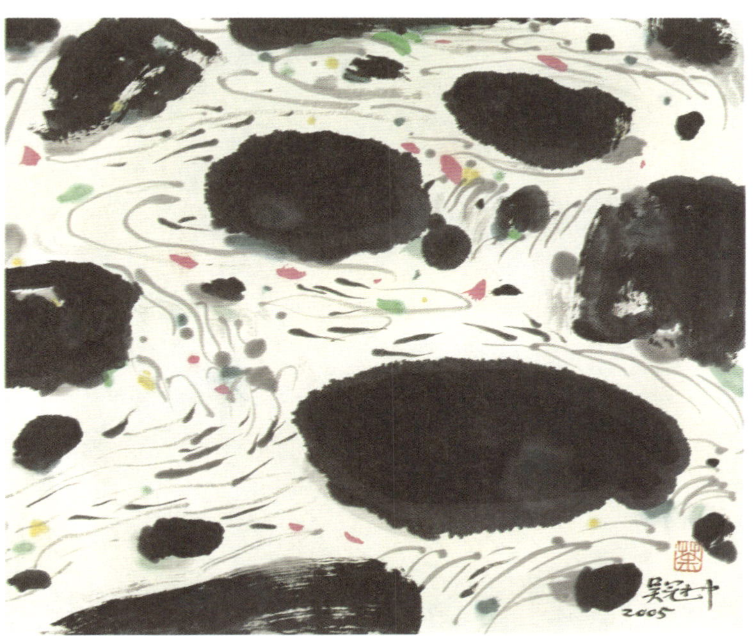

心就像和平的蓝天，就像无猜的童年；眼前出现了一泓春水，闪着无数宝石一样的光斑，轻轻拍打着寂寥的堤岸。

史铁生 作品
吴冠中 配图

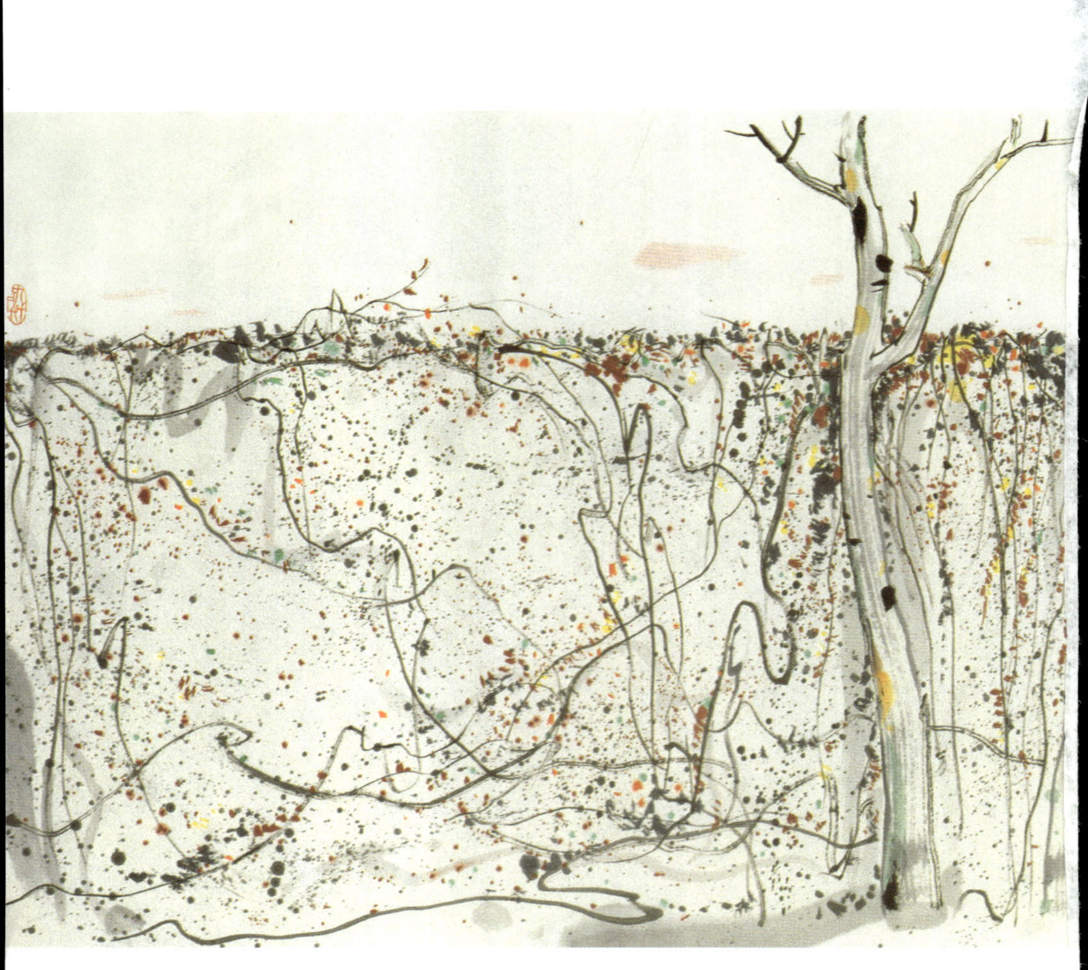

秋风起了，吹黄了小路两旁的草丛，吹谢了草地上的野花，吹光了小树林的茂叶，吹去了小公园里甜蜜的夜晚……

如今想来，那只是一场梦。

吴冠中2000

海棠树的叶子落光了，没有星星。世界好像变了个样子。每个人的童年都有一个严肃的结尾，大约都是突然面对了一个严峻的事实，再不能睡一宿觉就把它忘掉，事后你发现，童年不复存在了。

方圆几百上千里的这片大山中，层峦叠嶂，沟壑纵横，人烟稀疏，走一天才能见一片开阔地，有几个村落。荒草丛中随时会飞起一对山鸡，跳出一只野兔、狐狸或者其他小野兽。山谷中常有鹞鹰盘旋。

天马行空
2006
吴冠中

人人都称赞他那三弦子弹得讲究，轻轻漫漫的，飘飘洒洒的，疯癫狂放的，那里头有天上的日月，有地上的生灵。老瞎子的嗓子能学出世上所有的声音，男人、女人、刮风下雨，兽啼禽鸣。不知道他脑子里能呈现出什么景象，他一落生就瞎了眼睛，从没见过这个世界。

漫天大雪，灰暗的天空连接着白色的群山。没有声息，处处也没有生气，空旷而沉寂。……天地之间蹿动着一个黑点。走近时，老瞎子的身影弯得如一座桥。他去找他的徒弟。

倘做鸟瞰，就会相信这是多么精妙而且必要的设计，试想若抹去这些纵横交错层层盘绕的格子会怎么样呢？兴致勃勃的人群定会突然呆若木鸡，瞬息失却其全部秘密。那是上帝和他的仆人的一个棋局。

逻辑告诉我，每一个窗口里都活着一个故事，一排排一摞摞的窗口里，是很多很多种愿望的栖息之地。

教堂尖顶的影子伸来，像一座桥，

像一条荒凉的路。

太阳更低垂了些，给你的感觉是它在很远的地方与海面相碰发出的声音一直传到这里，传到这里只剩下颤动的余音；或许那竟是在远古敲响的锣鼓，传到今天仍震震不息。

夏天的玫瑰

史铁生 著

插图珍藏版

CNS
湖南文艺出版社
HUNAN LITERATURE AND ART PUBLISHING HOUSE
博集天卷
CS-BOOKY

目录

Contents

法学教授及其夫人 001

午餐半小时 009

没有太阳的角落 015

“傻人”的希望 030

黑黑 039

小小说四篇 055

巷口老树下 063

夏天的玫瑰 071

老人 081

奶奶的星星 090

来到人间	125
命若琴弦	145
我之舞	169
小说三篇	198
一种谜语的几种简单的猜法	225
钟声	257
别人	270
老屋小记	289
死国幻记	310
两个故事	330

小小说七篇 340

猎人/算命/为无名者传/
听妈妈讲那过去的事情/何宅/
历史/不治之症

法学教授及其夫人

“之死”在这里是一个专用词，那是法律系解教授和他夫人陈谜的外号，前者为“之死先生”，后者是“之死夫人”。就连他们的独生子也这样叫。两位老人也不免为之尴尬，但所幸的是只有熟人才这样叫，而且叫起来也并无恶意。

解教授身材高而且不瘦，脸上的表情总是很认真。他觉得自己一辈子不曾欺骗过任何人。他常说，他是研究“法”的，“法”就其维护真理、伸张正义的本质来讲，是最光明正大的事业，从事这一事业的人，本身就不能有任何一点点欺骗行为。

陈谜个子小而且不胖，一张孩子般小而圆的脸上，布满了皱纹，看上去很善良。她认为自己一辈子不曾被任何人欺骗过。她常想，不欺骗人固然很好，但如果总觉着自己被人欺骗了，岂不把别人想得太坏？岂不也等于欺骗人？

曾有过一位朋友，向这两位老人借了三十元钱，不知是因为遗忘还是有意，竟一直没还。解教授皱皱眉毛，说：“这不好，三十元钱我们可以白送，如果他需要。但欺骗……不好。”陈谜立刻像受了什么冤屈似的反驳："倘若人家有钱，人家就会还；人家不来还，就说明人家实在是有困难。你怎么能这样想？"解教授欣然同意了妻子的正直，并且由衷地感到惭愧。这以后，两位老人甚至不敢登那位朋友的家门了，因为怕人家以为是来讨账，那样岂不既有被骗之嫌，又有骗人之嫌么——这是他们的独生子当笑话向别人讲的。

这样两位老人，何以竟有"之死"这样一个不好听的外号呢？据说那是在公元一千九百六十九年得来的。

在一个有风的下午，两位老人去参加一个斗争"走资派"的大会。原来的学校党委书记弯着腰在台上站了六个多小时，头上还流着血，血还把白头发染红了。陈谜看着看着，忍不住哭出了眼泪。散会后，在回家的路上，好心的同志对她说："要是心里难受，就回家哭，在会场上哭，你真是老糊涂了。"陈谜顿时惊得站住，眼睛愣愣地瞪着，嘴里说道："哎呀哎呀，啧啧啧……"仿佛彻悟了世间的一切。

待她总算走回家，把这事告诉了解教授。解教授平生第一次像做了贼似的看着妻子，半晌才说："这，这可是明目张胆的同情……"两位老人晚饭没吃，觉也不睡，背着独生子，商量该如何澄清一下"事实"。

"你不能说你是想起了别的什么辛酸事么？"

"那不是欺骗吗？再说，那样人家会说你是不认真参加政治活动……你看我是不是说沙子迷了眼？"

"那也没人信，沙子怎么会一下子迷了两只眼，你不是两只眼睛都流了泪吗？……我看你可以说你有'见风流泪'的毛病。"

"对对对！我年轻时还真有过'见风流泪'的毛病，不过现在好了，不过这也就不算欺骗了。"

"你还得强调一下，你根本不是哭，确实是……"

“对对对……”

半夜，陈谜去敲了临时革委会主任的家门，对主任说，她年轻时就留下了“见风流泪”的毛病。本来她还想说，在斗争会上她根本不是哭，但灵机一动想到，那岂不是“此地无银三百两”？就没说。主任莫名其妙了，以为陈谜年轻时留下的大约是“梦游”的毛病，便一直把她送回了家。

“她为什么一直送我回家？还总是这么紧拉着我？”陈谜对尚未睡下的解教授说。两位老人都心惊肉跳了。

天还没亮，陈谜又到了“造反司令部”门前。一个多小时以后，她对第一个来开门的造反派说，她年轻时留下的“见风流泪”病到今天确实还不见轻。那个造反派戴个黑边眼镜，仔细看了看陈谜因彻夜未眠而发红的眼，认为她定是走错了地方。因为校医院是在“造反司令部”的旁边，他把她指引到校医院的眼科门诊室去了。

“莫非真要让我检查眼睛？”她想着，在眼科门诊室前战战兢兢地徘徊，渐渐她感到半身麻木，头晕目眩，直到摔倒在地为止。

就这样，陈谜得了脑血栓，偏瘫了。看过契诃夫的小说《一个官员之死》的好心人，便给解教授夫妇取下了“之死”这样一个不好听的外号，并且不怀恶意地叫他们。陈谜听了感到尴尬，但却也感到幸运：没有追究她眼科检查的结果。从此以后，她处处谨慎小心，强令自己的感情紧跟形势，再没犯错误。解教授也为此事感到难堪。从那时起，他觉得在他与别人之间，别人与别人之间，甚至自己与自己之间，欺骗出现了。

一个不曾欺骗过任何人，一个不曾被任何人欺骗过，两位老人和谐地度过了几十年，活到了六十岁，活到了二十世纪七十年代中期。这真正是个风雷激、云水怒的时代，一切都要变。

解教授在家里常常看着看着报纸便骂出声来："狗屁不通！"可到了教研组的读报会上，却一言不发。他岂不是变了？变得欺骗了？有时，解教授的老朋友来家聊天，或是独生子的同学来家谈事，陈谜——她的半身不遂大有好转了——总是不厌其烦地说："小点儿声，小点儿声，无论说什么都要小点儿声。"然后，她就战战兢兢地走上凉台，战战兢兢地四下张望。虽然四周什么事也没发生，但她战战兢兢的毛病算是留下了，那或许是半身不遂的后遗症。陈谜岂不是变了？变得多心了？独生子也变了，他有什么事都瞒着二老，他害怕二老的诚实。就是两位老人之间和谐的关系也变了，变得常拌嘴了。解教授说："民族将亡，我还有什么可活！"陈谜央告："你就小点儿声吧，老糊涂了？"解教授生气地拍桌子："你才老糊涂呢！"陈谜便在床边愣愣地坐下，叹一口气，觉得世间的一切总不能彻悟。

一切都要变。到了一千九百七十六年春，一个巨变降临在解教授家：独生子——他们一向认为还是个孩子的独生子，在天安门事件中被抓进了监狱。解教授捶胸顿足地发怒，陈谜抽抽搭搭地啼哭。

解教授拍着桌子喊："悼念周总理何罪之有？"

陈谜哆哆嗦嗦地关上窗户说："哎呀哎呀，啧啧啧……你就小点儿声吧！"

解教授气愤地来回踱步："宪法规定，人民有言论自由！有集会、游行的自由！这样抓人是违法的！"

陈谜坐在角落里："哎呀哎呀，啧啧啧……可言论自由、集会和游行的自由只给人民，不给敌人呀，你不是也这么说嘛。"

解教授一愣，马上说："我们的儿子不是人民吗？"

"可自从他在天安门自由言论了之后、自由集会了之后，人家就不承认他是人民了，还给不给他言论的自由、集会和游行的……也就难说了。”

“什么？”解教授完全愣住了。

“唉，这孩子真不听话！用自由的言论把言论的自由给弄丢了，要不自由言论，本来他可以永远言论自由，也就还是人民。可这自由言论了之后，之后，之后人家就有理了，你说人家这还违法吗？”陈谜巴望丈夫给她一个满意的回答。

但解教授一下子跌倒在椅子上，呆呆地望着妻子，默默地听着角落里的啜泣声。许久，许久，他一动不动。

陈谜害怕了，叫一声：“解……”

“谜，”解教授慢慢地说，“我教了一辈子法律，却一直没发现这个毛病。这毛病，就出在——什么样的人是人民，什么样的人是敌人，没有一个严谨的法律标准，而是由那些凌驾于法律之上，逍遥于法律之外的人说了算，法律在这儿成了装饰……给瞎子戴一副眼镜，给哑巴的嘴上吊一个扩音器，却要把能看的眼睛挖掉，把能说的嘴巴缝上……”

“你，住口！”陈谜腾地站起来，惊叫道，“你疯啦？儿子还没出来，你也想进去吗？你老糊涂了！”

解教授严肃地说：“不，我老明白了。你也并不糊涂，你是被法西斯式的镇压吓出毛病来了。”解教授平生第一次用负疚的目光看着妻子，“你被欺骗了，真的，欺骗你的，也有我。”

陈谜不说话了，她想：“再说下去，不知老头子会说出什么来，反正说什么也没用了，儿子毕竟是坐了牢，老头子要是再……”她战战兢兢地走上凉台，战战兢兢地四下张望。她那小而圆的脸上布满了恐惧的皱纹，因为她看见不远的地方有一个穿红衣服的人，那人要是听见老头子刚才说的话可怎么办？……

这之后，解教授整天埋头于马列著作、毛主席著作以及其他参考书之中了，他开始重新研究他的“法”。陈谜埋怨他不关心儿子，他说：“这不是儿子一个人的事。”

这之后的若干天内，陈谜都是在战战兢兢和抽抽搭搭中度过的。她白天想儿子，夜里就梦见儿子，眼边的皱纹没有了，代之以一片发亮的红色。

有一天她梦见儿子被打断了腿，哭着喊妈妈。第二天，她决心写一封信说明儿子的情况。写什么呢？写儿子只是悼念周总理，并没干别的？不行，这岂不又是“此地无银三百两”？写儿子并没烧汽车，只是在一边看着？也不行，看着为什么不制止？要不，光写儿子不懂事？还是不行，不懂事怎么懂得反王张江姚？……再不，只写儿子身体不好，请别打得那么厉害？更不行，这岂不又成了明目张胆的同情？唉，可怎么写呢？再说，写给谁呢？写给毛主席？不行，怕落在江青手里。写给党中央？也不行，王张江姚正得势哪。写给市委？唉，天安门抓人打人，市委又不是不知道……她忽然眼睛一亮，写给法院！告那群坏蛋！但她的目光马上又黯淡了，目前的法院似乎只管离婚，政治案件只有刚才想过的那几个地方能管，可那又都不行。唉，怎么办呢？陈谜战战兢兢地走上凉台，望着蓝色的天空，她仿佛听见棍棒打在骨头上的声音，不由说道：“老天爷保佑吧！”待她说出这句话时，不由浑身一抖，心想：“这样的话我怎么竟在屋子外面说出了口？要是让别人听了去，会说我是宣传迷信的，会说我是妄图复辟封建……”她急忙翘首四望，不远处又是那个穿红衣服的人。陈谜小而圆的脸上出现了死人般的皱纹。她急忙跑回屋里，跑到解教授跟前，说：“哎呀哎呀，我刚才又说了一句错话，办了一件错事，而且，而且肯定被人听去，报，报告了。”一阵半身麻木头晕目眩，她的脑血管里又有了栓塞。

陈谜病倒了，住在医院里，在她神志最不清醒的时候，她也没呼唤过儿子，因为在她的大脑里铭刻着一个逻辑：真心话绝不可在家门以外的地方说。在她心里最明白的时候，她也总觉得自己是住在眼科病房里，人家要来检查她的“见风流泪”，新账老账要一起算了。无论解教授怎样安慰她，怎样向她解释，她都是将信将疑。

一切都在变，到了一千九百七十六年秋，似乎一切都已经变了。十月九日晚上，当解教授激动、兴奋地来到医院里，把那个好消息——“四人帮”被逮捕了——小声告诉陈谜的时候，她惊吓得赶紧捂住了丈夫的嘴。只是在值班护士向她证实了这一消息的时候，她才把手从解教授的嘴上拿开，急切地要听下文。

陈谜已经有十几年没扑在丈夫怀里哭了，如今这老夫妻又重温了一次年轻的梦。她尽情地哭着，时而又像孩子那样擦着眼泪微笑。

陈谜抽抽搭搭地说：“哎呀，这回可有办法了，有办法了，儿子出来时我也出院。穿红衣服的……也不怕了。”

解教授紧捏着妻子的手，说：“这些日子我在偷偷地写一篇论文，题目是《社会主义的民主与法制》。”

陈谜又有些惊慌：“你可先别，先别瞎写什么哪，再看看……等儿子出来，就挺好的了，可别再……”

解教授听了，沉吟了许久，之后，不明不白地说了一句：“谜，我这辈子对不起你，不过我也是刚刚……我们有个好儿子。”

过了几天，陈谜的身体好多了。在一个有风的下午，她出来走走。风不知从哪里吹来了一句话，吹进了她的耳朵。她顿时惊得站住，眼睛愣愣地瞪着，嘴里说着：“哎呀哎呀，啧啧啧……”仿佛又一次彻悟了世间的一切。

陈谜战战兢兢地溜出医院，战战兢兢地溜回家来。

“你怎么啦？”解教授赶紧扶住歪歪斜斜扑进家门的陈谜。

她哆哆嗦嗦地关上窗户，抽抽搭搭地说：“儿子恐怕还不是人民，我听人说了，在‘四人帮’打倒之前，儿子就自由言论……唉！‘四人帮’打倒之前，自由言论之后……恐怕儿子还是‘反革命’。这之前……那之后……之前……之后……”

“之死！”解教授第一次说出了这两个字，而且是异常气愤地，而且是对着他的“之死夫人”。

陈谜却充耳不闻，急着说她的：“你可别写什么了，把写的烧了吧……”她冲到桌前，抓起写满字迹的稿纸，一看，上面竟也有“老天爷”三个字。

解教授让她回忆一下《国际歌》，于是轻轻地唱道：“从来就没有什么救世主，也不靠神仙皇帝……”然后又说：“也不靠老天爷。”

陈谜“啊！”地惊叫一声，向后倒去。

解教授抱住她的时候，她的目光正在黯淡下去，黯淡下去……“老天爷！”她喃喃地说，目光最后一闪，又像是希望着什么。

“之死夫人”带着她那胆小而混沌的灵魂死去了。“之死先生”再生了。解教授要用勇敢去捍卫诚实，要用民主和法制去捍卫真理。

死去的妻和狱中的儿，消灭的妖和还魂的鬼……怎样才能保证这一切不重演呢？——诸位看官，解教授为陈谜送葬的时候，想的就是这些。

一九七八年十月

午餐半小时

“轧轧轧”的缝纫机声骤然全停，世界轻松了下来。暖洋洋的太阳从倚里歪斜的小窗户里照进来，光柱中飘着无数飞尘。人们纷纷伸懒腰、打哈欠，互相瞧瞧，张张苍老而呆板的面孔都像是融化了，从眼窝和嘴角现出淡淡的笑来。半小时午餐时间到了，喘口气的时间到了，尽情笑骂一阵子的时间也就到了——这是照例的规矩，就像是西方的愚人节。

最幸福的人就在于他们有一种天赋——自行其乐。“什么叫福分？你他妈觉着是福分，那就是福分，嘁！”这理论是熨活儿的白老头嚼着馒头夹臭豆腐时发明的。至于是谁热情传播的却搞不清，反正所有的人都信服。也许这理论与阿Q的精神胜利法相近，可总共这八个半人（有一个双腿瘫痪的小伙子只能算半个人）谁也不知道阿Q是什么，倒是有人知道鲁迅。为了他是否也住在中南海，大伙儿昨天刚刚探讨过，尽管那个瘫痪小伙子表示了不同意见，但最后大伙儿还是同意了白老头的见解：那么有名的人，还用说？嘁！

搪瓷缸子响了一两阵，这间低矮的老屋里弥漫着浓厚的韭菜馅味儿。“搁了几毛钱肉？”“肉？哼，舌头肉！”于是世界又是那么安静了。别忙，逗闷子的合适话题眼下还没找到。

后窗户外传来汽车急刹车的声音，人们一齐停止了咀嚼，支棱起耳朵。“活腻啦！”——准是什么也没轧着；又一阵发动机的隆隆声，汽车开远了。序幕也就拉开了。

“昨天下班，”眯缝着两只小圆眼睛的夏大妈向前探了一下脖子，急忙把嘴里的一块烙饼咽下去，“昨天下班，”她又赶紧喝了口水，做了一次深呼吸，“昨天下班，差点儿没把我吓死，走着走着，脊梁后头就是这么一响。”

“妈呀！怎没把你噎死呢！”坐在对面的“小脚儿”掰了一块菜包子扔进嘴里，“就这点儿屁事，我还当你捡了个金刚钻呢。”她撇一下嘴，转过脸去，右腿搭在左腿上，四五寸长的缠足得意地摆动几下。

瘫痪的小伙子边吃边扒拉着算盘：“夏大妈，您这月半天事假，半天病假，扣您九毛二。”

“我回头一看，”夏大妈接茬说，“胡同这么窄，汽车这么宽，我可往哪儿躲？我这个跑呀……要是你那两只宝贝脚，非给汽车打眼儿，没治儿。”她瞅空报复了“小脚儿”一句。“赶我跑到胡同口，汽车才开过去。几个小学生说是‘红旗’；光听人说红旗车，可咱压根儿也不知道什么样的算红旗车，你说……”她在腿上拍了一巴掌，似乎颇为没能把红旗车看个仔细而遗憾。

众人听到“红旗”都肃然得没有了笑声，只有白老头不以为然地“嘁！”了一声说道：“你可真算白活。红旗车？个儿大！漂亮！窗户上的玻璃枪子儿打不透，德国造儿，全那样！”他的目光和瘫小伙子的目光相遇了，于是又补充道：“眼下中国也试验成功了，坐那车的全是中央的名人，早年马连良……”听见瘫小伙偷偷地笑，白老头含糊了。

然而“小脚儿”却独自哧哧地笑了起来，众人越是骂她“疯老婆子”，她越是笑得前仰后合了。

“叫车，叫车！这儿疯了一个！”白老头一本正经地朝门口跑去，“今儿早晨一来，我就看她屁股不像屁股，脸不像脸的了……”

“白大爷，一天事假，俩半天儿病假，扣您一块八毛五。”瘫小伙儿又算清了一笔账。

“扣吧扣吧，省得钱多贼惦记。”白老头在门旮旯蹲下来，慷慨地说，眼睛却仍旧看着“小脚儿”，一脸得意而狡猾的笑。

“小脚儿”终于止住了笑，却打起嗝逆来：“呃！刚才这老东西说我，”她戳了夏大妈一指头，“呃！我非给汽车打眼儿不可，呃！我要是给红旗车打了眼儿，可他妈算我造化了，呃！消消停停一躺，来俩勤务兵伺候我，吃香的喝辣的，呃！”

“您还抽点儿什么不？”白老头眯缝起眼睛凑过来，脸上又换了一副恭维的神情。

“呃！那是！”“小脚儿”斜扫了白老头一眼，板起面孔。“白老头子——哼！到那咱我还未准用你呢；白老头子！买两条中华过滤嘴儿去。”

“喳！”白老头应道，随即抓起“小脚儿”的手，认真地号起脉来。“您是醒着呢吗？”他又说。

“小脚儿”搡了他一把：“怎么着？他撞了我！”瞧她的意思，仿佛“造化”绝不是什么难事。

“就冲您这把糟骨头？还消消停停一躺呢？是消消停停一躺——在太平间，要不火葬场。”白老头撅断一根火柴，不紧不慢地剔着一嘴黄牙。

“小脚儿”圆睁着眼睛没了词儿，事情真有点儿窝囊了。“我死了有我儿子呢！”她忽又来了精神。

“儿子死了还有孙子，子子孙孙是没有穷尽的，这山挖一点儿就会少一点儿，有什么挖不完呢？三七二十一，三下五除二……”瘫小伙子念经一样地自言自语，头不抬，眼不斜，清理着账目，咬着半拉火烧。

“你儿子怎么着？”有人感兴趣地问。

“他得给我儿子找房结婚！我儿子三十二了，对象二十九了，着哇！”“小脚儿”眼睛都亮多了，虽说菜包子滚到了地上，“这回算抄上了！房管所那破房咱还是看不上了，得他妈给我一个单元，有厨房有厕所的。我儿子儿媳妇住一间，我自个儿住一间……”

白老头捅捅她：“我提个醒儿——你可早让车撞死了。不要紧！那间房我替你住着，将来还能给你看看孙子什么的。”他又耸耸鼻子，大约流些眼泪也容易：“你就算积了阴德，下辈子准托生只好东西。”

有人刚要笑，可是话又被另一个老太太接了过去。说是老太太，其实也并不怎么老，不过是拔了满口的牙一直没镶上，外加有点儿哮喘。嗓子里的“小哨儿”一响，她说道：“不知怎的！让汽车撞着也分个命好命歹。我们老头子地震那年让车撞折了腿，是农村的手扶拖拉机撞的，你讹谁去？开车的穷得叮当响，怪可怜的……可我们老家有个傻丫头去年让一辆‘上海’撞死了，怎么着？一千块钱！一千哪！才是辆‘上海’……”

众人的眉毛都皱成八字，嘴张得唯恐不圆。这儿再没什么开玩笑的意思了，每个人都放慢了咀嚼的频率，似乎盘算着什么。一时老屋里颇有些寂寞，就连白老头脸上也没有了狡猾的笑纹。

“罗婶儿病假三天，扣您两块七毛七。”唯瘫小伙子例外。

“要是我，”被称作罗婶儿的说，“我就不要那一千块钱，多少钱也有花完的时候，我让他们给我找个正式工作，或者给坐‘红旗’的他们家当保姆就行。我们有个老街坊，不知哪辈子积了德，在一个大干部家当保姆，人家顺手给你点儿什么破的旧的，用不着的，吃不了的，就他妈够你一发。当然，给我分个正式工作也行……”

众人眉间的竖纹一齐消失，可以算茅塞顿开。

“要不还得说是现在好？”专管钉扣子的卢奶奶从老花镜上头挑着一只眼（对了，她只有一只眼）看着大伙儿，也有了感触，“早年我们老头子给个开药铺的掌柜的拉包月车，十冬腊月我抱着我们大闺女去找他，他从厨子那儿给大闺女拿了块年糕，还不挨了顿骂？有钱的吃什么？吃……”她伸开两手的拇指和食指，似乎中间是偌大的一个碗或者盘，“吃、吃”了半天，终于也没“吃”出什么来。花镜后面的一只眼眨了又眨：“你瞧，头两天我们老头子还念叨着……噢，吃绿毛乌龟，还让海军捞了活对虾，空军给运……”

“那是林彪！您弄混了。”瘫小伙子双手捧腮，似笑非笑地说。

“嘁！”白老头咧着嘴站起来，就地转了个圈又在凳子上坐下，“你可跟着瞎掺和呀？林彪又成药铺掌柜的了吧，你又吃了林彪的年糕了吧，老了老了弄个历史问题你可怎么跟儿女交代！”

哄笑声中，卢奶奶慢慢合拢伸开的手指，满脸羞愧地笑了一会儿，不言语了。

人们重又回到原来的话题上。

“要是我，说什么也得让他们把我们孩子他爸调回北京来，支援三线时说是三年就回来，这可倒好，我们小援子今年都十三了。”墙角处有人叹了口气。

火炉前有人点了支烟："甭提了，要是我，能求他们帮着把我儿子从云南转回来就行了。"

"还得给分个正式工作！"柱子后头吐出了一口痰，"我们二小子从内蒙古回来两年多了，一直分配不出去。要是红旗车开到厂门口，下道命令？厂长也得屁颠屁颠的！可惜……"

"唉！也甭贪心不足，能给咱们老姐们儿涨几块钱工资就行啊……"

低矮的老屋里又一次沉默了，说是水足饭饱后的发呆，显然不准确，因为一双双眼睛都闪着一种奇异的光——向往的光？欣喜的光？还是如愿以偿的光？说不好。总之，是这间东倒西歪的小车间里罕见的光，是这些年过半百的眼睛里少有的光。人们像一尊尊石像，直勾勾地望着一个固定的地方；有的在抠腮边的痣，有的在揪鼻孔里的毛，有的从鼻孔里抠出些东西来在手指间揉着……好像都在谛听着什么福音。

"冰——棍儿！"深秋的风送进来一声悠长的呼唤，竟把人们从那忘我的境界中唤醒过来。

"唉，我可不想让汽车撞死。"不知是谁最先恍然大悟了。小巷深处响起一阵开心的笑，夹杂着庸俗的污言秽语。

"轧轧轧"的缝纫机声响了，世界又紧张起来。

一九七九年

没有太阳的角落

她像一道电光，曾经照亮过这个角落，又倏地消逝了。

这是我们的角落，斑驳的墙上没有窗户，低矮的屋顶上尽是灰尘结成的网。我们喜欢这个角落。铁子说这儿避风，克俭说这儿暖和，我呢？我什么也没说。我只是想离窗户远一点儿，眼不见心不烦——从那儿可以看见一所大学的楼房，一个歌舞团的大门和好儿家正式工厂的烟囱。我们喜欢这个角落，在这儿才可以感到一点儿做人的乐趣；这儿是整个“五七”生产组最受人重视的“技术角”。铁子把仕女的图样设计得婀娜窈窕，大妈大婶们才能整天在那些仿古家具上涂涂抹抹，然后只有我和克俭能为仕女们长上脉脉含情的五官。大妈大婶们都很看得起我们，“啧啧”地赞不绝口。

“到底是年轻人哪！”

克俭得意地吹起了口哨。

“咱们生产组可离不了你们。”

铁子舒心地点上一支烟。

“就是正式工厂真的要你们，咱也不能给！”

我说：“那公费医疗呢？工资还是一天八毛？”

“就你矫情。依着我们还不好办？我们都是有儿女的人……”一个大妈竟擦起眼泪来。

我们哼起了《菩提树》，互相谁也不看谁。

门前有棵菩提树，
站在古井边，
我做过无数美梦，
在它的绿荫间。
…………

这深沉的旋律能够安慰心灵。我想，铁子和克俭一定也和我一样，想起了那梦一般的童年和那梦一般的插队生活，在陕西，在东北和内蒙古……

我们？我们是怎么回事？唔……

清晨、晌午或者傍晚，你会在这条幽深的小巷中看见我们。我们三个结队而行，最怕碰见天真稚气的孩子。

“妈妈你看哟！”

我们都低下头。

“叔叔们受了伤，腿坏了，所以……”

铁子把手摇车摇得飞快，我和克俭也想走快些，但是不行。

“瘸子吗？”

母亲的巴掌像是打在我们心上。

这最难办，孩子无知，母亲好心。如果换了相反的情况，我们三个会立刻停了下来，摆开决死的架势……还有什么舍不得的么？那些像为死人做祈祷一样地安慰我们的知青办干部，那些像挑选良种猪狗一样冲我们翻白眼的招工干部，那些在背后窃笑我们的女的，那些用双关语讥嘲我们的男的，还有父母脸上的忧愁，兄弟姐妹心上的负担……够了！既然灵魂失去了做人的尊严，何必还在人的躯壳里滞留？！我不想否认这世间存在着可贵的同情。有一回，一个大妈擦着眼泪劝我说："别胡想，别想那么多，将来小妹会照顾你的，她不会把哥哥丢了……"我不知当时我的脸色是什么样子，那个大妈哆哆嗦嗦搂住我，一个劲儿叫我的名字。天哪，原来这就是我活在世上的价值！废物、累赘、负担……没有人相信我们可以独立，可以享受平等，就像没有人相信我们可以得到正式工作一样。可我们的仕女图画得并不比那些正式工人画得差，画得少。我们忍着伤痛，付出比常人更大的气力，为的是独立，为的是回到正常人的行列里来，为的是用双手改变我们的形象——残废。

"算了吧，"铁子对我说，"等到二老归西，难道咱们还那么不知趣地活着？"

"弄个炸药包，和他们同归于尽！"克俭说。

"和谁？"

"谁冲咱们翻白眼就和谁！"克俭把拐杖使劲往地上一杵，险些摔倒了。

幸亏人可以死。我们好像什么都不怕了，哼着歌走在小巷深处。

今天像往日一样，
我流浪到深夜，
我在黑暗中行走，

闭上了我的两眼；

…………

春风乍起，吹绿了柳条的时节，她来的。

“我叫王雪，我坐在这儿行吗？”她走进了我们的角落。

“当然。”

“只要你乐意。”

“有什么行不行的？”

我们每人一句，都是冷冰冰的拒人于千里之外的腔调。克俭在我耳边嘀咕了一句什么，不外乎“德性”“臭酸相儿”一类的评语。铁子冷酷的目光在眼镜后面闪了几下，“哼”了一声，低下头去。这是一种防御，一种以攻为守式的防御，防御什么呢？

她是一个相当漂亮的姑娘。

“你也是病退回来的？”我问。

她摇摇头：“我是困退回来的。”

“你干吗不去正式工厂？”我的语气就像是在说：“您何必屈尊到这个角落里来呢？”

“待分配，和你们一样呀！”她总想朝我们笑一笑，但都被我们依次“抵抗”了回去。

“和我们一样？”铁子冷笑了一声，没抬头。

她朝大妈大婶群里望了一眼，说：“你们不也是待分配的知识青年吗？”

我们谁也没吭声。待分配？天知道我们待了几年了。像处理西瓜似的被人扒拉过来扒拉过去，拍拍听听，又放在了一边。最后我们就“来自五湖四海”“走到一起来了”——有了我们的角落。

“我先坐在这儿看看你们是怎么画的。”她终于有机会朝我笑了一下，大概是因为我在我们之中还算好惹一点儿的。

角落里静悄悄的。那所大学里在做广播体操。

她把头和铁子挨得那么近；她的肩和克俭的肩碰在一起了。这两个蠢家伙，竟像是两个大气不敢出的小学生！刚才的威风哪儿去了？我想笑。他俩都没闯进过姑娘的心，都还没来得及和姑娘挨得那么近就……只有我，但那也都是往事了。

克俭一连画坏了好几笔；铁子把仕女的头发画得像拆下来的旧毛线。我脑子里一下子闪过好多往事，都是什么呢？好像又是那封信……

但她突然“咯咯咯”地笑起来了。

我们尴尬地抬起头。

她还在“咯咯咯”地笑。

铁子脸上最先出现了恼怒。

“我能看见我的鼻子！”她说，“我正看你们画画，就看见了我的鼻子，原来人可以看见自己的鼻子！”她那大而黑的眸子对在一起，轻轻地晃着头寻找鼻子，依旧“咯咯咯”地笑个不停。

我们都笑了起来。角落里吹来一阵轻松的风，好像还有一点儿温暖。

春雨蒙蒙，天空里闪过一道电光，搅动了三颗枯萎的心。

我们的角落里从早到晚萦回着歌声：《菩提树》《土拨鼠》《命运》《茫茫大草原》……先是轻轻地哼，后是低声地唱。我看见铁子认真地控制着自己的口型，克俭竭力压低自己的下巴颏，为了使歌声更低沉浑厚一些，似乎那样更能显出男子汉的气魄。我偷眼去看王雪。

我发现铁子和克俭也在偷偷地看她。王雪随着我们歌声的节奏轻轻地晃着头，两个小辫一个弯了一个直，一个直了一个又弯。我们的歌声更响亮了。

老人河，啊，老人河！
你知道一切，但总是沉默，
…………

“你的嗓子真好，男低音！”王雪忽然说。

我们三个一齐望着她。

“你。”

“我？”

“就是你！”王雪被逗笑了。

铁子和克俭向我投来羡慕的目光，我不敢说其中没有一点儿嫉妒。

“你们干吗光唱这些让人伤心的歌？”

“你爱听什么？”克俭说。他的脸红了一下。

“《晒稻草》，我最爱听胡松华唱的《晒稻草》。”王雪清了一下喉咙唱起来。

我们从早到晚在一起把稻草晒干，
你在那边我在这边，两人相距很远。
…………

我又想起了那封信，那是一个好心人写给我心上的姑娘的……

算了，不要想那些过去的事吧。

她爬到赶车台上去，让妈妈上草堆，
她在那边我在这边，两人快乐向前。

王雪还在轻轻地唱，随着欢快的节拍摆着两条小辫。

我们三个干脆停下了手里的活，愣愣地看着她，目不转睛。心中的防御工事已经拆除了，没有进攻，没有退守，没有伪善也没有卑屈……心就像和平的蓝天，就像无猜的童年；眼前出现了一泓春水，闪着无数宝石一样的光斑，轻轻拍打着寂寥的堤岸。她长得多美！但并不像那些做作的演员，用浓眉大眼招待观众，用装腔作势取媚邀宠。她怎么说呢？长得真实。她的心写在脸上，她看得起我们。

忽然铁子唱起了那支歌。

我愿做一只小羊，
跟在她身旁。
我愿她那细细的皮鞭，
不断轻轻打在我身上。

王雪像听了侯宝林的相声似的大笑起来，笑得喘不过气，笑得弯了腰。“什么破歌呀？！还有愿意挨鞭子的哪？肯定是你瞎胡编的……”她那样随便地拽住铁子的胳膊，摆着、晃着。

她可真不像有二十三岁了，她还像个小姑娘呢。

正像歌中唱的那样，我们从早到晚在一起。我们边唱边画，边画边唱，唱《晒稻草》，唱《友谊地久天长》，唱《哎哟，妈妈》，唱那些欢乐的歌。我们的产额天天在增长，令大妈大婶们惊讶。王雪贪婪地学着，我们争着把看家的本事都端出来教她。不知从什么时候起，我们三个都用了长辈似的口吻和她说话，不是教训，是——譬如：

“王雪，你考大学吧，你别像我们似的。”

“王雪，你应该学外语，当翻译。”

“王雪，你不如学小提琴，只要下功夫准行。”

“王雪，你得注意锻炼身体。”

“王雪，你要记住‘防人之心不可无’。”

“王雪，晚上回家走大街，别走那些小黑胡同。”

…………

王雪每天提前半个多小时就来上班，打扫车间，打扫我们的角落。灰尘结成的网没有了，斑驳的墙上挂上了漂亮的年历。遇上一天她来晚了或是请了假，我们就总会念叨她，角落里就没有了歌声，我们就又想起了招工干部挑剔的目光和母亲脸上的忧愁。那些日子，我们生活中的全部乐趣更是都在这个角落里了，但要有王雪，只要有王雪，只能是王雪。为什么呢？我还没来得及细想。

我们三个也都早早地就来上班了，而且一天比一天早，一个比一个早，而过去我们都是踩着铃声走进角落的。开始我还没有意识到这是为什么。当我发现我们三个之间出现了一种隔阂的情绪时，我才明白了，那是由不自觉的嫉妒造成的，我们都想和王雪多耽一会儿，一天八小时太短了！而嫉妒说明了什么呢？有一次铁子和克俭竟吵起架来，无非是要在王雪面前证明自己的见解是对的。年轻人啊，残废了，却还有一颗年轻的心在跳！

我感到了这个，不那么早早地去上班了。不，我绝不是小说中那种高尚的情敌，正是因为我深深爱上了王雪，心上的防御工事就又自然地筑起来了——那是一道深壕沟，那是一道深深的伤疤，那上面写着三个醒目的大字“不可能”。何况还有那封信呢？那封信……哦，心在追求人间仅有的一点儿欢乐的同时，却在饱受着无穷痛苦的侵蚀，这痛苦无处去诉说，只有默默地扼死在心中，然后变成麻木的微笑，再去掩饰心灵的追求。

铁子和克俭也都不那么早地来上班了，因为一个大婶无意中说了一句话：“自打王雪来了以后，你们也都不睡懒觉了。”唉，他们和我一样，我敢打赌！

王雪可真还是个小姑娘呢，她一点儿也看不出这些细微变化的原因。

夏天的晚上，她央求我们和她一块儿去附近的小公园看露天电影晚会。

她举着已经买好了的四张票，说：“《玛丽亚》，可好看了，去吧！”

“我不爱看电影。”铁子说，“那样的电影，看完了三天都堵心。”

“那咱们看《甜蜜的事业》，同时演好几部呢。”

“我也不去。”克俭说，“甜蜜啥呀？甜蜜个屁！”

“那你去吧，啊？”她又对我说，“散了电影，路可黑了……”

“你害怕吗？”我们同时问。

她皱着眉，难为情地点了一下头：“嗯。”

我们都同意陪她去了。因为能保护她，我有一种自豪感；铁子和克俭大概也是。

小公园里晚风习习，凉爽，飘着阵阵清淡的花香。多少年了？五年了！自从架上这两只拐杖我就再没来过这儿。来这儿干什么呢？只能勾起往事：这儿是我童年时代的乐园，欢歌笑语恍如昨日；这儿遗留着我少年时代的希望，不过已经认不出哪棵白杨是我栽下的了；那片草地上曾有过一群即将去插队的青年，用心里涌出的朴素无华的诗句讴歌美丽的理想……可是后来呢？

天还没黑，银幕前只坐了几个孩子，仰着小脸望着空白的银幕。他们怎么会那么有耐心？噢，他们会幻想出五彩缤纷的画面，去填补空白的银幕。他们还太小呢。

铁子和克俭也都沉默着。

王雪哧哧地笑起来。

小树林里对对情人在漫步，在依偎，在亲吻。

“你别笑，将来你也那样。”我不知怎么竟会说出这样的话。

王雪满脸绯红。“去你的，我才不呢……”她嗫嚅地说。

唉，还是别想这些的好。

可是铁子又冒出了一句不该说的话：“王雪，你跟我们在一起走不嫌寒碜吗？”

“寒碜？为啥？”王雪一跳，揪下了两片树叶，淘气地塞进了克俭的脖子。

“你不怕吗？”我问。

“怕？怕啥？”

我没法回答她了。那封信！那封信是这样写的：“你不要和他来往过密，你应该慢慢地疏远他。因为他可能会爱上你，而你只能使他痛苦，会害了他。”那时我就懂了，我没有爱和被爱的权利，我们这样人的爱就像是瘟疫，是沾不得的，可怕的。我就离开了我心上的姑娘。她现在在哪儿呢？

“怕啥吗？问你！”王雪在我肩上捶了一拳，手里托着一只花牛牛。啊，但愿你永远像个小姑娘。

“噢，我是说天黑了，你不怕吗？”

“去去去！”她不好意思了。“我们看《甜蜜的事业》还是看《三笑》？”她打岔说。

又是克俭说：“三笑？笑个屁！”

铁子说：“看《猎字九十九》吧，图个热闹算了。”

“不！我想看《甜蜜的事业》。”王雪站住不走了。

“那你一个人去看吧，散了电影一个人回去。”铁子故意逗她。

她不言语了，捧着花牛牛委屈地跟在我们身后走。

我真有点儿可怜她，但铁子和克俭忍着笑冲我挤眼。我忽然觉得世界是那么美好、甜蜜，我们像三个顽皮的小哥哥，逗弄着一个可爱的小妹妹。

她可真像是个小妹妹。一演到打斗和紧张的地方就闭起眼睛，紧抓住我的拐杖，或者嘟嘟囔囔地埋怨铁子和克俭。我有个强烈的愿望：时间停下来，让她永远是个小妹妹，让我们永远做她顽皮的小哥哥，永远这样相处在一起，忘记过去、现在和将来，忘记一切……有一次我真的忘记了我自己：为了去捡王雪掉在地上的毛线团，我的手竟离开了双拐，像健康人那样去追赶、弯腰伸手，“啪！”我的胳膊摔破在石头上……我愿意再摔十次，因为王雪当时心疼得快要哭了，是我满不在乎的样子才又使她破涕为笑。

人们说，爱情是压制不住的。真的，只需要找一个借口，理智就会服从感情，什么“决心”之类就都忘到九霄云外去了。那个夏天，在那个小公园里，我们一起度过了好多个甜蜜的夜晚。借口就是：在漆黑的小路上我们得保护王雪，得把她送上回家的汽车。都看了些什么电影，记不得了；只记得落日、晚风、明月、繁星和那个不把我们另眼相看的“小妹妹”。

秋风起了，吹黄了小路两旁的草丛，吹谢了草地上的野花，吹光了小树林的茂叶，吹去了小公园里甜蜜的夜晚……如今想来，那只是一场梦。

一天，王雪忽然发起愁来，独自默默地发呆，叹气，好像一夜之间变成名副其实的大姑娘了。

“你怎么了？”铁子问。

她看看我们，想说又没说。

“你病了？”克俭问。

她想说又没说，脸上起了一片红晕。

“有什么难事告诉我们，谁欺侮你了？”

“谁活得腻歪了？谁？告诉我！”克俭把手指弄得“嘎巴巴”直响。

“没有谁欺侮我。”她吞吞吐吐起来，“是妈妈，妈妈非让我见那个人不可……”

角落里静极了。

“是二姨给我介绍的，一个大学生……”

听得见风把电线刮得呜呜地响。

虽然这是早已想到了的事，虽然我早就筑起了护御工事，但我的心仍像掉进了一眼枯井，往下掉，忽忽悠悠地往下掉……我说不清那一瞬间都想了些什么。好像只想着明天，明天可怎么过呢？我还能拄双拐兴致勃勃地朝这儿走么？希望，尽管那是可望而不可即的希望，但是没有它是多么可怕！我迫切地想要一支烟……铁子和克俭已经点起了烟，把打火机递给我……“扑通！”我的心摔在了漆黑的井底。我真想就永远待在这井底，忘记世界，也让世界忘记我……

然而王雪那求助的目光望着我们，像一个信赖我们的小妹妹那样。“我应该去见他吗？”她说。

王雪是个好姑娘，她应该享有比别人更多的幸福，她最应该！她单纯，不会想到要避开我们，难道因为这个我们反而要影响她的幸福吗？难道好人只有用牺牲去证明她的好么？难道幸福只是为那些把我们另眼相看的人预备的？我们的心灵不是在顽固地追求么？唔，己所不欲，勿施于人！

“我不想见，有啥意思……”

她在盼望我们的帮助，她需要我们的帮助，因为她还像个“小姑娘”呢。原谅我刚才那一瞬间的罪过吧，我是多么自私。

“你应该去见。”铁子最先缓过劲儿来。

“爱情是有意思的。”我说。

“就是！”克俭也说。

“处理得好，爱情会使你幸福，对工作和学习都是一种促进力量，世界都会变得美好起来……”我是在背书么？但书的作者未必有我体会得深。

我们三个都一本正经起来，谁也不说谁“酸文假醋”“装蒜”或“瞎掰”——像三个称职的哥哥似的。我奇怪我们都能说出那么像样的爱情伦理，唔，只不过是因为我们过去都像是那只吃不到甜葡萄的狐狸罢了。王雪那么出神地、松心地、信赖地听着我们的“爱情伦理学”。她佩服我们了，她更看得起我们了，她眼睛里的闪光告诉了我们这个。我们被一种自豪感驱使着，为了无私地爱护着一个“小妹妹”。

但是，那天晚上我们又结队走在幽深而寒冷的小巷里的时候，我们又唱起了那支一夏天都忘记了唱的歌。

今天像往日一样，
我流浪到深夜，
我在黑暗中行走，
闭上了我的两眼，
好像听见那树叶对我轻声呼唤，
朋友，回到我这里来找寻平安。

我们又都早早地来上班了。不，跟过去不同，我们三个之间谁也不嫉妒谁，只是想和王雪再多待一会儿。因为她的男朋友有办法给她安排一个正式工作，王雪要走了，要离开这个角落了。她说以后还会来看我们。我们的心还要什么呢？在这世界上？

冬天，王雪当上了正式工人。她去报到的那天，我们三个冒了小雪又去了一次那个小公园。

雪花飘呀飘，像我们那紊乱的心绪，雪花无声地落呀落，世界是那样孤寂。

我们互相搀扶着走，小路上留下了奇特的脚印和车辙。这小公园里，好像到处都有她的歌声。

我们从早到晚在一起把稻草晒干，
你在那边我在这边，两人相距很远，
…………

我用手去接那晶莹的雪花，雪融化在掌心里，像一滴泪。

她像一道电光，曾经照亮过这个角落，又倏地消逝了。我们祝愿她幸福，她是个好人。

一九八〇年二月

“傻人”的希望

缺心眼儿的人怕别人说他缺心眼儿，就像心眼儿多的人怕别人说他心眼儿多一样。这似乎是个规律。根据这规律，席二龙并不缺心眼儿似的。有一回，别人使劲拍他的后脑勺，说那无疑疙疙瘩瘩的像核桃，娶媳妇怕是困难了。二龙急了，说：“你要把我惹急了，我趁你不留神，一刀宰了你！”别人说：“那你也得挨枪毙。”二龙愤愤不平地喊：“我缺心眼儿！谁不知道？缺心眼儿的才不枪毙呢。”凭这一点判断，席二龙不仅有自知之明，而且对客观世界也颇有所知，即便算不得机灵，可也算不得傻。

可是二龙有时也真冒点儿傻气。从六十年代过来的人都记得，中国有过一回更名改姓的竞赛热潮：姓卫的倘若嫌原名不好听，女的就可以改作“卫红”，男的就可以改作“卫革”或“卫东彪”；姓向的也可如法改革；复姓东方者尤其得天独厚，除去“红”这个好字眼不得擅用外，什么“赤”呀、“亮”呀、“春”呀、“盛”和“胜”呀，随手拈来，无一不好。席二龙耳闻目睹，羡慕之余也动了改革之心。无奈姓席，“席红”？“席革”？总都像是一张什么席，毫无气派。要不就学某些姓“钱”姓“刁”的干脆连姓也改了？可他那位盼子成龙的父亲还在世，又不让。这天他抱了一摞报纸坐在桌前，那上面好听的字眼多啦，凭什么姓席的就不能叫得气派点儿呢？老天长眼，报纸上的头一行字里就有席，他乐得跳起来：“就叫‘席万岁’吧！”然而他又坐下了，举起巴掌在脖子上狠狠一击，仿佛那儿落了只蚊子。前面说过，二龙对客观世界颇有所知，很快就明白了叫“万岁”绝不高明。他又往下看。功夫不负苦心人，第二行又有席字。席二龙改名为“席身体”了，他也想叫“席健康”，但那太俗。这都是往事了。揭人家的短总该适可而止。

林彪死后，席身体又叫席二龙了。只是在批孔老二的时候，别人又拿他开心，叫他作“席老二”。他拍拍厚实的胸脯喊：“他妈他是孔老二，他妈我是席二爷！”别人于是问：“席二奶奶身体可好？”他满脸涨红地笑了，两手端起棉裤的裤腰往上提，裸露的粗腰在更粗的棉裤腰里直转。唯男大当婚一事是二龙一块难言的心病。

细论起来，席二龙到底是有点儿缺心少肺的，但除了后脑勺长得欠佳，其余各部分都称得上粗壮、匀称、绝非一辈子难以为姑娘所爱的那一种。至于穿戴邋遢，那是因为母亲长年卧病，不能帮他料理之过。再者，他还要供养母亲（哥哥不孝，结了婚就一分钱也不给妈了），也顾不上讲究穿戴，而且总得为日后结婚攒几个钱吧？二龙就没立轰轰烈烈的志向，图清洁队工资高点儿，当了掏粪工人。后来他觉得这实在是一大失算：猪肉少了，卖肉的有了可开的后门儿；一演外国电影，卖电影票的也有了资本；逢死人多的时候，火葬场都长了行市！唯独掏大粪绝无私利可图，谁缺那玩意儿？“虽说那玩意儿全是从后门儿来的！”二龙急了，管谁爱听谁不爱听呢，就这么说！二龙不傻，这笔账算得过来——挣钱多点儿顶屁用？没后门儿可开才不吃香呢！不吃香就难找对象，不吃香也没脸找对象，何况后脑勺还像核桃呢？二龙想起来就窝囊。怎么办呢？

二龙决计换个工作了。反正一时半会儿也找不着对象，他便把几年勒裤腰带勒下的二百块钱全取了出来，活动活动路子，换个有后门可开的工作去。“别以为席二爷不懂这一套！”他咕哝着，一边蘸着唾沫嘎巴嘎巴地点钞票。

及至二百块钱只剩下一小把硬币的时候，傻小子有点儿傻造化，二龙当上了建筑工人，专管盖楼房的。他索性把剩下的硬币全买了猪头肉和二锅头，凑到母亲的病床边。人生难得几回乐，喝他一回！母亲也高兴，二龙更高兴。

喝着喝着二龙想起了哥哥，说：“妈，哥和嫂的房子也够小的了，等赶明儿我给他们弄一套单元。”

母亲就愿意看着俩儿子能亲亲热热的，说：“妈活一天算一天，将来还不是你们哥俩亲？”她直劲给二龙夹猪头肉。

吃着吃着，二龙又想起了叔叔，说：“妈，二叔家的房子也够不方便的了，等赶明儿我给他们弄一套单元。”

“你爸死后，二叔待咱不错。”母亲给二龙斟酒。

吃着喝着，二龙又想起对门刘三婶来，说：“妈，三婶待咱也不错，等赶明儿我给她们弄……”

“唉，先顾顾你自个儿吧，你都三十二啦！”

“妈，这回好办了。我弄一套单元，您一人住一间，我们俩住一间。”

“你和谁？”母亲眉开眼笑地看二龙，以为儿子真找着对象了呢。

二龙转了转脖子，在乌黑发亮的领子上蹭蹭痒，说：“不行，我得要三间一套的单元。”

“干吗？”

“将来孩子要是长大了呢？”

母亲在他后脑勺上拍了一巴掌，叹了口气。他嘿嘿地笑了，满脸涨红，两手端起裤腰，裸露的粗腰又在里面转了。

二龙独自合计了好几天，决定务必得让妈抱上孙子再死（嫂子生了两个全是丫头，而母亲的寿命看来不会很长），刻不容缓，他着手托人介绍对象了。他自知缺心眼儿，而且后脑勺出奇地难看，所以不打算找城里的姑娘。“我还看不上她们呢！一个个机灵鬼儿似的，往后欺侮我，我妈该难受了。”这是他的理由，似乎他自己难受与否倒还在其次。他对世界也了解，深信能弄到房子的人，弄到别的也不难；弄到什么都不难的人，托人给介绍个对象也就不必太难为情。他逢人便托、无论男女老少，见面没三句话，就端端裤腰说：“咱条件也不高，找个农村的，模样别太丑就行。我能弄到一套单元。”就这么一句，多了也想不出来。

过了一年多，他感到别人没把他的大事放在心上，都说“行啊行啊，我给你留神”，可都是光说不练。常言道“智者千虑必有一失”，二龙则是“缺心少肺忽生一智”——何不显显能呢？他开始了外事活动，只要是说得上话的，处处吹嘘：“等赶明儿我给你弄一套房子，我在建筑公司专管盖楼房，我有路子。”然后再说那句“模样别太丑就行”。一般熟知他的人都不信他的，可也不忍心泼他的冷水，打碎他的希望。却偏偏有一天他碰上了一个不了解他而又认真的人。

“等赶明儿我给你弄一套房子。”二龙说。

“你能弄到房子？”那人来了兴致。

“我在建筑公司专管盖楼房，我有路子。”

“噢！党委书记是你的亲戚？”

“那倒不是。”

“噢！革委会主任是你父亲的老战友？”

“没听我爸说过有老战友。”

“噢？”

“我跟领导说说就行，都是一个单位的，低头不见抬头见，谁和谁呢？”

那人像见了鬼似的蹦起来，立正了有一刻钟，然后哈哈大笑了。

“……模样别太丑就行。”二龙还在说。

“就凭你和领导说说？那我也会！”

“我们是内部，你算老几？”二龙觉得那人真可笑。

“算了吧老兄，你是真傻还是跟我装傻？”

二龙急了，因为总算有人认认真真地跟他商量终身大事了，机不可失！他站起来，抓住那人的胳膊：“你不信？”

那人吓得一哆嗦：“嗯，不太信……”

二龙把那人揪到窗前，指着远处，远处有一架起重机的长臂悬在落日的红光中。他说：“不信咱俩去看看，那座楼我们正盖着呢。领导说了，那座楼是给本单位职工盖的，重点照顾岁数大了要结婚的。我席二龙缺心眼儿谁不知道？不会说瞎话！”

那人听了也觉着有些道理，便又问：“可只照顾你，又不照顾我呀。”

“凭什么不照顾？”二龙脖子一梗。

“不是说照顾本单位职工吗？我又不是你们单位的。”

二龙提提裤子，心眼儿来得真快：“就说你是我弟弟！”

“嗬！我姓啥？你姓啥？”

二龙扑通一声坐在床上。是呀，这倒没料到。他傻了一会儿眼，又傻了一会儿眼，心里盘算："这可又难了。"爱情的力量据说可以很大，二龙再傻了一会儿眼后，一拍大腿："豁了！你要给我说成了媳妇儿，我把房让给你！"

"真的？"

"真的。"

"一言为定！"

"我席二龙不会说瞎话。"

从那人家出来，二龙不知不觉来到那幢尚未竣工的楼前。多好的一座楼呀！前面有阳台，后面也有阳台。二龙给它砌过砖，抹过灰，每一块砖他都是那么拿鸡蛋似的生怕碰坏一个角。那是自己的楼呀！二龙攀上脚手架，走到楼房里去。他记得砌这几个窗口的时候他当过一回临时小组长。他喊过一声："这回谁不卖力气，让他妈谁绝后！"哥几个真给他争气——超额完成任务，受到了党支部的表扬。二龙又走到他早已看中的那套单元里去，他每天都要来这儿看看的。记得在这儿他差点儿和一个工人打起来，因为人家砌歪了一块砖，他骂人家是"丫头养的"。可现在呢？这房子八成得让给别人了……月光从没有玻璃的窗框里洒进来，洒了一墙、一地。二龙摸摸地板，地板是钢筋水泥的；又摸摸墙壁，墙壁砌得真结实。"我席二龙不能说瞎话。"他冲着墙说，泪珠子摔碎在地板上。

真不含糊，没过三天那人家就给二龙介绍了一个模样不太丑的农村姑娘。消息很快传遍每一个知道席二龙的人的耳朵。"谁？就是那个席身体，啧啧啧，傻小子有点儿傻福气！"人们背后说。"二龙，听说对象挺漂亮？"人们当面问。他嘿嘿一笑："比咱强多了。"

二龙忘记房子的事带来的悲酸，高兴了，穿戴也干净利落了，干活比以往更卖力气；可是谁要让他加班或者开会，就火冒三丈："他妈席二爷没挣那份儿开会的钱！就晚上有会儿工夫，我有约会！"管你是书记是主任呢，全这么说，而且说完就走。谁笑话？记住他！等结婚那天要给他喜糖吃才怪呢！

晚风中二龙和姑娘遛马路，转商场，逛公园。

湖波荡漾，柳丝依依。长椅的这头坐着姑娘，那头坐着二龙，中间放着二龙给姑娘买的红皮包。二龙想："咱可不能那么搂搂抱抱的，让人看了，有多流氓？"

"二龙，城里可真好。"姑娘说。

"可不！"二龙说。

"二龙，我还是头一回逛这个公园呢。"

"可不！"

"二龙，那座楼房可真高。"

"可不！"

"二龙，听说楼房里做饭不用煤，取暖不用火？"

"可不！"

"二龙，咱以后也住楼房吗？"

"可……不……！"

"真的？"姑娘高兴了。

"……"二龙可难受了。

"你说话呀！"姑娘焦急的大眼睛望着他呢。

二龙心想："豁了！"一拍大腿："可不！"

二龙历来以"我席二龙不说瞎话"而自傲，这回可难坏了他。你说那房让给那人不让呢？不让？那人会说他席二龙说瞎话。让？姑娘又会说他说瞎话。而且天哪！姑娘将来就是"孩子他妈"，会骂他一辈子的！这事实在是失算，可现在还有什么辙呢？

他独自默默地溜达，想啊想的，居然给他想出辙来了："我又没说把一套房全让给他，让给他一间，妈住一间、我们俩住一间不就行了么？孩子？以后再说吧。"他朝那座楼跑去。自从脚手架拆掉以后，他就去盖别的楼了，一个月没来，嗬！玻璃都安好了！二龙跑上楼梯，往左走有三个单元，往右走有三个单元，每个单元有三间房、一个厨房和一个厕所。"真他妈盖了！"二龙拍着阳台上的栏杆自言自语着。

二龙又天天来看这楼房了。母亲教他的：勤看着点儿，只要一能住人咱就先搬进去占两间，留一间给那个人，咱也不能坑害人家。

这天二龙跑进楼，发现有点儿古怪：左边楼道口安了一扇新门，右边楼道口也是；他又跑上二楼、三楼，全是。"管他的，多安个门还不好？"

这天二龙又跑到楼前，又有点儿稀奇：楼前砌起了高墙，楼后也砌起了高墙，楼左楼右全是。"管他的，多一道围墙更安全！"

这天二龙再跑到楼前，简直邪门儿：墙上拉起了电网。"管他的，现在贼多，不能不防。"

忽然有一天，建筑公司里到处传说："那座楼房不归咱们啦！"二龙问了又问还是不信，没下班就跑到楼前，门口添了巡逻的士兵。左面楼道口的门上写着"1"，右面门上写着"2"。很清楚：三套单元合为一套单元，每套单元里面有九间房、三个厨房和三个厕所。很清楚：两个厨房已改成贮藏室，两个厕所正在改成洗澡间。不太清楚的是：谁来住？

在那座楼房的每一个窗口都挂上了轻柔漂亮的纱帘的时候，建筑公司里到处传说："席二龙这阵子可真是傻了，结婚的双人床都买好了，姑娘又不愿意了。”真是，二龙现在可是真傻了，人也瘦了。不信你就去那座楼前等着，每晚他都来，站在高墙外，痴呆呆地望着他早已选中的那个窗口。阳台上有时出现几个漂亮姑娘，二龙并不是看她们，二龙觉得她们并不比那个农村姑娘好看。他只是后悔自己不该说瞎话。他在高墙下站上二三十分钟，想起家里病重的母亲，觉得不该站得太久，于是叹一口气，自言自语地说：“谁让我席二龙说瞎话来？说让给人家一套，又只想让给人家一间，天报应，活该！”

他端起裤腰往上提，裸露的腰在里面转。

一九八〇年三月

黑黑

需要首先说明，这是过去了的那个时代的事。

/一/

我那时是真的准备好自杀了，但我想，何不看看那阔别了多年的故乡之后再去死呢？反正是遣送，一切都用不着我费心去安排。

我给前妻发了最后一封信，独自登上了西去的列车。信很简单："在大家竞相高歌光明的时候，谁道破了黑暗，谁也就面临了没有尽头的黑暗——不知道这本身是光明还是黑暗。"反正我是准备去死了，不怕在我的档案中再加上一条"冥顽不化"。不，我不是英雄。英雄不都是高瞻远瞩，信心百倍，从来不曾有过悲观、沮丧和伤感情绪的么？我呢？凭良心说，那时只剩了悲观、沮丧和伤感。铺盖卷在行李架上晃悠着，那上面捆着一条很结实的绳子……

/二/

故乡的山水依旧，故乡的人却多是陌生的。有些上岁数的我还能认出他们，可他们却怎么也想不起我了。我无可奈何地向他们笑笑，想起了古人的诗句：少小离家老大回……但也颇觉无聊。只有故乡的黄土令我欣慰，大约埋在里面是很惬意的。

年轻的队长引我走上崖畔。清平河在村前无力地流着，真像小时候村里那个说书瞎子的琴声。然而我想起了贺敬之的《信天游》：羊羔羔吃奶眼望着妈，小米饭养活我长大……进村的时候，我看见一个挖野菜的孩子在啃着一块糠团子。

年轻的队长一直上下打量着我，态度并不严厉，而且和善得近乎谦卑。大约是因为我穿的是制服，而且皮鞋虽旧却毕竟是皮鞋。从公社来村里的路上，碰上了一个拦羊的老汉。队长走过去和他嘁嘁喳喳地说话。“咋？在北京当干部还嫌不美？这看做过了[①]没有！”是老汉惊惜的声音。游子的悲哀，莫过于慈母的误解了吧？

崖顶上有两眼破旧的窑洞，围着一道石头堆砌成的院墙。我的心战栗了。母亲再也不会站在院前的磨盘上喊我回家吃饭了。那儿，曾经是我的摇篮。

“就是右面这眼。”队长说。

没想到这也是我的墓地，我想。

“你大爹过世后，这窑归了张山家。张山，认得？张世发的儿，不认得？”

院门“嘎”地被推开了。忽然一阵狗叫。

---

① 做过了：弄糟了。

我下意识地后退了几步。

“别怕。”队长说，“黑黑没力气咬人了。”

黑黑！我以为是幻觉：左面那眼窑前趴着一只黑狗。小时候我也有一只黑狗。听瞎子说《大闹天宫》时，我曾憎恶过我那只黑狗。可是有一次，我拦羊时碰上了狼，要不是我那只健壮的黑狗，别说羊，连我也不至于有今天了。说来可笑，从那时起，我总认定二郎神的狗是黄的。孩子自有孩子解决问题的逻辑，他们想不出更好的办法解释无可否认的矛盾，却又急于按着自己的想象去编排，为了求得心理的和谐。

这不是幻觉，左面那眼窑前确实趴着一只黑狗，没有光泽的黑毛已经遮盖不住一条条的肋骨，瘪瘪的肚子两边立着尖尖的大腿骨，骨尖似乎随时要刺破它自己的皮。它充满敌意的眼睛盯着我，却一动不动，只是不时嘶叫两声。这时我才觉到，它的嘶叫是那么疲弱，简直像孤苦病老的人在呻吟。

狗，多少唤起了我的兴致，唤起了我的乡情。我向黑黑走去。

黑黑挣扎着站了起来，龇着牙，喉咙里发出“呼噜呼噜”的声音。

“别逗它了，黑黑活不了几天啦。”队长的声音充满了同情和怜惜。

我掰了一块剩馒头扔给了黑黑，可是它看也不看，依然警惕地注视着我。喔嗬！是只好狗，童年的经验告诉我。我甚至觉得它就是当年救了我命的那只黑狗，或者是它的子孙。我的那只黑狗早已经死了，最终是被一只狼咬死的，父亲把它的皮做成了褥子，捎给了我——我又把它带回来了。

“黑黑吃吧！那么好的白馍馍，傻黑黑！”一个十一二岁的男孩子站在窑顶上冲黑黑喊。

“你下来，让它吃。”我对男孩子说。

男孩子绕到窑前，一把抱住黑黑的头。黑黑眼里虽然还闪着凶光，但却趴在男孩子怀里，用一种奇特的声音叫着，像一只挨冻的母鸡发出的拖长的叫声。这声音我懂，它是在喃喃地诉说刚才的委屈呢。看来，这个男孩子是它最信赖的人。

我忽然产生了一个恶作剧的想法：如果此刻男孩子狠狠地揍黑黑一顿怎么样……

/三/

我住在东窑。黑黑守在西窑。从不见张山，西窑门上一直挂着一把大铜锁，发黄的窗纸上尽是雨点打过的泥痕。黑黑警惕着我，怕我侵犯它的领地。我警惕着别人，说不定什么时候要把我揪去批判一阵。黑黑顾不上理我，它饿；我也没心思理它，我想死。我们相安无事。各念各的经。只是偶尔男孩子来，送给黑黑半瓢泔水或是一把红薯须，黑黑便囫囵地吞下去，舔舔男孩子的手，依旧趴在窑前，守卫着它的领地。过往人、乡亲们常站在院门前往里张望，多半是为了参观一下北京来的人，然而却总要夸奖一阵黑黑才走。“婆姨带着娃走了，唉！张山倒是养了这么条好狗……”人人都这么说。

我之所以还没有动用那根行李绳，一是因为窑洞里没有房梁，二是因为我还没有看够故乡的山水。不过，也许这两点都不是原因。真算幸运，人们顾不上理我，他们为饥荒所奴役，于是我倒有了自由。我在田间小路上独自徘徊，看见雾一般盛开的荞麦花，听见蜂群“嗡嗡”地劳作；我去枣林深处悄然漫步，感慨老树根边又萌发了新苗，叹息鸟类追逐着生活；晚上到场院里望月，为母牛给小牛喂奶所感动；夜间噩梦难眠，为荒野里野兽的呼嗥而神往……万物都是本能地不愿意死的，何况人！可只有人有时候会想到自杀，人高级在哪儿呢？

七月里，一场暴雨，发了山洪。村前那条温顺的小河顿时激怒起来，波涛汹涌，浊浪排天，咆哮着，把山里的朽树举上浪尖，把来不及回村的羊群抛进涛谷……我跑下山去，跑到河边。平时这条简直称不上河的细水刚能没过膝盖，而此刻，河面足有几十米宽。雨雾中看不清对面的山，好像这黄水是与天相连的；天也是黄褐色的，时而亮起一道闪电，像火一样；滚滚的雷声片刻不息。我想起了那幅油画——《九级浪》；不过，那是海。但我想，要是有一条古老的帆船，这水也足以把它擎起，当然，也足以把它打翻……我被这黄河子孙的壮举惊呆了。在我的记忆里没有过这样的场面，也许是因为，那时的荒山还没有开垦到今天这般彻底，山间的树木还没有砍伐到今天这般干净。

“看！黑黑又在那儿发疯呢！”有人喊了一声。

我朝崖顶上望去。是黑黑！它站在崖边，抻长着脖子在狂吠，好像就要扑向狂涛似的。浑身的毛一缕一缕地贴在它瘦骨嶙峋的身上。雷声和水声太响，但凭黑黑那副样子，可以断定它的声音是暴怒的、嘶哑的，充满了恐惧也充满了怨恨的。

“这张山真是养了条好狗！”人们又都这么说。

我走上崖顶。

男孩子正倚在院墙上，披着一片破麻袋。

“黑黑这是怎么了？”我问男孩子。

“它难受呗。”

“为什么？”

“为的良心呗。”

“良心？”

“你看它叫得多心酸。”

黑黑在崖边蹲下了，趴下了，把头贴在地上，放在两只前爪中间；与其说它是在喘息，不如说是在战栗。我走近它，它竟然没有发觉似的，叫声却是呜呜咽咽的。黑黑今天实在是反常。

“它哭呢。”男孩子说。

“哭？为啥？”

“为张山呗，张山给人绑走那天，黑黑不在窑里。要不它是能追去，可它回来那辰儿山洪下来了，隔断了路。一发山洪，黑黑就哭呢，它好后悔……”

“张山是被抓走的？为什么？”

男孩子一愣，再问，他什么也不说了。

忽然，黑黑猛醒了似的跑向西窑门前，来来回回地巡察它的领地，看看那紧锁的窑门、打湿的窗纸和那结起了蜘蛛网的门楣，才又放心了似的在前门趴下。它的叫声又变成“呼噜呼噜”的，大约是化悲痛为力量了。

张山是一个谜。

在山间锄地的时候，我千方百计、拐弯抹角地向乡亲们探问张山的事，然而所有的人都是守口如瓶，或者说一句：“你慢慢就晓得啦。”但从乡亲们的叹气、摇头和沉思中我感到，所有的人都同情张山，并且似乎都带着一种内疚，有几次我甚至觉得，乡亲们爱戴张山，当他们叼着烟袋“吧嗒吧嗒”地沉思之际，大概是在为张山而祈祷上苍呢。

/四/

我诚心诚意想和黑黑做个朋友了。孤苦的心会因同命相怜而靠拢，我这样想。

我把一块红薯放在地上，“啧啧”地招呼黑黑。

黑黑睬也不睬。我举着红薯凑近它。它又挣扎着站起来，发出“呼噜呼噜”的声音。

“你也喜欢黑黑了？”男孩子又出现在窑顶上。

我解嘲般地笑笑说：“可它比我还不懂人情世故。”

男孩子没懂我的意思。他说：“黑黑可通人性，心忠着哩！可它怕你的皮鞋。”

“它能认得皮鞋？”

“当然，那些人也穿这！”

“谁？”

男孩子意识到说漏了嘴，又不言语了。

我换了一双球鞋，重又踢踢那块红薯，向黑黑表达友谊的愿望。

黑黑还是不理睬。

“你先躲起。”男孩子指点着我。

噢，是了，我得让黑黑相信，我的施舍毫不包藏祸心，而是彻底的好意。我若无其事地走进窑去，关了门，从门缝里观察黑黑。

黑黑真机灵，它也装出一副若无其事的样子，并仍“呼噜呼噜”地表示余怒未消，好像是在说：“少跟我来这套吧！”但它毕竟是饿得很，左顾右盼了一会儿，便匆忙解除了警备，不叫了，并急着去吞掉了那块红薯。它吞得那么匆忙、慌张，不时溜一眼我的窑门。唉，那可怜的眼神简直像人。我从门里又扔出一块红薯，黑黑迟疑了一下，但一经尝到甜头，理智便成了俘虏，它又吃了。

真妙！此后，黑黑再见了我，虽然不停地转动着耳朵——心有余悸，但却不叫了，而且是那样眼巴巴地望着我；再扔给它什么食物，它也就自认卑贱地吃了。但是，它绝不允许我接近它身后的窑门。

有一回，我故意用一块蘸了油腥的菜团把它引开，悄悄走近那窑门。黑黑发现了，吼叫着向我奔来。我们是朋友，这只能保证它不咬我，但它却执意用吼叫（近乎斥责般的吼叫）示意我离开。我忽然对那眼窑洞产生了神秘感，也许那是狗的神坛吧？也许里面有黑黑的偶像？

夏天的暴雨、冰雹、洪水铸成了大祸。没来得及收割的麦子被打烂在黄土里；正扬花吐穗的玉米、高粱歪倒在山坡上，裸露着紫红色的根须，预示着秋冬生活的艰难。家家户户都开始吃糠了，孩子们扤着小篮去山里寻野菜；人们把仅存的粮食更经心地贮存好，以备来年的春荒——春天可不能没吃的，那是要力气的时候。

谁还顾得上黑黑呢？虽然它是一只通人性的好狗。糠被人吃了，红薯皮、红薯须、泔水之类便只够供养猪的了。男孩子挨了家里的骂，空着手跑来安抚一下黑黑，也安慰一下自己。我呢？经常做梦又到了“全聚德”“东来顺”“丰泽园”，醒来便狼吞虎咽地大吃其酸糠饼和隔年的苦红薯。黑黑却还是固守在窑前，不去行乞，不去偷盗，在领地万无一失的情况下，悄悄地出去寻觅一回，把人类的大便再来消化吸收一遍。

我有些厌恶黑黑了。我觉得它体现着一种反自然的丑行，倒不仅仅是因为它吃屎，而是因为它如此固执地守卫着它的神坛。

“好狗，真是条好狗！”过往的人们说。

“我家要是有粮，我就把黑黑领回去。”过往的人们又说。

“黑黑不会跟你走，好狗不嫌家贫，好狗是领不走的！”过往的人们还说。

黑黑呀！可也真是难，似乎只有甘心于受苦受难，方能做一只好狗。

我联想到自己。我为什么还不去死呢？这地球就是我固守的神坛么？我心灵上所受的凌辱和压抑难道比屎要香些吗？谁知道灵魂离开这血肉的躯壳，不会在别的地方找到真理、自由和幸福呢？

那夜里，我总听见黑黑在院子里叫。那种叫声是以前没听到过的：时而咿咿呀呀，时而吭吭哧哧，时而叽叽咕咕，像叹息，像怅惘，像受着煎熬。黑黑也感到空虚了吧？我想，苦笑了一下，开始整理那根久违了的行李绳。也许挂在门楣上就可以达到目的了，我下意识地推开门，把绳子挂在门楣上……

忽然我发现听不见黑黑的叫声了，啊！黑黑不见了。这似乎是件挺有趣的事情，我坐在门槛上看着黑黑那片空荡荡的领地，但愿它不是又去吃屎了。我忽然感到要发生奇迹。我巴望着发生点儿什么奇迹。人在空虚到极点的时候，生活里一点点反常的现象也会提起人们的兴致。我一直在门槛上坐到天亮。喔嗬！擅离职守！黑黑也想开了！它一直没回来。我又把行李绳扔到角落里去。

早晨，男孩子又站在了窑顶上。“啊！黑黑寻男人去了！”他对我说。

“寻张山？”

男孩子哈哈大笑：“黑黑想成家了呢！”

我恍然大悟。真的，时隔多年，我竟忘记了这种事。昨夜那叫声多像个发痴的恋人！那叫声中有一种美好的愿望，黑黑去追求了！感情的需要，生存的需要，可以使任何生命冲破习惯的樊笼。

这就是创造，这就是创造的原因和动力。外界再严酷的束缚，内心再迂腐的观念，都不是生活本身的对手。

我又忘记了死。我随时随地都在设想着黑黑的幸福。此刻你在哪儿呢？在和你的情侣漫山遍野地追逐，自由自在地欢笑吧？在荒草丛中打滚儿，在你的“情侣”怀里撒娇吧？追捕猎物，体尝创造的乐趣吧？茹毛饮血，共度收获的欢愉吧？互相理毛、亲吻，享受着甜蜜的爱恋？对着荒野呼叫，抒发着原始的激情？星光下，你安心地酣睡，身旁有你可依赖的朋友为你挡风，为你警卫；你喃喃地呓语，做着美梦；你咬它一口，为了它对你不够温存；你“喔噜喔噜”发一阵脾气，为了它对你缺乏理解；你们互相怄一阵子气，然后又言归于好；你们依偎着哭一场，又互相安慰对方受伤的心灵；你们互吐衷肠，没有猜疑、没有防范……早晨，阳光照亮了洞穴，你们向着天空高歌，抖擞精神，又向那广袤无垠的大漠跑去，心里升起新的美好的憧憬……我的心跟随着黑黑，自由地驰骋，沉浸在一种朦胧的希望中。

/五/

可是，没多久，黑黑度“蜜月”回来了。

它是悄悄地回来的。晌午，我正在黑黑的领地上来回踱步，嚼着糠团子，它轻轻地拱开院门进来了。它并不叫，也并不马上要求我离开它的领地，只是一溜小跑，又在它的岗位上趴下，那一脸尴尬的神情像是在说：“这不怨你，这怨我，好在是你，不是外人。”

黑黑仿佛提不起任何兴致，一味地趴着，转着眼珠想心事。是旅途的疲劳？是对“情侣”的思念？是仍沉湎于过去的幸福中？草丛中绿色的美梦，明月下喁喁的情语，有平等的同类对你的关心，对你的温存，你为什么还要回来呢？趴在这冷寂的窑前……唔，山野的风是寒冷的，可是在这儿又有谁给你些微温暖呢？在黑黑度“蜜月”的时候，我捅开过西窑的窗纸：一股冲鼻的霉味儿；土炕上铺着一条发红的炕席；窑堂里有两个空囤子；条案上落满了尘土，印满了老鼠的脚印。就这些，黑黑守卫着的就是这些。呜呼！习惯真可怕！狗毕竟是狗，狗性难移；我恨不得揍它一顿。可是，一看见黑黑那副任劳任怨的忠厚相儿，我又于心不忍了。更何况，我自己如此，又有什么资格来苛求一只狗呢？

黑黑这次回来的一个明显变化是“少言寡语”了。一连多少天，它总是默默地趴在窑前发愁。

有一天，不知男孩子从哪儿弄来了一只死乌鸦。“犒劳犒劳黑黑！”他说。然后，他在黑黑的肚子上摸摸，笑着喊起来：“黑黑要当妈妈啦！”

噢，原来它是在为这事发愁。是啊，独自生活尚且艰难，生儿育女又将怎样呢？未来的生活是美好还是苦难？人不了解狗，正像狗不了解人一样，不知黑黑是在怎样盘算。

男孩子拿来了一个柳条筐，在里面铺好了麦秸和麻袋。黑黑在男孩子腿旁蹭来蹭去，感激涕零。“我的孩子也忘不了你的恩情。”如果它会说话，准会这样说。母亲是无私的，母性最能得到尊重和触动他人的恻隐之心。我把我那条狗皮褥子拿来围在柳条筐上。我忽然觉得恐怖，黑黑竟也在我周围蹭来蹭去，向我表示感激——它不可能明白那张皮的由来。同时，我重又感到了做人的骄傲：我们是可以总结历史教训的，譬如说我，我就道出了黑暗的事实，这黑暗的初萌与历史上的一些悲剧何其相似！虽然我因此而被遣送，妻离子散……

黑黑的肚子越来越大了。事到临头，它反而振作起来。是做母亲的热望鼓舞了它吧？它经常扒着柳条筐察看麦秸和麻袋是否铺得适当，还时常跳进去试试，整理一番，哼哼唧唧地叨咕些什么，许是在练习一支摇篮曲吧。唉，不管怎么说，肚里的小生命并不知道外间的炎凉，做母亲的要为它们考虑周到。

黑黑开始学坏了。它时常离开自己的岗位，开始行乞了，开始随处摇尾乞怜了。它开始和别的饿狗厮打了。为了争夺一块红薯皮或猪食槽里的一点儿残羹剩饭。

后来，黑黑竟开始偷盗了。头两次，它还有些惭愧。当我发现我的一碗剩米汤被舔得干干净净而咒骂不休时，黑黑躲在柳条筐后面，屏住呼吸，连头都不敢抬。我踢它两脚，它不躲也不叫，甘愿受罚。然而它并不改，接二连三地偷。我准备用棍子好好教训它一顿，是男孩子提醒了我。

“黑黑心焦呢！”

“你替它讲情吗？”

“你没见黑黑的奶子？一点儿也不胀，可它就快生养了！”

我原谅了这个可怜的母亲。

但是，黑黑愈发不知深浅了，经常有人找上门来，要找黑黑算账。这家被它偷了几块干粮，那家被它盗了一盆泔水，自留地的玉米被它压倒啃了，红薯地里的红薯被它刨了……人们愤愤地骂着：“这贱狗！再偷剥你的皮呀！”有人用石头砸它，有人用锄把抡它，它尖声地讨饶，尖声地求救。幸亏男孩子是黑黑坚强的保护人。

“把院门关好，别让黑黑跑出来！”队长对我说。可我希望母性能使黑黑的性格有个突变。我故意把院门留一条窄缝。

就在分娩之前的那天晚上，黑黑拖着一条被打瘸了的腿跑回来了。它嗷嗷地呻吟着，哭泣着。男孩子安慰它："怨人家吗？人家也没有吃的呢，人家的娃娃也没奶吃呢……"

夜里，黑黑生下了一窝小狗。

儿女一落地就能安慰母亲的心了，它们"叽叽叽"地争抢着奶头；奶汁流进了儿女的小嘴巴，母亲的屈辱还算得了什么呢？黑黑舔舔这个儿子的脑门儿，吻吻那个女儿的眼窝，哼哼唧唧地唱一回，眼睛里充满了慈爱和满足。冷寂的窑前有了生机。

从院前经过的人们又都停下来，围着柳条筐看一会儿，赞叹一会儿，好像忘记了黑黑一时的不轨行为，又记起了它是一条好狗。

"喂，要养狗的就抱这狗儿子，保险把家看得好，保险！"

"再让黑黑给奶一阵儿吧，狗儿子将来长得壮实些儿。"

"黑黑抓过獾呢！"

"张山那几张獾皮闹卖了钱儿！"

"有一回狼来拱张山家的猪圈，黑黑拼了死命……"

…………

黑黑和它的儿女们就这样在柳条筐里厮守了好几天。

小狗们吃得越来越多了，黑黑的奶子又瘪了。它又拖着瘦弱的身子四处奔走了。

正是深秋，庄稼收完了，田野里一片萧条。黑黑一无所获。

正是荒年，夏天的洪水把麦子毁了，秋粮也所收无几，家家锅里又都熬着米汤，蒸着糠团。黑黑一无所获。

食槽被舔得精光，老母猪也饿得直哼哼。

人粪也难找……

小狗们在叫，在哭。它们还不会自己觅食。

黑黑每天拖着疲乏的身子出去，怀着受了打击的心回来，把干瘪的奶头塞进儿女们的小嘴，儿女们又受了骗似的哭叫……黑黑的目光又呆滞了。它大约是后悔了那山野里的欢乐，生活比它设想的要艰难得多。

/六/

在一个月黑风高的夜晚，黑黑仍旧饥肠辘辘地到处奔走着。家家户户都闭了院门。黑黑不敢回去领受儿女们的责备，也不忍心再去用干瘪的奶头哄骗它们。它追击了一只野兔，但没追着。它又追击一只妄图偷鸡的狐狸，仍然只落了个气喘吁吁、浑身酸软。后来，它看见了一只觊觎羊圈的饿狼，自己瘦得已不是人家的对手，便只有嚎叫一阵，狗仗人势的份。狼逃了，黑黑走近羊圈。不知是那高尚母性的驱使，还是那原始野性的复活，它受了血肉的吸引，竟一时忘却了做狗的本分，它奇怪自己为什么没有早点发现这些丰盛的美味——大概是这样吧，总而言之，我也不知道它施展了怎样的本领，竟然拱开了那布满葛针的柴门，拖走了一只小羊。假若它把小羊就地吃光，再舔净嘴上的血迹，大约谁也不会怀疑这不是狼干的事。但黑黑却自以为高明地又把柴门关好，叼着小羊来博儿女的欢心。也许它做好了挨一顿痛打的准备，但它不明白，这罪行已经超过了人们所能容忍的限度。

男孩子和我也慌了手脚，急忙帮助黑黑掩盖罪行——擦干净筐边的血迹，把吃剩下的皮、骨扔进河里。然后，我狠狠踢了它几脚。黑黑反而安心了，以为人们体谅了它的苦衷，宽恕了它的错误，它又可以重新做一只好狗了。

但是，老羊倌的狗从来就比一般的狗聪敏，那夜它追击了那只饿狼回来，立刻就发现上了黑黑的当。很快，人们便找到了罪魁祸首。

黑黑的刑期到了，但它毫无准备，仍在和儿女们嬉戏玩耍。

人们围在柳条筐边。黑黑绝没料到会后患无穷，以为既已挨了打，并得到了宽恕，此番人们绝不会再有恶意。但还是需要再讨好一番，它向人们摇尾。

“从前是那么一只好狗。”人们说。

黑黑不懂“从前”二字的含义，但因为常听便似乎是听懂了“好狗”二字。它把前爪伸给人们。

人们一巴掌把它打了个趔趄，它理解成“闹着玩”，便又在熟识的人们腿边转来转去。人们又一脚把它踢翻，它以为这一翻滚，大约更能说明自己的忠诚。

“可是一回吃了羊，它就会记下羊的味道，下回还要吃。”人们把绳子打了个活结。

小狗们尖声地叫了。黑黑跳进柳条筐，舔舔这个，舔舔那个。没什么可怕的，将来你们也要跟人们去的，要做一只好狗——黑黑的目光是那样平静，那样憨厚。

人们把绳索往黑黑脖子上套。黑黑抻长脖子欣然接受，以为那是人们的特殊奖赏，以为那正是一只好狗的殊荣——城里那只会钻火圈的肥狗，脖子上就有一条漂亮的锁链……

但是，绳索拉紧了。黑黑跟着拉住绳索的人跑，它似乎有些诧异了：为什么这绳索越来越紧呢?

黑黑渐渐感到出了问题：那么多陌生人倚在西窑门前，坐在它的“神坛”的窗台上，它发出尖声的警告。

拉绳的人把绳子的另一头扔过一杈树枝，然后用劲拉。黑黑觉得这玩笑开得实在有些过分了：它尖声地抗议。

而人们并不松手，并且几个人一起拉。黑黑感到窒息，但还没容得它醒悟，它的身体已经悬向半空。

黑黑那最后一闪的目光给我印象极深，是那样惶惑，那样惊恐，那样冤屈。它看见了什么呢？也许看见了它的主人，也许看见了它的“神坛”，也许看见了往日的欢乐和功勋……谁知道！也许它终于看见了无边的黑暗，但却已经来不及了。它只来得及侧过脸去，望了一眼它的柳条筐。

小狗们正扒在筐沿上，津津有味地看着母亲又蹬又踹的精彩表演。它们能懂得什么呢？当它们长成大狗的时候，这记忆早已经磨灭了，即使记得，也只会以为那是一只好狗的善终。

是我和男孩子把黑黑的尸体拖到村后的山坡上，埋了。我鄙视它，虽然它那副忠厚相儿总浮上眼前，让我心酸。我忽然懂得了狗类的无望，同时看见了人类的光明。人，可以随时发现黑暗的萌生，从而寻得战胜黑暗的道路……

所以我没有自杀。我今天能够把这个故事讲给你，并且不用担心什么人又来给我加一顶沉重的帽子，正是因为人类战胜了那个黑暗的年代。

一九八一年十月

小小说四篇

/春/

老师挥起了双手，但歌声显得很沉闷。很多男学生和很多女学生都往窗外看。

远处的树丛中响着一把圆号。又是那个青年，吹了一冬天了，大概是想吹出山谷的声音，但他的山谷中似乎只有石头。

“你们觉得吹得好吗？”老师的脸色很难看。

他重新挥起双手。歌声还是很疲倦。

树丛里晃着一个青年的身影，闪亮的是那把圆号。青年不时停下来，往树丛前面的草地上看。圆号声吹出了山谷里鹰的盘旋。

这家伙有门儿了，老师想。但眼前这些懒散的学生实在让他头疼。“来！重来，要严肃！”

没精打采的男声和女声混杂着响起来。

“休息！”老师喊。

青年又走到树丛边，朝草地上张望。

一个穿着工作服、戴着工作帽的人在给草地上的果树浇水，也正扭过脸去朝树丛中看。

圆号声又响了。山谷里，溪水冲开了冰层，瀑布飞溅，响着巨大的轰鸣。

老师想：这家伙怎么忽然来了灵感？

草地上，给果树浇水的那个人一听不见号声就扭过脸去看那片树丛。水喷湿了工作服。

圆号声就又响了，吹出了矮树林的恬静和黑苍苍的大树林的庄严，星星似的野花，还有雄山羊“咔啦咔啦”的角斗声……

他的山谷忽然有了活气，老师觉得很怪。

圆号声一直没停。青年一边吹一边往草地上偷看。草地上的那个人一直在听，坐在草地上，水早已经漫出了果树周围的土埂。

老师忽然猜到了一件事，转过身来看着他的学生——喉结鼓起来的男学生和胸前紧绷绷的女学生。他懂了应该怎样指挥。

“男同学的声音可真够粗的。”他说。微笑着，闭起眼睛，感慨似的晃着头。

男声部变得很够劲儿了，很多男学生都尽力使自己的声音显得浑厚，悄悄地控制着口型。

“女同学的声音就是另一个样儿。”他说。仿佛那是一件不可思议的事。

女声部更显得清朗、纤细了。

老师在心里笑，想起了自己年轻的时候。

果树上挂着工作服和工作帽，一个年轻的姑娘在给果树浇水。老师没猜错。

圆号声响着：山谷里的鹰在盘旋；鹿群正涉过融化的冰河，急急忙忙到远方的乐土去……

/夏/

他们一直在街上走着，谁也不说话。柏油路面晃得人眼睛疼，汽车的噪音很大。

到了吃午饭的时候。

“我不想吃，我不饿。”姑娘说。

他们走进一家饭馆，坐在一个角落里，看得见街上白花花的太阳和一些红得刺眼的阳伞。

姑娘把桌上的一摊水画开，画成很古怪的形状。她不断地长出气。

小伙子看着杯子里啤酒的气泡。

“不管我怎么跟他们说，他们还是那么说。”姑娘很快地看了小伙子一眼，又垂下头。

小伙子不停地喝着啤酒，又去买了两个菜。

“我一点儿都不饿。”姑娘说。

“他们怎么说？”

“还是那么说……还是说……”

玻璃上有一只小虫，“嗡嗡”地叫着。街上到处是卖雪糕和卖茶水的疲倦的吆喝声。

“你呢？你自己呢？”小伙子问。

“我也不知道。也许我不应该总耽误着你。”

“也许他们应该总耽误着我们吧？”

“可是我爸爸血压高，妈妈又有心脏病。”

小伙子又去买汽水。他们今天已经喝了好几瓶了。桌上的菜谁也没动。

“好吧，我等。”小伙子把一瓶汽水“咚”地放在姑娘面前，“等你有了血压高，我也有了心脏病。”

她笑不出来，要是往常她又笑个不停了。

“你应该跟那个人好，其实……”

“你说了一百回了！”

“其实她比我好，真的比我好。”

“我只说一百零一回：比你好的人多了，可爱不爱是另一回事！”

他们又默默地坐着，不再说话，谁也不看谁。蜻蜓飞得低了。远处有一片发亮的云彩。

“会下雨吗？”姑娘先说。

“带着伞呢。”小伙子回答。他正看着汽水瓶上的北冰洋。也许那儿不错，有一间房子的话。

“你少喝点儿吧。”

“没关系，啤酒，加了汽水的。”

姑娘想，等将来自己当了母亲的时候，成了老太太，一定要理解自己的女儿，或者儿子。

“假如是你自己不愿意，那……那就算了。”小伙子说，晃晃手里的杯子，“咕咚咚”喝光。

发黑的云彩上来了。应该下一点儿雨了。

“否则，我跟你说了，法律是保护我们的。”

“没用，他们才不管那一套。”

“问题是你不敢。”

“可爸爸血压高，妈妈又有心脏病。”

他们又沉默着坐了很久，然后离开了那儿。

灰黑的云层下面飞着一群鸽子。鸽子显得格外洁白，像一群闪电，像一群精灵。

“你真的能等吗？”姑娘眼里有泪光。

“当然。我们的日子比他们长。”小伙子支开了雨伞。下雨了。

/秋/

小姑娘睡着了，坐着，就睡着了。

老头儿把小竹车的前轮翘得悬空起来。孩子是坐在后轮这一边的，这样她就等于是躺着了，能睡得舒服些。老头儿推着竹车往前走，比原来费劲多了。落叶在他脚下“吱吱”地响。

老头儿觉得太阳很温和。可是，小姑娘一会儿把脸扭向这边，一会儿又扭向那边。路边有一块大石头，他把竹车的前轮架在上面，支开一把伞，罩在车上，然后推起车再往前走。孩子安稳地睡在伞荫里，她刚才玩得太累了。

他走得很慢，也许是因为老了，也许是怕晃醒了孩子。他已经穿上了棉裤，腿有病。小姑娘却还偏要穿着那件红色的连衣裙，好在总算给她套上了一件黄毛衣，又穿上了毛裤。这会儿孩子睡着了，老头儿又觉得寂寞。他吃力地把稳竹车，前车轮才不至于垂下去。土路被夏天的雨水弄得坑坑洼洼，需要十分小心，车里的小姑娘才不会被震醒。

路上挺安静。不知从哪一天起蝉就不叫了，老头儿还答应给孩子捉一只呢，一夏天都没捉到。他想起小时候爬上树去掏鸟窝的事，他的爷爷在树下喊，怕他摔坏了腿。那时他不在乎，现在可不行了，腿总是疼，不得劲儿。唉！总要跑医院，总得去扎针……

竹车震了一下，老头儿慌忙低下头，从伞边望望孩子。小姑娘睡着。他不敢再去想别的，注意看着前面的路，把前车轮再翘高些。

一路上他总听见什么地方响着一种琴声。

老头儿坐在医院的长椅上时，才觉得胳膊和腰也有些酸疼了。他轻轻地揉着、捶着。

“哈哈，你醒啦？”他拿掉伞，发现孩子醒了。

小姑娘睁着眼睛，愣着。

“你喝不喝点儿水？橘子水？”老头儿晃着水瓶。

孩子四下里张望。

“找你的小狗熊？”他从提兜里掏出一个毛茸茸的小狗熊，摇着，又捶捶背。

“爷爷，谁在弹琴？”小姑娘睃睁着问。

“琴？”老头儿也四下里张望，他也总听见一种琴声，“没有，没有琴，是你在做梦。”

老头儿被大夫叫进去扎针了。

孩子玩着小狗熊。她看见窗外滚动着金黄的落叶，闪闪地耀眼，一层层掀起，又落下。

她长大了还记得：爷爷腿疼，腿上扎了好多针。还记得琴声似的秋风……

/冬/

弟弟用手指头化开了玻璃上的一块冰花，看见了黑漆漆的夜。门上有一个小洞，他把玩具手枪的枪筒插出去，对准外面呼啸的北风。

妈妈不在家。一到晚上她就到大森林中去。

“妈妈一个人不怕吗？”弟弟转过身来问。

“不怕。”姐姐回答。姐姐正在灯下做功课。

“妈妈干吗非得去不可呢？”

“妈妈得去照看森林里的那条路。”

“有狼吗？”

姐姐没回答，望望墙上爸爸的遗像，想：那时候自己和弟弟现在一般大。“困吗？”姐姐问。

弟弟摇摇头，把枪筒插出去，开一枪。又开了一枪。又开了一枪……外面的风还是很大，远处的大森林恐怖地喧嚣着。

“妈妈非得去照看那条路吗？”弟弟问。

“当然。火车得把木材运出去。”

弟弟坐在小板凳上想着：妈妈不会碰到狼，因为狼已经被猎人打死了。他去找那本小人书。

他翻到了那一页，给姐姐看：“看，没有狼。”

姐姐看看爸爸的遗像。她想起爸爸最后对她说的话：“其实有狼，森林里常常会有狼。你怕吗？”那时候，弟弟还不懂事，只有一岁。

“有狼。”姐姐说，“爸爸打死过很多狼，可那回爸爸又碰到了很多狼……”

弟弟坐在炕上想着。姐姐又往炉膛里加了几块柴。窗玻璃上的冰花又结满了。

“爸爸干吗要到森林里去？”

“爸爸得去照看那条路。”

“非照看那条路不可吗？”

“当然。火车要把兽皮和药材运出去。”

“你敢到大森林里去吗？”

“你呢？”

弟弟又化开玻璃上的冰花，望着黑夜，听着北风在森林中穿行，想象着自己敢不敢去。

后来，他睡着了，玩具手枪还插在门上的那个小洞上。

一九八二年十月

巷口老树下

路灯昏黄。飞蛾冲撞着欢聚的蚊群。正是晚饭后乘凉的时光，小巷口上喧闹如常：女孩子们踢踢踏踏地跳皮筋，男孩子风也似的追逐喊叫，姑娘们借着路灯的微光飞快地编织着，老太太们则在抱怨今年的西红柿涨了价，西瓜也不甜。

老槐树的枝叶一动不动。小巷里弥散着蒸腾的暑气。老槐树旁聚集了一个兴奋的人堆：赤亮的脊背和鲜艳的衬衫交相辉映，各式发型黑乎乎地扎在一处，不断爆发出激动的叫喊："国徽！麦穗！麦穗！国徽！"那是在用五分的钢镚儿算命。

邓丽君正在谁家的窗户里深情地唱着："轻轻的一个吻……"

算过了命的人纷纷挤出人堆，抖着汗湿的衣衫，摇着芭蕉扇，在老槐树的另一边重又组成一群。或站，或蹲，或坐，或靠在墙上，或倚在树旁，先是无言地思忖着，旋即火光闪亮，抽起了闷烟。

壁虎隐蔽在墙上老槐树的黑影里，正阴沉地注视着一只向上爬来的甲虫……

"看来，"绞着辫梢儿的姑娘鼓起两腮，望着深远的夜空，长长地吐了一口气，“看来这‘八卦算命法’还挺灵。”

吹着口哨的小伙子弹弹烟灰，阿谀地探过头来：“你的命是什么？”

“名落孙山。”姑娘凄然地回答。

“你还惦记着考大学？”小伙子语气中含着挖苦。

“你少讨厌！我说的是招工。到这个月底，就毕业整两年了……”

“嗐！你何必当真呢？各种各样的算命法我见得多啦！”这是个可以显露博学的机会，小伙子兴致勃勃劝慰姑娘，“什么八卦算命法，听燕生那小子胡嘞嘞，两口子都得分家。他还说我的命是‘鹏程万里’呢，孙子才信！”但他从姑娘的脸上立即看到自己的劝慰是如此缺乏说服力，于是把目光转到一个架双拐的小伙子身上：“你猜他算的命是什么？——‘乘龙快婿’！也不知他自己是快婿，还是他能招个快婿？真能把死人气活过来！”

姑娘格格地笑了。众人也都笑了。架双拐的小伙子羞红了脸分辩：“我并没有说我信了呀！我说我信了么？”

“我可信！我的命是‘虎落平阳’。”一个“英雄”蹲在墙角，愤然踩灭烟头，骂道，“姥姥的，真他妈灵！”

“咱俩差不多，我是‘秦琼卖马’。”又一条“好汉”说，“燕生这‘八卦算命法’真有些灵。”

“我也信。我是‘布衣草履’，可不是吗，一辈子穷命！”

“谁爱信谁信，反正我不信。”持不同意见者发言，“我倒是算了个‘久旱逢雨’呢，老天爷长眼，屋漏逢雨倒差不多！”

“扯淡！我前天就算了个‘金榜题名’，结果怎么样？今儿早晨发了第三榜，他姥姥的，这回涨工资又吹了！”

算得坏命的宣称“灵验”，算得好命的发誓“不信”，似乎命运的好坏本是应该谦逊的事。

“反正我说灵！”“灵验”派坚持。

“灵个屁！”“不信”派顽固。

墙上，壁虎敏捷地向甲虫靠近，又机警地藏身于另一片黑影中……

轻摇扇，慢啜茶，“灵验”派的同人们互相告慰，像是坚定了信念，又像是为了坚定信念。

卡车在巷口前呼啸而过，卷起一片呛人的烟尘。烟尘散处，一位形容枯槁、貌似干姜般的老头摇晃了过来，“不懂装懂！”他愤愤然说，“说我‘子孝孙贤’！”他像蒙受了不白之冤似的摊开双手，满脸皱纹都在抖动，“街里街坊的，谁也瞒不了谁，我重孙子都有了，可你们说，有哪个孝顺？”

“您是说燕生这‘八卦算命法’不灵么？”有人给老头让座。

“自然是不灵！”老头使足力气“呸”了一声，“就说燕生那个乳臭未干的孩子？八卦算命，老辈子就有！古来有能为的人谁不懂八卦？‘三国’的孔明，‘封神’的太公姜子牙！这八卦是太乙真人下传凡世的，难道是这么容易的么？孔圣人有言：知之为知之，不知为不知，光凭三个钢镚儿扔来扔去就想算得准命么？”

此一番“深通”经史的广征博引，又在老槐树下引动了深思。

甲虫似乎感到了什么危险，停步在一条砖缝里，屏息静听，凝神四顾；壁虎一动不动，似乎也懂得兵不厌诈，静候良机。

…………

轻划火，慢点烟。“不信”派的友邻们互相鼓舞，像是保持着镇定，又像是为了保持镇定。

起了一阵微风，飘来一股烂西瓜的气味。

微风过处，从小巷的另一端急匆匆地跑过来一个中年妇女。“嘘——”她绕过人群，神秘而且担忧地抓住一个姑娘的胳膊，同样神秘而且担忧地说，“还不快去看看你爸爸！”

“怎么了？”姑娘懒洋洋地问。

“我怕他又要犯病了！”中年妇女诚惶诚恐，“他在那儿一个人走来走去，搓手跺脚，嘴里又那么叽叽咕咕的……”

“没治！”姑娘伸伸懒腰说，然后无可奈何地向小巷的另一端走去。

“又是为了什么事呢？”中年妇女接过别人递给的一把葵花子，嗑着，依然神秘而且担忧地望着众人。于是众人嘁嘁喳喳地议论开了：

“他刚才算命的时候脸色就发白。”

“还偷偷地双手合十，让我看见了。”

“结果算了个‘推车靠崖’。”

“燕生不想再给他算了，可他偏说第一回不算数，说他把钢镚儿只摇了两下，少摇了一下……”

“第二回偏又那么巧，算了个什么‘如履薄冰’！”

人们都踮起脚尖，朝小巷那头张望。

“他这病怎么落下的呢？”不知情的人问。

“他亲眼看着老娘让红卫兵打死了，老婆前两年又喝了敌敌畏，说是与‘四人帮’有牵连，都怪他自己吓的……”知情的人说。

看来，“八卦算命法”确是灵验。“灵验”派的信念可以因此愈加坚定了。然而不，全体“灵验”派的党徒都紧张乃至默想；烟末洒落在发抖的纸烟上，芭蕉扇骤然停于胯下或者胸前，眼睛盯着杯子里漂浮不定的茶叶棍儿……风也是热的，邓丽君还在咿咿呀呀地唱得烦人。倒是“不信”派诸君能够泰然处之，释然而且大度地说：“这算不了什么，不过是碰得巧罢了。”

忽然，不知从什么地方隐隐传来一阵悲凉的哭号，间或还有凄切的呼唤。人们“呼啦”一下子站起，耸起耳朵辨别方向。

一个男孩子仓皇地跑过来。

“是谁家？”众人争先发问。

“三、三十八号张、张大妈家……”男孩子气喘着。

众人又都松心地落座：“怎么回事？”

“小、小生子，和、和人打架，让人扎、扎、扎死了！”

“死了？”

“死了。”

“真的？”

“真的。”

“你怎么知道？”

“警察说的，今天下午在……”

人们重又啜茶，吸烟，摇扇……

“哼，早晚有这么一出，我说过。”好几个人居然都有先见之明。

“国徽！麦穗！国徽！麦穗！什么命？……”老槐树那边又到了关键时刻。

“哎——”老槐树这边有人灵机一动，“刚才张大妈算的是什么命？”

“好像是‘苦尽甜来’。”

“不，是‘苦尽甘来’——没错儿！她当时还说要请燕生吃炖肉呢……”

甲虫突然发现了壁虎，转身飞逃。但悔之已晚，壁虎纵身一跳……

远处的哭诉声愈加惨然了。

如此一来，“八卦算命法”还是难信，“不信”派们又有一个可以炫耀的机会了。但是怪，所有“不信”派诸君都愕然乃至躁动：屁股在凳面上碾动，脚跟在土地上刨坑，“噼噼啦啦”，蚊子真讨厌，浑身都发痒。于是轮到“灵验”派们释然而且大度地说：“灵还是灵，不灵的时候毕竟是少。”

算得坏命而宣称“灵验”，宣称“灵验”却又为“灵验”的事实而紧张；算中好命而发誓“不信”，发誓“不信”却又为“难信”的证据所躁动。人类的真心哪，似乎永远难于窥见。

深默着。

深默着。

还是有人不死心。“你们说燕生算得不灵么？”一个抱着孩子悠来荡去的青年妇女又开了腔，“可我们那口子刚才替他二姨姥姥的六表叔算了一命，你说不灵？他给我们娘儿仨算的不是‘鸡飞蛋打’，就是‘梦里南柯’，给他二姨姥姥的六表叔算的是‘父荣子贵’！‘父荣子贵’！！可燕生也不知道是给他二姨姥姥的六表叔算的呀！再说，燕生也不知道他二姨姥姥的六表叔是副部长呀！”

“算了吧，你们那口子的二姨姥姥的六表叔是副部长，你说过总有八百回了。”一个牵着小孩手的男人在青年妇女身旁停下来，“连我们小威威都知道。是不是，威威？”

小孩点头做证：“他说他家那个外国挂历就是他二姨姥姥送的，还有一件进口背心。”

老槐树下“轰”地响起一片笑声：

“再多绕几个圈儿，皇上还是我小舅子呢！”

“咱们这小胡同里还真藏龙卧虎，住着副部长二表妹的姨外孙子……”

“应该写个牌子挂在老槐树上！”

“可惜路太窄，红旗轿车开不过来！”

青年妇女有些羞愧，连忙打岔说：“咱没跟你们说这个，咱说的是燕生这‘八卦算命法’怎么会这么灵！”

“给你二姨姥姥的六表叔算了好命就是灵？”

“天地良心！我是这么说的么？我们娘儿仨可是‘鸡飞蛋打’‘梦里南柯’啊！”她恼羞成怒了，“你当我不知道你算了什么命哪？你算了两回都是‘金鹰展翅’！”

“所以我不信嘛！你瞧，我只够得是‘秃尾巴鸡’的份儿。”男人耸动着瘦骨嶙峋的双肩。

“……”青年妇女没了词儿。但急中可以生智，急中生智的时候又往往可以道破真情，“你那是得了便宜卖乖！算了好命假装不信，可心里甭提多美呢，恨不能那是真的！”她喊道。

这是一句敏锐的判断！所有算中好命而发誓“不信”的人们都尴尬，尴尬而至无言，无言铸成愤怒，愤怒终于爆发：“以小人之心度君子之腹，你才是算了坏命心里难受，倒装着认命呢！放心，没人可怜你！”

这是一记准确的回击！所有算得坏命而宣称“灵验”的人们都惊服，惊服于是自怜，自怜导向怨恨，怨恨终于难以压抑，于是有人发话了：“谁用你可怜了？现在这年头，谁有本事谁享福，谁没能耐谁活该，谁也不用可怜谁，谁也不用谁可怜！他姥姥的。”

“喂，你要认命谁也不拉着，可是别骂人！”自然有人搭腔。

“我又没骂你！”

“你骂谁？”

“谁认头就骂谁！”

“再骂我打你丫头养的！”

…………

老槐树这边眼看要爆发一场“热战”，突然，老槐树那边的人堆中爆发出一阵惊叫：

“错了！错了！全错了！燕生把命算错了！”

“怎么回事？”老槐树这边的人都如弹簧般蹦起，无论是“灵验”派，还是“不信”派。“热战”没有爆发，冷战也告平息。

一个小姑娘挤出人堆，得意地向这边的人显摆她的先知：“原来那张‘八卦算命图’上写着，国徽是画一长横，麦穗才是画一短横，可燕生哥给弄错了，弄成国徽是短横，麦穗倒是长横了……”

瞬间，算得坏命而宣称“灵验”的人们的脸上都现出欣喜的神色。然后，叫嚷着，笑骂着，蹦蹿着，丢却了刚才的誓言，忘却了自己的派属，抱着新的祈望重又投入到老槐树那边的人堆中去，重又把钢镚儿抛向空中。老槐树这边，单剩下算中好命而发誓“不信”的人们。他们没有心思为胜利而骄傲，虽然他们早先的预见已经得到了证实。他们木然地站着，呆愣着，机械地摇着扇子……

“……月亮代表我的心……”邓丽君还在唱。

壁虎正吞咽着甲虫……

一九八二年

夏天的玫瑰

傍晚，老头儿跟每天一样，从城里回来。他终于买来了那只青铜的公牛。本来今天应该很高兴，可是他刚才又碰上了那个年轻的父亲。老头儿后悔没再跟那个年轻的父亲说说。

蒙蒙的细雨，零零碎碎地从早晨一直下到了傍晚。这会儿，起了一点儿风，有些凉了。快要到秋天了。

“算了，还是少管别人的闲事吧，饶着管了，别人还不高兴……”一路上，老头儿不断地劝着自己。他竭力想忘掉那个倒霉的孩子。

他扛着那根烫满了小窟窿眼儿的竹竿，弓着腰，蹒跚地走着。路上几乎没有什么人。开阔的田野、错落的农舍和工厂的楼房、路边的水车，还有远处黑色的林带，都蒙在无边的细雨中。他回家去。竹竿上只剩了一只小风车儿，静静地转着，像一团红色的雾。他就靠卖这小风车儿为生。

雨中的黄昏，很静。郊外的土路又细又长。

远处的村落里，大喇叭唱着。“夏天最后一朵玫瑰，还在孤独地开放……”是一支洋歌儿。

老头儿在竹竿的顶端罩了一把雨伞。每逢雨天他就这样。那只纸叠的小风车儿在灰暗的雨伞下面默默地转着，就像那支歌。

他抱着那只刚买来的铜牛，拄着一支木拐，慢慢地走着。那铜牛不轻。他不时停下脚步，用衣袖擦去溅在牛身上的雨点。他每天都要到城里去卖小风车儿，每天都这个时候回来。牛身上布满了粗糙的气孔、绿锈和凹凸不平的铸痕，老头儿总觉得那是些伤疤。他早就想买这只牛，牛的高高隆起的肩峰一直吸引着他。吸引他的还有牛的四条结实的腿和牛的向前冲去的姿势。今天总算把它买回来了，老头儿很高兴。可他一觉得高兴，就又想起了那个孩子。

那孩子可真倒霉，刚生下来就这么倒霉！“百分之九十五的可能是残废。”好几个大夫都这么说，那个老大夫也这么说。唉，可怎么好……老头儿想着，看了看天。

可孩子还什么都不懂呢，不知道这下子可遭了瘟哪，将来才倒了血霉呢。老头儿想着，又后悔自己没再跟那对年轻的父母多说说了。

不远处，是一条铁路。穿着雨衣的检路工在高高的路基上走着，不时传来铁锤敲打路轨的“叮当”声。老头儿站住。他知道，在那铁轨的遥远的尽头，是他的故乡……

“她准是也老了，她老了准也还是挺漂亮的。”他望着高高的路基，在心里对自己说。近几年来，他常常想，他也许该回到故乡去了。

老头儿又走了一会儿，然后在路边的土埂上坐下来，把铜牛放在并拢的双腿上。他走得有点儿累了，拄拐杖的那条胳膊又开始发酸、发疼。他拍拍牛的结实的脊背，对自己说：“别像个老傻瓜似的胡思乱想了。”“也别净替八竿子打不着的人瞎操心了。”他又劝自己忘掉那个不幸的孩子。他出神地看着那只青铜的公牛，真佩服它有那么一身漂亮的肌肉。老头儿从蓝布提兜里掏出水壶，喝了一口；不是水，是酒。

小风车儿像一团红色的雾，在他白发苍苍的头顶上。空旷的田野上空，光是飘着雨。

“……所有她可爱的伴侣，都已凋谢死亡，再也没有一朵鲜花，陪伴在她的身旁……”隐隐约约还可以听到村子里的喇叭声。放广播的准是个年轻人。

这歌倒是像唱着老头儿的身世。

他就靠卖这种纸叠的小玩意儿为生，干不了别的了，老了，而且两条腿的下半截都是假的，用钢箍箍在大腿上的。刚箍上的时候很疼，现在早就习惯了。晚上，他在灯下把一张张红红绿绿的电光纸裁开，叠成一个个四角的小风车儿，再用大头针把它们钉到白天捡回来的冰棍棍儿上去。他喜欢喝酒，喜欢一边做着小风车儿一边喝酒。风车儿做好了，够第二天卖的了，他把它们都插到竹竿上，还要再喝一点儿酒。他一边咂摸着酒，一边欣赏着那些小风车儿，吹吹这个，吹吹那个，看看它们是不是都转得很好。喝完酒，他爬上床，卸下假腿，睡一会儿。天不亮，他就起来，做一点儿吃的，动身到城里去卖小风车儿了。二十多年，天天如此。二十多年前，在他还有一条好腿的时候，他还在建筑队当过小工，后来不行了。好些现在已经当了父母的人都玩过他做的小风车儿。

人们都知道这个卖风车儿的老头儿，知道他的腿是假的，木头做的。人们都知道他的歌谣。“跑呀跑，转呀转，小风车儿，变呀变。”是他胡诌出来的。他很会招引孩子，——得把小风车儿卖出去。

“老爷爷，变成了什么呀？”“噢嗬，老爷爷可是什么也变不成啦。”他摸摸每一个孩子的头。“小风车儿变成了什么呀？”“你们看那里头有什么呀？”一团团红红绿绿的雾。“是一只小兔子吗？”“不，是个新郎官儿！”老头儿捏捏小姑娘的脸蛋儿。“是云彩！”“云彩里有你的新娘子！”老头笑了，拍拍男孩子的肩膀……这是他最高兴的时候，仿佛自己也回到了童年。可这时候，他又要想起故乡，想起心中的那片乐土，想起一些令人心碎的往事。他希望这些孩子可别有哪一个将来要得“脉管炎”，这些欢笑着的小脸儿可别有一天要变得悲伤。孩子们散去了，举着小风车儿飞跑，一团团云，一团团雾……他默默地为孩子们祈祷。他独自回家去。他没有孩子。他的腿，一条是在二十岁的时候锯掉的，另一条是在三十多岁，都是因为“脉管炎”。

雨悄声地飘洒着，“沙沙沙”地落在田野上、土路上和老头儿的雨伞上。他的背驼得很厉害，蓝布褂子的背部让太阳晒得发了白。他的头发也全是白的。竹竿上那只红色的小风车儿显得很鲜艳。老头儿一直看着那只青铜的公牛。吸引他的还有那对犄角，像一张弓，尖利的两端向前弯去，向前直冲。“真横！”老头儿握住牛的犄角：“老虎又怎么着？老虎也未必经得住它这一下子。”老头儿还记得他那两条小腿，稍一用劲，那两条粗壮的小腿就全是见棱见角的疙瘩肉。他记得，在老家时他扛起过二百斤重的麻袋，后来他又记得好像是三百斤，或者是差一点儿不到四百斤。他又摸摸牛的四条健壮的腿。“真壮！”他赞叹地摇摇头。“妈的，这家伙！”

老头儿总爱自己跟自己叨咕点儿什么。夜里睡不着觉的时候，他常常叨咕着一句话：“她也老了，她准是也跟我一样，老了。”他就干脆不睡了，爬起来，再喝儿口酒。谁也不知道他说的是什么人。人们说，人老了有时候就变得古怪，尤其是一辈子没结过婚的人。他喝着酒，又去吹吹那些小风车儿，想着一些往事。许多年前，他到这远离故乡的地方来治病，锯掉了一条腿，他就再也没有回故乡去……

“……当那爱人的金色指环，失去闪烁的光芒，当那珍贵的友情枯萎……”

老头儿在土埂上坐了很久，撅起来的后衣襟被雨水打湿了。天可真是要冷了，他打了个寒噤。黄昏时分的光亮度变得很快，一会儿比一会儿暗。小风车儿在灰蒙的暮色中闪着一点儿红光。老头又想起了那个孩子。唉，干吗非让一个注定要倒霉的人到这世上来不可呢？世上可不缺倒霉的人！他想。“那对小夫妻不听我的，依我说就别再抢救那孩子了。当然啦，谁舍得自个儿的孩子呢？可舍不得他，是为了让他来受罪吗？让人看不起？”他叨叨咕咕地跟自己说着。他站起来，回家去。不过，他真正的家在很远很远的地方，在那条铁路的尽头。

老傻瓜，谁又会听你的呢？人们要么不把这当成什么大事，要么倒说你是悲观主义。王八蛋主义！你要是说“为了别给社会增加负担”，有些人倒会同意，可是，“社会负担”这句话对残废人来说是多大的负担呀！最好是别给社会增加负担，也别让一个人总是觉着自己是个负担。人来一世可不是为了当别人的负担的。有些事是避免不了的。半路残废的事就没办法。可有些能避免的事干吗也不去避免呢？老说什么人道不人道的，让一个孩子来倒几十年霉就是人道？人们也不知都怎么了，就顾不上为那个孩子的一辈子多想想。我可不觉着那是乐观主义。王八蛋主义。我说那是造孽……可话又说回来了，老傻瓜，谁听你的呢？老头儿一路走一路想，又觉着还不如忘了这件事的好。

他让自己不去想这些事，又欣赏起他的铜牛来。还有这牛尾巴，甩得多有劲！他用手指尖捏捏牛尾巴，仿佛能觉出它的弹性。他想买这只牛已经很久了。有一天，他在城里卖小风车儿的时候，忽然发现了这只青铜的公牛。它站在橱窗里，梗着脖子，四只蹄子紧紧地抠在地上，身体的重心全移到了高高隆起的厚实的肩峰上，低着头，两只犄角像是两把挥舞着的尖刀。老头儿愣住了，被牛的骄蛮的姿态吸引住了。牛身上每一块绷紧的肌肉都流露出勃勃的生气和力量，每一条胀鼓的血管都充满了固执和自信，每一根鲜明的骨头都显示着野性的凶猛，使人想到一只被它顶死的老虎，想到它被老虎咬伤的地方淌着黏稠的鲜血，想到它冲向对手时发出的暴怒的咆哮，想到它踏在老虎尸体上时那傲视一切的眼神，它晃着那对刀一样的犄角，喷着粗气，在荒野上飞奔狂跳……商店的台阶很高，老头儿开始往上爬。他望着那只牛，沉静了多年的血液又在身体里动荡、奔突。老头儿忽然明白了，他常常在梦中看见而醒来又变得模糊的那个形象，正是这样一只牛……

有三十多年了，老头儿经常重复地做着一个梦：他的腿没有了，独自在一片陌生的荒野上爬，想要爬回家去。可是他不知道家在哪儿，应该往哪边爬，他从未见过这片无边际的荒野。他爬着，忽然看见前面有一堆眼睛在盯着他。那是狼！一群狞笑着的狼！他慌忙往后退，转过一个墙角，屏住呼吸往另一个方向爬。可前面又有两只佯睡的老虎，正眯缝着眼睛瞄着他！他又赶紧往左爬，擦着地皮，一点儿一点儿往前挪，爬过一间豪华的大厅，爬进一条幽暗的楼道。又有一堆纠缠在一起的毒蛇向他抬起头，吐着芯子！幸好右边是河滩，他躲在一块礁石后面。那不是礁石，是一群大鳄鱼！没处逃了，无路可走了。他猛地来了一股劲，叫喊着在荒野上东奔西突，用头去撞那些狰狞的猛兽。他看见了自己强壮、庞大的身影在荒野上蹦跳、咆哮……醒了，他正用头撞着床边的桌子，拳头在墙上打得掉了一块皮，流着血……

就是这样一只牛！尖利的犄角、高耸的肩峰、粗壮的腿，一身漂亮的肌肉，向前冲的骄蛮的姿态。“多少钱？”老头儿问。售货员告诉他，他吓了一跳。老头儿买不起，但老头儿决心要买；多卖点儿小风车儿就行了，少喝点儿酒就行了。这以后，他天天夜里梦见那只青铜的公牛，梦见它在荒野上横冲直撞，冲散了狼群，撞倒了老虎，踏烂了毒蛇和鳄鱼，牛的青铜的盔甲闪着威严的光，洪亮的叫声像是吹响的铜号……老头儿像个初恋的情人似的，天天到那家商店去，爬上高高的台阶，去看那只牛。人多的时候，他就站在人群后面，从缝隙里看；人少的时候，他就让售货员把牛端下来。每看一回，他感动一回，每一回都有新发现。他觉得牛身上那些凹凸不平的伤疤也是漂亮的。“可它还是这么使劲儿地顶。”他说。售货员纳闷儿地看看他。“多少钱？”他又问。售货员又告诉他一遍。老头儿逐日计算着自己攒下的钱，想象着把牛摆在自己的床头，夜晚就不会孤独。

天黑了，雨仍然没停。看不见那只小风车儿，也看不见老头儿的白发。夜和雨不知把人们都藏到哪儿去了，这世界上似乎只有老头儿蹒跚、沉重的脚步声。他的胳膊又在隐隐地疼，最近他的胳膊时常这样疼。“可别又是那种病，妈的！”老头儿骂着。雨似乎更大了，他把牛盖在自己的衣襟下，贴在胸口上。他终于把它买回来了，觉得心里踏实、安稳，觉得心里有劲儿、高兴。要不要给它报个户口呢？老头儿想，笑了。老头儿往家走。

远远地看见了一片灯光。他走到了三岔路口。一条路是通向他的小屋的，另一条通向那所产院。老头儿又想起了那个倒霉的孩子。

“他们还在抢救他呢。”老头儿说。他又在路边的土埂上坐下，犹豫着该不该再去跟那对年轻的父母说说。“不是把什么样的人救活都是人道，你们得为孩子的一辈子想想……”

“……我不愿看你继续痛苦、孤独地留在枝头上……我把你那芬芳的花瓣，轻轻散布在花坛上……”

老头儿也快会唱这支歌了。

那个一生下来就有百分之九十五的可能要成为残废的孩子呀！干吗一定要把他救活呢？当然，还有另外百分之五。可这是赌博，是对比太悬殊的赌博！是拿一个人的一辈子在赌博！为什么呀？为了满足父母的感情，就不怕把一个注定要受尽折磨的人带到世上来？！

老头儿站起来，朝那所产院走去。他想去求求那对年轻的父母：让那个倒霉的孩子安静地去吧，那才是人道。他想，王八蛋主义！

可我干吗还活着呢？在去医院的路上他想。

我不一样，我能顶得住，那个孩子可不见得行，老头儿想。

再说，我也有时候快顶不住了，他又想。

何必让一个人平白无故地来顶住那么多倒霉的事儿呢？说说轻巧。

过去，我是怕给我的亲人们弄得难受，我才活着，老头儿想。

我是半路残废的，要是一个活生生的人一残废就去死，活着的人可怎么想？小时候，我们村儿里有个人就那么寻了死，活着的人都叹气……

主要是，大伙儿对我都不错，我不能做对不起他们的事，让他们说我没良心，他想。

有些事不那么简单，不好说……

可这孩子的事挺明白。他还什么都不懂呢，让他去吧，那是爱他。给他做件好看的衣裳……

老头儿走了很久才到了产院。他看见那个年轻的父亲站在走廊上。

“孩子怎么样了？”老头儿问。

“他不用再受折磨了。”年轻的父亲说。

“他好了？”

“他去了。不抢救了，他安静地去了。”

“…………”

“谢谢您，您说得对。”

那支歌叫：夏天最后一朵玫瑰。老头儿想。

老头儿从心里感谢这个年轻的父亲，可老头儿的心突然又像是被撕碎了；他看见年轻父亲的眼里闪着泪光。老头儿眼里也一样，他也喜欢孩子，是孩子都喜欢。他觉得没有人比他更懂得这个年轻父亲的心。他坐在年轻父亲的身边。

他们都不说话，望着落雨的天空。雨丝在路灯下闪光，密密地编织着爱的轻纱，或是爱的罗网。

老头儿忽然想起了那只青铜的公牛。他把牛放在年轻父亲的腿上。

“你看，这家伙多精神。”

年轻的父亲点点头。

“是挺壮的。”

“横劲儿！嗯？给你吧。”

“不，我不要。”

“拿着。”

“我不要。”

“拿着！”

“够贵的吧？哪儿买的？”

“不贵，没多少钱。”

“你看它，多大劲儿！老虎也不是个儿。你看这犄角，这脊背，这腿……他母亲怎么样啦？”

“她老是唱那支歌。”

“夏天最后一朵玫瑰，还在孤独地开放，所有她可爱的伴侣，都已凋谢死亡……”

“别让她老唱这么难受的歌。”老头儿说。

“您去跟她说说，行吗？”

“她还有你。你呢？你也还有她。”

“您去跟她说说吧。”

老头儿走进病房。他对那个年轻的母亲说：“早年我们村儿里有两口子，第二回生了个挺好看的孩子……”他说了好些过去他家乡的事。“快把身子养好，赶明儿你们再生一个，我给他做个四角儿都不一样色儿的风车儿，用好纸。”他不知道还应该说点儿什么。

后来，老头儿独自回家去了。他在铁路高高的路基下面走。铁路伸向他遥远的故乡。他想，他也许应该回去了；假如她需要他，他就留下来，假如她已经把他忘记，他就再回来卖他的小风车儿。反正卖小风车儿也是件挺高兴的事，总能跟孩子们在一起，而且，靠卖风车儿自己养活自己，就不是社会的负担……

一列客车隆隆地开过，车窗里的灯光照亮了那只小风车儿。小风车儿在夜风里转着，像一团红色的雾，像一朵玫瑰。

一九八三年

老人

暴雨过后，树林里飘溢着草木和泥土的气息。这是一座荒芜了的古苑。远处，殿堂的屋顶在夕阳下泛起耀眼的黄光了。时间是一九七八年夏天的一个下午。

两个人的头发都已经花白了。他们同时收拢了伞，仿佛刚刚觉出雨停了。他们一直坐在老柏树下的青石上，鞋和裤筒都湿透了。

“别总想那些年的事了，咱们见面又不是为了伤心。”年老的男人想笑一笑，但笑得很不自然，脸上的肌肉发僵。

“忘不了。”另一个老人说。她显得精神恍惚。

“连我自己都不记得那么清楚了。”

“冬冬就说，有时候是冤枉人的人比被冤枉的人记得还清楚。”女的说。

男的不出声地笑笑，低下头看看自己的脚。怎么会忘呢？他又想起了那条冰冷的河、无边的雪野上的那缕孤烟，还有春天翻了浆的小路……“总回忆往事是衰老的象征，咱们还不老。”他低着头说。

“不，毕竟是老了。”她望望他的头发，也想到了自己的头发。“冬冬说我越来越像他外公、外婆了。有时候连我自己也这么觉得；我的一举一动，甚至说话的声音、语气，都像他们。”

云散尽了，落日很大，很静。一群鸽子在那一大片红光中飞着。

“我并不记恨他们。”男的说。

沉默了好一会儿，他又说：“可我真是没想到，他们会那样去死……在我的印象中，你父亲非常坚强，你母亲也总是很乐观。”

“越是这样的人，越受不住冤屈和悔恨。”女的说，“主要是悔恨。那些日子他们时常提起你，对我说，如果还能见到你，让我告诉你，当年的争论是你对了。我不知道他们已经准备好了去死。那情景就像是一对殉情的恋人。那是一九六八年。”

一群孩子从不远处的一片木板房里跑了来，在树林里叫喊着，追逐着；有的穿着凉鞋，有的穿着棉鞋，有一个小姑娘光着脚。

“那是什么地方？”年老的男人问。

“木板房里吗？好像是个接待站。”

“是从各地来的。”女的又说，望着那群孩子。

“还当是带他们来逛北京呢。”还是女的说。

“问题都在解决，一切都在好起来。”男的望着那片木板房。

孩子们在乱石堆中跳上跳下，在水洼里蹚来蹚去，在湿漉漉的草地上又滚又爬，在树枝上打摽悠儿，钻到石凳下去捉蜗牛……响亮的笑声就像树丛间那些归巢的鸟儿。

“孩子们总是想那些高兴的事，心里除了希望，没有别的。”男的说。

“所以他们是孩子。”

“我们也还不老，也还是要有一颗童心。”

“可我们有过。冬冬说……”

他望着那群孩子，臂肘支在膝盖上，十指交叉在一起，紧握着。她看着他。他有那么多深深的抬头纹了，那里面至少有一条是她亲手刻下的，她想。

“冬冬怎么说？你还没说完呢。”他提醒道。

“慢慢再说吧。”她避开他的目光。

树林里飘浮起薄薄的水雾。草地上还剩些淡淡的阳光，一条一缕、星星点点的。

“喔！看那是啥地方？”那个光脚丫的小姑娘跑着喊，站住，呆望着远处的古殿。

“哟！”一个穿棉鞋的男孩子跑到小姑娘身旁，也愣住了，“好阔气呀！”

孩子们都围拢过来。古老的殿堂在夕阳中显得辉煌。

“是我最先看见的。”光脚丫的小姑娘说。

“我第二，我第二先看见的。”那个男孩子一股劲对小姑娘说，希望她能证明这一点。

年老的男人出神地望着那群孩子。他又想起了那条冰冷的河，河底的沙砾扎着他的脚，他在那水面上看见过他的冬冬……

女的摘去落在他背上的一根白发。

他没理会；只是出神地望着那群孩子，像囚徒望着蓝天。

他这么喜欢孩子！她想着，心里难过极了。

“童心是个永恒的主题。”他说，醒来了似的，“我最近发表了一个歌颂童心的短篇，你看到了吗？”

女的没有回答，装作没太注意的样子。

“童心总是想着未来，除了希望，没有别的。”

女的心想：那才糟呢！那希望是经不住磕碰的。“我们都是那样过来的。”她说。

那群孩子静悄悄的，或蹲或站，望着矗立在远处的大殿、大殿闪光的屋顶和红墙。

两个老人也沉默着。

“还记得我们小时候吗？”他搓了一把自己疲倦的脸，转过头来笑笑。

“当然。”她靠在他肩头。她在他衣领里看见了许多疤痕，她没说什么，那是预料中的事。他还是比她坚强，像过去一样。她忘不了过去。

“还记得家乡的那个小池塘吗？”男的说，希望气氛能轻松些。“有一回我让螃蟹夹了脚，你在船上又笑又唱。那时候你总爱唱。在大学里你还是爱笑爱唱。”

两颗斑白的头离得更近了。一只蜂儿在他们头上“嗡嗡”地飞，被他赶开了。

“可生活并不像那些歌。”她说。

过了一会儿她又说：“我们都老了。你说童心？其实我们的心都不那么干净了。”

“只要我们不要总是想过去！不要总背着那么沉重的负担！”

“不，冬冬也没说要背着过去的沉重的负担！”

“冬冬怎么说？”

“噢，以后慢慢再说吧。冬冬的心才真正是干净的，童心。还是以后说吧……”

那群孩子依然望着古殿的屋顶和红墙。落霞变幻着色彩，古殿显得遥远而神秘。

忽然，木板房那边传来一阵喧哗，夹杂有哭声。孩子们都惊慌地转过身去，听着，望着，互相对视片刻，“呼啦”，都朝那片木板房跑回去。光脚丫的小姑娘摔倒了，但她很快爬起来，追上去，顾不得哭。

“本该是无牵无挂的年龄。”女的望着跑去的孩子说。

“倒像是受惯了惊吓似的。”她又说，“这些年哪！”

“别总想那些年。那些年都过去了。”

女的心里颤抖了一下。四周的水雾更浓了。

许久，女的到底忍不住了，说：“还记得小时候，你外婆讲的那只‘寒号虫’吗？冬冬说……”

“说什么？”

她觉得还是不应该说。将来？将来是后人的事。伤疤、白发、毁掉了的青春、妻离子散……还要他怎么样？还要这一代怎么样呢？

“冬冬怎么了？出了什么事？你怎么总是一说到冬冬就……”

“没什么，真的没什么。他正忙着考大学，要不他也来了。哦，他记得你，记得。那天晚上他一直在等你回来，坐在阳台上不肯回屋，他说你不会忘了他的生日——那年他六岁。今年他二十六了。”

男的从衣兜里掏出一个不倒翁。那是一个磨损得很旧了的不倒翁，在他手心里摇晃着，像是在叹息时光的飞逝。

“哦，不过你的话没说完。”

“冬冬好不容易才同意了报考理工科。我怕他拧；他和你的脾气一样，拧。”

“还是没说完，你刚才说到了‘寒号虫’。”

白蒙蒙的水雾在他们身边飘绕。如果是在天上，这就是云。她常梦见他，他也梦见她，还有他们的冬冬。醒来，他们都想到过天堂……不再让铁门和铁条分割人的心。

将来是后人的事？那么谁对过去的事负责呢？她想。她觉得还是应该说。"'寒号虫'总是在夜里叫：'冷死我，冻死我，等到天明垒个窝！'可是，第二天夜里它还是那样叫，老是那样叫。"

"冬冬一定是说，我是一只'寒号虫'。"

"今天我没让他来，我怕他来了要和你吵。他很不喜欢你近来发表的作品。你总说'不要总去想过去的事了'，可冬冬说，那为什么还要开历史课？既然最近的历史都应该忘记，干吗还总在说旧社会的苦？还……"

"他肯定还有更激烈的话。"

"他爱你。这是真的。在他懂事之后，他一直很尊敬你。你唯一的一张照片是他保存下来的。"

那群孩子又"叽叽喳喳"地回到了树林里。

"大概没出什么事。"两个老人互相安慰说。

孩子们又聚在一起，朝远处张望。那儿只剩了一座兀傲的灰影。太阳沉没了。

"好气派的地方！"一个孩子说。

"是啥地方呀？"最小的一个小姑娘问。

"唏——这你还不知道？"大一点儿的孩子说。

"我不知道，你告诉我吧。"

"看，不是还有两根石柱子？"大一点儿的那个孩子不断地吸着鼻涕，很满意自己的回答。

孩子们又都默默地望着那座灰影了。

"那里头有什么呢？"

"咱们上去瞧瞧吧。"

“唏——看把你们能的！”

孩子们又都不说话了，严肃的样子像大人。

年老的男人低声说：“冬冬想得太简单，他还太年轻呢。”

女的心里又颤抖了一下，想：真是老了。“他们当年就是这么说我们的。”她说。

“我们那时确实是太年轻。”

“可最后，错的不是你。”

“那要看探索什么和怎样探索。”

“冬冬说，都被规定好了还叫什么探索呢？”

这时候响起了一阵警笛声，越来越近。那群孩子又是一阵慌乱，但马上又都平静下来。一辆白色的急救车开到木板房那边去了。

“有人得了急病了。”他说，朝那边望了一会儿。

“我原以为没出什么事的。”女的说。

等男的转回头来，女的捅捅他，指指那群孩子：“你注意没有？只少了一个小姑娘。”

孩子们散开了，就像什么事都没有发生一样，又在树林里叫着、笑着、蹦跳追逐了。只是其中没有那个光脚丫的小姑娘。

两个老人沉默着坐在老树下。天暗下来。他们看得见对方的白发。男的在想着那条冰冷的河、无边雪野上的孤烟，还有泥泞的小路和牛车的木轮……虽然那对他自己来说都已成了过去。女的总想着那个光脚丫的小姑娘和她的那群小伙伴，想着他们将来长大了的时候……

“真的，冬冬的心才是干净的，童心。”她说。

“我能不能见见他？”他瞥了一下手里的不倒翁，“也许，我给他带回来两个老头儿。”

“为什么只是见见？他以后会常去看你。”

“以后？现在我也不会妨碍别人的。”

“不不，我知道，我没有那个意思。我只是想等高考报名后再让他来见你……他很拧。”

“像我一样拧。你说过了。”

“他好钻牛角尖。他要是和你争论起来，他非得改报文科不可。他对文史哲都感兴趣。”

又沉默着坐了一会儿，男的站起来，伸出一只瘦削的手，把女的也拉起来。女的站起来的时候，显得有些吃力。

“人老了有时候很可笑。”他说。

“平时并不这样，只不过是今天坐得太久了。”她说。她希望在他面前仍然显得年轻。

“不，我是说我自己。”

“冬冬也总是说我，说我是个古怪的老太婆。”她笑着。她想到他们俩都老了，却又有一种亲切感。

“可不是吗？你也在限制冬冬，在规定他。”

她挽着他的胳膊，像很多年前那样走着。

“我知道我不应该限制他，可是我怕。冬冬说起话来，嘴上没个把门儿的。他像你，长得也像你，比你还魁梧……”她一路絮絮叨叨地说着。

苍茫的暮色中，他们走出了荒芜的古苑。

女的忽然站住：“那么就明天，让冬冬来？”

“只要今天夜里我别冻死。你说他一直当瓦工？那正好，明天我们商量着垒个窝。”

她高兴地依在他肩上。“其实我常对自己说，我们老了，可别再像他们，临终时只有悔恨。”她的声音有些发娇，虽然老了。

“你书包里是什么？”

“对了，杏！你最爱吃的那种酸杏！”

他酸得直闭眼睛：“你说什么？冬冬长得比我还高？”

“冬冬对他的女朋友说，‘我们老了可别像他们’，他是指我们……”

一九八三年

奶奶的星星

世界给我的第一个记忆是：我躺在奶奶怀里，拼命地哭，打着挺儿，也不知道是为了什么，哭得好伤心。窗外的山墙上剥落了一块灰皮，形状像个难看的老头儿。奶奶搂着我，拍着我，“噢——噢——”地哼着。我倒更觉得委屈起来。“你听！”奶奶忽然说，“你快听，听见了么……”我愣愣地听，不哭了，听见了一种美妙的声音，飘飘的、缓缓的……是鸽哨儿？是秋风？是落叶划过屋檐？或者，只是奶奶在轻轻地哼唱？直到现在我还是说不清。“噢噢——睡觉吧，麻猴来了我打它……”那是奶奶的催眠曲。屋顶上有一片晃动的光影，是水盆里的水反射的阳光。光影也那么飘飘的、缓缓的，变幻成和平的梦境，我在奶奶怀里安稳地睡熟……

我是奶奶带大的。不知有多少人当着我的面对奶奶说过：“奶奶带起来的，长大了也忘不了奶奶。”那时候我懂些事了，趴在奶奶膝头，用小眼睛瞪那些说话的人，心想：瞧你那讨厌样儿吧！翻译成孩子还不能掌握的语言就是：这话用你说么？

奶奶愈紧地把我搂在怀里，笑笑：“等不到那会儿哟！”仿佛已经满足了的样子。

“等不到哪会儿呀？”我问。

“等不到你孝敬奶奶一把铁蚕豆。”

我笑个没完。我知道她不是真那么想。不过我总想不好，等我挣了钱给她买什么。爸爸、大伯、叔叔给她买什么，她都是说：“用不着花那么多钱买这个。”奶奶最喜欢的是我给她踩腰、踩背。一到晚上，她常常腰疼、背疼，就叫我站到她身上去，来来回回地踩。她趴在床上“哎哟哎哟”的，还一个劲夸我：“小脚丫踩上去，软软乎乎的，真好受。”我可是最不耐烦干这个，她的腰和背可真是够漫长的。“行了吧？”我问。“再踩两趟。”我大跨步地打了个来回：“行了吧？”“唉，行了。”我赶快下地，穿鞋，逃跑……

于是我说：“长大了我还给您踩腰。”

“哟，那还不把我踩死？”

过了一会儿我又问：“您干吗等不到那会儿呀？”

“老了，还不死？”

“死了就怎么了？”

“那你就再也找不着奶奶了。”

我不嚷了，也不问了，老老实实依偎在奶奶怀里。那又是世界给我的第一个可怕的印象。

一个冬天的下午，一觉醒来，不见了奶奶，我扒着窗台喊她，窗外是风和雪。“奶奶出门儿了，去看姨奶奶。”我不信，奶奶去姨奶奶家总是带着我的；我整整哭喊了一个下午，妈妈、爸爸、邻居们谁也哄不住，直到晚上奶奶出我意料地回来。这事大概没人记得住了，也没人知道我那时想到了什么。小时候，奶奶吓唬我的最好办法，就是说：“再不听话，奶奶就死了！”

夏夜，满天星斗。奶奶讲的故事与众不同，她不是说地上死一个人，天上就熄灭了一颗星星，而是说，地上死一个人，天上就又多了一个星星。

“怎么呢？”

“人死了，就变成一个星星。”

“干吗变成星星呀？”

“给走夜道儿的人照个亮儿……”

我们坐在庭院里，草茉莉都开了，各种颜色的小喇叭，掐一朵放在嘴上吹，有时候能吹响。奶奶用大芭蕉扇给我轰蚊子。凉凉的风，蓝蓝的天，闪闪的星星，永远留在我的记忆里。

那时候我还不懂得问，是不是每个人死了都可以变成星星，都能给活着的人把路照亮。

奶奶已经死了好多年。她带大的孙子忘不了她。尽管我现在想起她讲的故事，知道那是神话，但到夏天的晚上，我却时常还像孩子那样，仰着脸，揣摸哪一颗星星是奶奶的……我慢慢去想奶奶讲的那个神话，我慢慢相信，每一个活过的人，都能给后人的路途上添些光亮，也许是一颗巨星，也许是一把火炬，也许只是一支含泪的烛光……

奶奶是小脚儿。奶奶洗脚的时候总避开人。她避不开我，我是“奶奶的影儿”。

“这有什么可看的！快着，先跟你妈玩去。”

我蹲在奶奶的脚盆前不走。那双脚真是难看，好像只有一个大脚趾和一个脚后跟。

“您疼吗？”

“疼的时候早过去啦。”

“这会儿还疼吗？”

“一碰着，就疼。”

我本来想摸摸她的脚，这下不敢了。我伸一个指头，拨弄拨弄盆里的水。

“你看受罪不！”

我心疼地点点头。

“赶明儿奶奶一喊你，你就回来，奶奶追不上你。嗯？”

我一个劲点头，看着她那两只脚，心里真害怕。我又看看奶奶的脸，她倒没有疼的样子。

“等我妈老了，脚也这样儿了吧？”

一句话把奶奶问得哭笑不得。妈妈在外屋也忍不住地笑，过来把我拉开了。奶奶还在里屋念叨：“唉，你妈赶上了好时候，你们都赶上了好时候……”

晚上睡在奶奶身旁，我还想着这件事，想象着一个老妖婆（就像《白雪公主》里的那个老妖婆，鼻子有钩，脸是蓝的），用一条又长又结实的布使劲勒奶奶的脚。

“您妈是个老妖婆！”我把头扎在奶奶的脖子下，说。

“这孩子，胡说什么哪？”奶奶一愣，摸摸我的头，怀疑我是在说梦话。

“那她干吗把您的脚弄成那样儿呀？”

奶奶笑了，叹口气：“我妈那还是为我好呢。”

“好屁！”我说。平时我要是这么说话，奶奶准得生气，这回没有。

“要不能到了你们老史家来？”奶奶又叹气。

“我不姓屎！我姓方！”我喊起来。“方”是奶奶的姓。

奶奶也笑，里屋的妈妈和爸爸也笑。但不知为什么，他们都不像往常那样笑得开心。

“到你们老史家来，跟着背黑锅。我妈还当是到了你们老史家，能享多大福呢……”奶奶总是把“福”读成“斧”的音。

老史家是怎么回事呢？奶奶干吗总是那么讨厌老史家呢？反正我不姓屎，我想。

月光照在窗纸上，一个个长方格，还有海棠树的影子。街上传来吆喝声，听不清是卖什么的，总拖着长长的尾音。我看见奶奶一眨不眨地睁着眼睛想事。

“奶奶。”

“嗯？睡吧。”奶奶把手伸给我。

奶奶想什么呢？她说过，她小时候也有一双能蹦能跳的脚。拉着奶奶的手睡觉，总能睡得香甜。我梦见奶奶也梳着两个小“抓髻”，踢踢踏踏地跳皮筋，就像我们院里的惠芬三姐，两个“抓髻”，两只大脚片子……

惠芬三姐长得特别好看。我还只是个小孩子的时候，就觉得她好看了。她跳皮筋的时候我总蹲在一边看，奶奶叫我也叫不动。但惠芬三姐不怎么爱理我。她不太爱理人。只有她们缺一个人抻皮筋的时候，她才想起我。我总盼着她们缺一个人。她也不爱笑，刚跳得有点儿高兴了，她妈就又喊她去洗菜，去和面，去把她那群弟弟妹妹的衣裳洗洗。她一声不吭地收起皮筋，一声不吭地去干那些活。奶奶总是夸她，夸她的时候，她也还是一声不吭。

惠芬三姐最小的弟弟叫八子，和我同岁。他们家有八个孩子，差不多一个比一个小一岁。他们家住南屋，我们家住西屋。

院子中间，十字砖路隔开四块土地，种了一棵梨树和三棵海棠树。春天，满院子都是白花；花落了，满地都是花瓣。树下也都种的花：西番莲、草茉莉、珍珠梅、美人蕉、夜来香……全院的人都种，也不分你我。也许因为我那时还很小，总记得那些花都很高。我和八子常在花丛里钻来钻去。晚上，那更是捉迷藏的好地方，往茂密的花丛中一蹲，学猫叫。奶奶总愿意把我们拢到一块儿，听她说谜语："青石板，板石青，青石板上……""咳，是星星！"奶奶就会那么几个谜语。八子不耐烦了，又去找纸叠"子弹"；我们又钻进花丛。"别崩着眼睛！唉……"奶奶坐在门前喊。"没有，我们崩猫呢！"八子说。有一只外头来的大黑猫，是我们的假想敌。"猫也别崩，好好的猫，你们别害巴它！"奶奶还在喊。我们什么都听不见了，从前院追到后院，又嚷又叫，黑猫蹿上房，逃跑了。

八子特别会玩。弹球儿他总能赢，一赢就是大半兜，好的不多，净是大麻壳、水泡子。他还会织逮蜻蜓的网，一逮就是一大把，每个手指缝夹两只。他还敢一个人到城墙根去逮蛐蛐，或者爬到房顶上去摘海棠。奶奶就又喊："八子，八子！什么时候见你老实会儿！看别摔了腰！"八子爱到我们家来，悄悄地，不让他妈知道；奶奶总把好吃的分给我们俩——糖，一人两块，或者是饼干，一人两三块。八子家生活困难，平时吃不到这些东西。八子妈总是抱怨："有多少东西，也不够我们家那几个'小饿狼儿'吃的。"我和八子趴在奶奶的床上，把糖嘬得咂咂地响，用红的、蓝的玻璃纸看太阳，看树，看在院里晾衣服的惠芬三姐，我们俩得意地嘻嘻哈哈笑。"八子！别又在那儿闹！"惠芬三姐说话总绷着脸，像个大人。八子嘴里含着糖，不敢搭茬。"没闹，"奶奶说，"八子难得不在房上。"其实奶奶最喜欢八子，说他忠厚。

上小学的时候，我和八子一班。记得我们入队的时候，八子家还给他做不上一件白衬衫，奶奶就把我的两件白衬衫分一件给八子穿。八子高兴得脸都发红，他长那么大一直是捡哥哥姐姐的旧衣服穿。临去参加入队仪式的早晨，奶奶又把八子叫来，给我们俩每人一块蛋糕和两个鸡蛋。八子妈又给了我们每人一块补花的新手绢，是她自己做的。八子妈没日没夜地做补花，挣点儿钱贴补家用。

奶奶后来也做补花，是八子妈给介绍的。一开始，八子妈不信奶奶真要做，总拖着。奶奶就总问她。

“八子妈，您给我说了吗？”

“您真要做是怎么的？”八子妈肩上挂着一绺绺各种颜色的丝线。

“真做。”

“行，等我给您去说。”

过了好些日子，八子妈还是没去说。奶奶就又催她。

“您抽空给我说说去呀？”

“您还真要做呀？”

“真做。”

“您可真是的，儿子儿媳妇都工作，一月一百好几十块，总共四口人，受这份累干吗？”

“我不是缺钱用……”奶奶说。

奶奶确实不是为挣那几个钱。奶奶有奶奶的考虑，那时我还不懂。

小时候，我一天到晚都是跟着奶奶。妈妈工作的地方很远，尤其是冬天，她要到天挺黑挺黑的时候才能回来。爸爸在里屋看书、看报，把报纸弄得窸窸窣窣地响。奶奶坐在火炉边给妈妈包馄饨。我在一旁跟着添乱，捏一个小面饼贴在炉壁上，什么时候掉下来就熟了。我把面粉弄得满身全是。

“让你别弄了，看把白面糟蹋的！”奶奶掸掸我身上的面粉，给我把袄袖挽上。

“那您给我包一个‘小耗子’！”

“这是馄饨，包饺子时候才能包‘小耗子’。”

可奶奶还是擀了一个饺子皮，包了一个“小耗子”。和饺子差不多，只是两边捏出了好多褶儿，不怎么像耗子。

“再包一只‘猫’！”

又包一只“猫”。有两只耳朵，还有点儿像。

“看到时候煮不到一块儿去，就说是你捣乱。”

“行，就说是我包的！”

奶奶气笑了：“你要会包了，你妈还美。”

“唉，你们都赶上了好时候。”我拉长声音学着往常奶奶的语调，“看你妈这会儿有多美！”

奶奶常那么说。奶奶最羡慕妈妈的是，有一双大脚，有文化，能出去工作。有时候，来了好几个妈妈的同事，她们“叽叽嘎嘎”地笑，说个没完，说单位里的事。我听不懂，靠在奶奶身上直想睡觉。奶奶也未必听得懂，可奶奶特别爱听，坐在一个不碍事的地方，支棱着耳朵，一声不响。妈妈她们大声笑起来。奶奶脸上也现出迷茫的笑容，并不太清楚她们笑的是什么。“妈，咱们包饺子吧。”妈妈对奶奶说。奶奶吓了一跳，忙出去看火，火差点儿就要灭了；奶奶听得把什么都忘了。客人们走后，奶奶的情绪一下子低落了，说：“你们刷碗、添火吧，我累了。”妈妈让奶奶躺会儿。奶奶不躺，坐在那儿发呆。好半天，奶奶又是那句话："唉，你们都赶上了好时候。"爸爸、妈妈都悄悄的。只有我敢在这时候接奶奶的茬："看你妈多美，大脚片子，又有文化，单位里一大伙子人，说说笑笑多痛快。""可不是么。我就是没上过学。我有个表妹……""知道，知道。"我又把话茬接过去，"你有个表妹，上过学，后来跑出去干了大事。""可不真的？"奶奶倒像个孩子那样争辩。"您表妹也吃食堂？"我这一问把爸爸、妈妈全逗乐了。奶奶有些尴尬："六七岁讨人嫌。"奶奶骂我只会这一句。不知为什么，奶奶特别羡慕别人吃食堂，说起她羡慕或崇拜的人来，最后总要说明一句："人家也吃食堂。"

后来，一九五八年，街道上也办了食堂。奶奶把家里的好多坛坛罐罐都贡献了出去。她愿意早早地到食堂门口去等着开饭。中午，爸爸、妈妈都不回来，她叫我放了学到食堂去找她。卖饭的窗口开了，她第一个递上饭票去："要一个西红柿，一个……嗯……"她把"一个"咬得特别清楚，但却不自然；她有些不好意思，但又很骄傲似的。现在回想起来，她大概是觉得自己和那些能出去工作的人相仿了，可她毕竟又没出去工作过。

是在我上小学二年级的时候，那些日子，奶奶晚上总去开会，总不让我跟着。"又不是去看戏！"奶奶说，脾气变得很急躁。

我跟着奶奶看过不少老戏。奶奶做补花挣了钱，就请别人看戏，请八子妈，请姨奶奶，也请院里的另一个老太太，自然每次都得请我——她的"影儿"也得占一个座位。奶奶不会看戏，每次看戏之前都得请教那"另一个老太太"。那个老太太懂戏，也并非真懂，用现在的话说也就是个"名人爱好者"。什么梅兰芳、姜妙香、袁世海、张君秋……奶奶和我都是从她那儿得到启蒙的。我坐在剧场的椅子上睡觉，我是为中间的十五分钟休息来的；休息的时候小卖部卖酸梅汤，我使劲说渴，至少可以喝两瓶。奶奶总是说：“我年轻时候什么戏也没看过。”她大约是为补上这一课来的；平时胡同里几个老头、老太太在一块儿聊天，谁都比奶奶懂戏。奶奶什么事都要强。不过只有一回，奶奶和那个老太太是都看懂了，不是戏，是电影《祝福》。看完了，奶奶直哭，那个老太太也直哭。“那时候可不就是那么样儿。”那个老太太说。“可不就那么样儿。”奶奶说。两个人的眼睛都红红的。我不声不响地跟在奶奶身后走。最惨的不是祥林嫂最后摔倒在雪地上，而是她捐了门槛，高高兴兴地回来的时候。奶奶后来总爱给别人讲《祝福》，还是把“福”念成“斧”的音。不过她再也不愿意看那个电影了。

一天晚上，奶奶又要去开会，早早地换上了出门的衣服，坐在桌边发愣。

妈妈把我叫过来，轻声对奶奶说：“今天让他跟您去吧，回来道儿挺黑的。小孩儿，没关系。”

我高兴地喊起来：“不就是去我们学校吗？我搀您去，那条路我特熟！”

“嘘，喊什么！”妈妈给了我一巴掌。妈妈的表情挺严肃。

我跑去找八子，我们俩早就想晚上去一回学校了。我们学校原来是一座大庙，八子说，晚上那儿的蛐蛐准少不了。

学校有好儿层院子，有好儿棵又粗又高的老柏树，院墙上长满了草，红色的灰皮脱落了很多。天还没黑，知了在老柏树上“伏天儿——伏天儿——”地叫着。奶奶到紧后院去开会，嘱咐我们就在前院玩。这正合我们的心意，好玩的东西全在前院，白天被高年级同学占领的双杠、爬杆、沙坑，这会儿全空着。

“八子，真是跟你妈说了？”奶奶又问。

“真说了。”

八子冲我笑。他才不用跟他妈说呢，他常常在外面玩到半夜，他妈顾不上管他。我常常为此羡慕八子。

我们先玩爬杆，我爬不过八子。又玩双杠，一人占一头，喊一声“开始！”各自从双杠上蹿过去抓对方，几个来回之后，我总是上气不接下气地被八子抓住。八子身体好，也跑得快。跟八子出去玩，我不用担心挨欺负，八子打架也特别厉害。

八子的功课一般，不像惠芬三姐，惠芬三姐很用功，还是少先队大队委。我也是班里的学习尖子，但我至今记得，一有算术比赛，八子的成绩总比我好。他就是不用功，不按时完成作业，语文总考六十几分。小学毕业时，我考上了一所名牌中学，八子只考上了三流学校。现在想想，八子的天资其实比我强，我纯粹是靠了奶奶的督促，靠爸爸妈妈总能在课后帮我补习。谁管八子呢？他晚上不是帮家里干活，就是跑出去疯玩。惠芬三姐是个例外，她不声不响地干活，又不声不响地读书。八子妈嫌她晚上读书费电，她就每天早早地起来在院子里用功。一九六五年，惠芬三姐考上了大学。那时候她戴上了眼镜，更漂亮了，文质彬彬的，有学问的样子。我真羡慕八子有这样一个姐姐。八子却不放在心上，总拿她的“四眼儿”开玩笑。惠芬三姐不屑于理他。八子也不太爱理惠芬三姐。

太阳落了。

“嘟——嘟嘟——”天完全黑下来时，蛐蛐果然不少。“嘟嘟——嘟嘟嘟——”东边也叫，西边也叫。我们顺着声音找，找到了一处墙根下。八子对准砖缝滋了一泡尿，一会儿，蛐蛐就蹦出来，在月光底下看得很清楚。八子很快就把蛐蛐逮住，看看，又扔了。

“老迷嘴，不开牙。”他说。

我们又找，找到一块大石头旁边，蛐蛐不叫了。八子示意我别出声，我们蹲在石头边静静地等，大气不出。蛐蛐又叫起来，“嘟嘟嘟——”八子笑了。

“哟，我没尿了。”

“我有！”我说。

“嘘，小点儿声。冲这儿撒，对准了。”

逮到了一只好的。八子从兜里掏出一张纸，卷成纸筒，把蛐蛐装进去。

月光真亮，透过老柏树浓黑的枝叶，洒在院子里，斑斑点点。那么大的院子里只有我们俩。教室都是原来大庙的殿堂，这会儿黑森森的，静悄悄的，有点儿瘆人。星星都出来了。我想起了奶奶。八子逮起蛐蛐来入迷，撅着屁股扎在草丛里，顺着墙根爬。

我对八子说：“我去看看后院有没有蛐蛐。”

紧后院的南房里亮着灯。我悄悄地爬上石阶，扒着窗台往里看。一排排的课桌前坐的全是老头、老太太。我看见奶奶坐在最后排，两只手放在膝盖上，样子就像个小学生。我冲她招招手。没看见，她听得可真用心。我直想笑。奶奶常说，她要是从小就上学，能知道好多事，说不定她早就参加了革命呢！“我说不定就从你们老史家跑出去了呢。我有个表妹，就是从婆家跑出去的，后来进了共产党……”奶奶老是讲她那个表妹，说她就是因为上过学，知道了好些事，早早地放了脚，跑出去干了大事。我又想笑了：奶奶跑起来是什么样呢？还是用脚后跟跑吗……

讲台上有个人在讲话。讲台两边还坐着好几个人。有个女的老是给他们倒水喝。

我见过奶奶的那个表妹一回，只见过一回，在一个大楼里。奶奶紧拉着我的手，在又宽又长的楼道里走，东问西问。后来人家让我们在一间屋子里等着，屋子里有好多沙发，可奶奶不让我坐，她自己也站着。等了老半天，才来了一个女的，奶奶让我管她叫表奶奶……

讲台上的那个人讲个没完没了。

我还从来没有这么远远地望着过奶奶。她直了直腰，两只手也没敢离开膝头。这下您知道上学的滋味了吧？我又在心里笑。奶奶每天晚上都抱着那本扫盲课本念，有一课是《国歌》，她老是把“吼声”念成“孔声”。“又是孔声！”连我都能提醒她了。她挺难为情，声音变小，慢慢又大起来，念到“吼声”的时候声音又变小，停好一阵，大概是在心里重复……

就在这时候，我忽然听清了讲台上那个人讲的话：“你们过去都是地主、富农，都是靠剥削农民生活，过的都是好逸恶劳，光吃不做的剥削阶级生活……”

什么？再听。

“……地、富、反、坏、右，你们是占的前两位。今后呢？你们还是要认真改造自己……”

我赶紧离开窗台，站在台阶下不知该干什么，脑袋里“嗡嗡”的。地主？奶奶也是地主？

八子来了。“嘿！看，六个！”

我应了一声，赶紧往前院走。

“后院有吗？你怎么啦？”

“后院没有，咱们还上前院吧。”

“前院都没啦！”

“那，咱们玩爬杆去吧。”我拉着八子紧往前院走，我怕他也听见……

奶奶拿回来一个白色的卡片。爸爸、妈妈围在奶奶身边看，样子倒像是很高兴。奶奶直擦眼泪。

“这回就行了，您就甭难受了。”爸爸说。

“就是说，您跟大伙儿都一样了，也有选举权了。”妈妈说。

我趴在床上不说话。这是怎么回事呀？我又不敢问。

“跟了你们老史家，唉……”奶奶又是那句话，说话的声音也有些颤抖，“解放前我也没过过一天舒心日子呀，比老妈子能强多少……”

“您可不能这么想。”妈妈说，“您过的日子再不舒心，也是衣来伸手，饭来张口呀！工人、农民呢？人家过的什么日子？”

奶奶的脸腾地红了，慌忙点头：“我知道，我知道。我就那么一说。人家过得牛马不如，这我都知道。”

过了一会儿，奶奶又对爸爸说：“你还记得给老史家扛活的刘四吗？后来得肺病死了，剩下刘四媳妇带着仨孩子……那时候我也是自个儿带着你们仨。我就跟你大哥说过，真要是分了家，咱们这份儿由我做主，我就把那一亩多地给了刘四媳妇……”

“您可也别总说这事儿。”妈妈又说，“那是因为您有，不在乎那一亩多。”

奶奶愣了一会儿，说：“可不也是，让我都给，我准不干。还不是剥削思想？”

“行了，”爸爸弹弹那张白卡片说，“这回您就过舒心日子吧。”

奶奶把白卡片用一条新毛巾包起来，说：“打解了放，没什么人告诉我，我也是爱这新社会。我可不想再受你们老史家的气……哟，这孩子八成着凉了吧？我说不带他去……”奶奶才发现我蔫蔫地趴在床上，忙打住话头，哄我去睡觉。

奶奶摸摸我的头：“不烧。准是玩累了。”

奶奶给我打来洗脚水，又摸摸我的头：“明儿奶奶给你包饺子，扁豆馅的，爱吃吗？”奶奶也好像高兴起来了。

直到半夜我还没睡着。我听见奶奶总翻身，大概也没睡着。我不敢动，我怕奶奶知道我在想什么。窗外，海棠树的叶子轻轻地摇晃，露出几颗星星。奶奶怎么会是地主呢？我想起过去奶奶给我讲《半夜鸡叫》的时候……“周扒皮就靠剥削人过日子。”奶奶说。“什么叫剥削呀？”我问。“就是光吃饭不干活儿。”“那我是吗？”“你不是，你还小。”“那您是吗？”……真的，奶奶那时就不说话了，是爸爸把话接了过去：“奶奶不是做补花吗？奶奶老了，我们工作养活奶奶。”……唉，我心里乱七八糟的，一宿都没有睡安稳。海棠树的叶子不动了，仍然看得见那几颗星星……

有好几年，我心里总像藏着个偷来的赃物。听忆苦报告的时候，我又紧张又羞愧。看小说看到地主欺压农民的时候，我心里一阵阵发慌、发闷。我也不再敢唱那支歌——“汗水流在地主火热的田野里，妈妈却吃着野菜和谷糠”。过队日时，大家一起合唱，我的声音也小了。我不是不想唱，可我总想起奶奶，一想起奶奶，声音就不由得变小了。奶奶要不是地主多好啊！

我是解放后出生的，但还赶上了一些旧北京的“尾巴”。大人们都说我记事早。那时候，从早到晚，走街串巷做小买卖的和耍手艺的不断。

一清早，就有挎着笸箩卖烧饼果子的，挎着小一点儿的笸箩卖烂糊芸豆的，挑着挑儿卖老豆腐的。卖烂糊芸豆的还有一块布，你要是多花一分钱，他就把芸豆包在布里，给你捏成一个小芸豆饼。奶奶有时候给我买一小碗芸豆，但绝不让捏成饼，说他那块布“一点儿都不干净”。我就是想要一个芸豆饼，于是哭、闹。奶奶找来一块干净布，自己给我捏。我还是哭、还是闹，说那根本不是芸豆饼，跟卖的一点儿都不一样。奶奶就说：“再不听话，你长大了也去卖芸豆！那个卖芸豆的老头儿就是从小不听话，长大了没出息，去卖芸豆。”

那时候，我们家住在东直门北小街附近。北小街再往北就出了城，很荒凉，破城墙、护城河边长满了荒草，地坛附近全是乱坟岗子，再走就是农村了。总有些赶大车的、拉排子车的从城外来，从北小街走过。马蹄子踩在地上“咕叽咕叽”的。在我的印象里，北小街永远是满地泥泞、满地马粪。马的鼻子里喷着白气，赶车的人穿得很破、很脏，“哦——哦——”地喊着。我心里挺怕。奶奶拉着我的手站在路边，就又对我说：“看你听话不听话，那些赶大车的就是从小不听话，长大了就得去给人家赶大车。”

奶奶总这么说。中午，修理雨伞旱伞的在街上吆喝，我又闹着不睡午觉，我愿意看那个人用猪血把一条条的高丽纸粘到伞上去。一会儿，磨剪子磨刀的又在外面吹喇叭，“呜哇——”，我又想看那个喇叭。奶奶就又是那些话，要么是“不听话就得去磨刀”，要么是“那个修理雨伞的就是因为不听话，才那么没出息”……

自从知道了奶奶是地主（后来我又入了少先队），想起这些事，我心里就对自己说：奶奶可不是看不起劳动人民么？

可是还有另外一些事，让我没法解释。也是我很小很小时候的事。门口来了一个买破烂的女人，敲着一个像瓶子盖似的小鼓儿，背着一个柳条筐，筐里还站着一个比我还小的女孩儿。奶奶拿了几件破衣服交给那个女的。“您要多少？”那女的问，翻来覆去地查看那几件破衣服。“这衣裳可还不算破。”奶奶说。“还不破？您瞧这袖子，这肩膀儿！顶多值……”那女的笑笑，说了个价儿。“那可不卖。”奶奶要收回那几件衣服。那女的抓着衣服不撒手：“那您说个价儿。”奶奶又说了个价儿。“唉，您指着它发财哪？行啦，算我亏本儿！”那女的把衣服扔到筐里，然后慢慢地掏钱。奶奶摸摸筐里那个小女孩的脸蛋儿，奶奶就喜欢女孩子。“多大啦？”奶奶问那女的。“两生儿。”“几个？”“仨，仨丫头！”“她爸做什么？”“没了。”那女的把钱递到奶奶手里。奶奶忽然不言声儿了，愣怔地看着那娘儿俩。她们穿的衣服一点儿不比筐里的衣服好。那女的背起筐来要走，奶奶又把她叫住。奶奶回屋里拿了两件我穿小了的衣服来，给那个女的：“这可不破，我们这孩子穿着小点儿了。”“您要多少？”“不是。”奶奶说，“您要不嫌，就给您这小闺女儿穿吧。”“哎哟，那敢情……”那女的把衣服在小女孩身上比比，笑着，“大妈您瞧，还真挺合适的……”我心里真高兴，又“呱嗒呱嗒”跑回屋去，把我的好几件衣服都抱来。奶奶的眼圈直发红。那女的已经走了。为这事，奶奶总对爸爸妈妈夸我，说：“这孩子大了心眼儿错不了。”

也许这又像妈妈说的，是因为我们有吧？可是我总觉得，奶奶的心肠绝不像个地主。周扒皮会那样吗？

不过，奶奶还是像个地主。住在北小街的时候，逢年过节，奶奶总把爷爷的旧照片摆在桌上，照片前摆两盘点心。我没有见过爷爷，妈妈说她也没见过。照片上的那个男人穿一身缎子衣服，还戴个瓜皮帽，真像黄世仁，也像穆仁智。我想吃块点心，奶奶不让，说那是给爷爷的。

“这个人长得真难看。”我说。

“咳，不许瞎说！”奶奶把我从照片前拉开。

我还是远远地望着那照片：“他怎么长得那样儿呀？”

“他是你爷爷。”

“他是我爸爸的爸爸？”

“嗯。”

“他是您的什么呀？”

奶奶又被逗笑了：“去问你妈，你爸爸是你妈的什么。”

我跑去问，回来告诉奶奶：“是爱人。”

奶奶不言语，像是想着别的事……

奶奶那会儿不是在思念“失去的天堂”吧？上四年级的时候，我开始懂得了“阶级敌人总是思念他们那已经失去的天堂”，就这么想。不过自从我上了小学以后，奶奶已经不再供爷爷的照片了。

唉，奶奶是地主，这个念头总折磨着我。睡觉的时候，我不再把头扎在奶奶脖子底下了。奶奶以为我是长大了，不好意思再那样了。只有我自己知道是为什么。而且我心里也明白：我还是跟奶奶好——这想法更折磨人。星星还是那些星星，在树叶间闪亮。奶奶会死吗？想到这儿，我还是害怕……

经常有个老头儿到我们家里来。奶奶让我管他叫表爷爷。一身农村人的打扮，说是从河北老家来。我很少叫他“表爷爷”，心里只管他叫“馋老头儿”。他一来就盘腿往床上一坐，喝茶、抽烟，满地上吐黏痰。奶奶就得去给他买肉、打酒。有一次爸爸小声对妈妈说话，让我听见了：“要说地主，他才真是地地道道的地主呢。”怪不得他这么讨厌呢，我想。

“馋老头儿”夹一块肉、喝一口酒，谁也不让，好像他就应该到这儿来吃，来喝。

奶奶坐在他对面，陪他说话。

依我看，这“馋老头儿”说的全是反动话。

“老嫂子，您猜怎么着？”他说，“现在难得喝这么口好酒了。有钱你也不敢这么买着喝。”

“是你劳动挣来的钱，你就甭怕。”奶奶说。

“那倒也是。您猜怎么着？村儿里对我还真不错，瞧我这岁数，让我喂牲口。活动活动，身子骨儿倒结实了。”

“你可得好好儿的。”

“那是。再者话说了，你不好好给人家干也得行啊？”他喝得满脸发红，“嗞儿咋”地响。

“给人家干？”奶奶不满意地斜了他一眼，“你这是给自个儿干。过去人家才是给你干哪！”

“说的是，说的是。”那“馋老头儿”连连点头，低头光是吃，不言语了。

“你的帽子摘了吗？”半天，奶奶又问。

“摘了，头年就摘了。”

什么帽子？摘什么帽子？那时我还不懂。

“老嫂子，您猜怎么着？我还真是心服口服。可不是吗？一样爹妈生的，肉长的，凭什么你就光吃不干呢……”他好像再找不出什么词儿来表白了，又说，“我可不像史五爷那么混横儿不说理。”

“史五爷怎么着？”

“还戴着呢。老话儿说了，得人心者得天下，共产党就是得了人心。你史五爷逞能，有你的好儿？”

我越听越糊涂，这家伙到底是不是地主？也许他是装的？可又不像。不过我还是讨厌他，老是满地吐黏痰。还有，一来就吃肉、喝酒，电影里的地主就那样。奶奶还老给他喝。唉，可不是吗？奶奶也是地主呀……

有好几年，对这件事我心里总是惶惶的。我希望那是假的，但愿是那个晚上我听错了。我去想奶奶做过的事，说过的话，一会儿觉得奶奶真是有点儿像地主，一会儿又觉得一点儿也不像。我几次想问妈妈，又怕妈妈真说是。我真想找个人说说。我跟八子说了。八子听了一愣，然后直笑：“你别瞎说了，奶奶要是地主我死了去！”八子也管我奶奶叫奶奶。“真的，我亲耳听见的。”我说。“准保是你听错了。”“也许是。”我说，心里轻松了许多。八子又说：“解放前才有地主呢，现在哪儿有哇？”我的心又一阵子紧：“说的就是解放前。”“反正我敢说，奶奶不是！”八子又拍拍自己的胸脯，“要是，我死去！”八子说得那么肯定，我觉得周围的空气都明澈了许多。那是个夏天的中午，院子里静悄悄的。海棠已经有红的了，梨还是青的，树荫下好凉快。八子揉着一团儿面筋。我们常用面筋去粘树上落的蜻蜓。把面筋放在竹竿的顶端，把竹竿慢慢升高，接近正在“做梦”的蜻蜓，“扑噜噜”，蜻蜓使劲扇动翅膀，但已经被粘住，跑不了啦……奶奶不会是地主，奶奶还总让我教她唱《社会主义好》呢。奶奶不会是地主，妈妈从单位里借来一张桌子，奶奶总是把热锅什么的放在我们家自己的桌子上，说“可别把公家的桌子烫坏了”，她怎么会是地主呢……

一九六六年，我快十六岁了，早已经过了入团的年龄。可我却总入不上。爸爸、妈妈才跟我讲了奶奶的事。

“你知道奶奶的成分是什么吗？”

我心里“轰”地一阵紧张，不吭声。

“你大概已经知道了吧？”

我说不出话来。

奶奶的娘家并不是地主，是个做小买卖的——开一个卖棉花兼弹棉花的小店，总共一间半门脸儿。奶奶从小长得漂亮，父母指望能靠她发财，立志要把她嫁到富贵人家去。那时代，在一个小县城，要想做成富贵人家的贤妻良母，需要长得漂亮，需要把脚裹得特别小，需要会做各种针线活，需要会看公婆和男人的眼色……唯独不需要念书识字，“女子无才便是德”。所以奶奶不能像她的弟弟、妹妹那样去上学，也注定了要有一双小脚儿，要学会恭谦、驯顺、忍气吞声。为什么呢？只是因为奶奶长得好，只是因为她的父母希望攀一门阔亲戚。

父母的愿望竟真实现了。十七岁，奶奶嫁到了老史家。史家是全县的首富，全县将近一半的土地都姓史。不过史家要的仅仅是一个漂亮而且贤惠的儿媳妇，奶奶的父母照样开着那一间半门脸儿的小棉花店。奶奶的父母唯有想到女儿是走了运，才觉得多年的希望没有全落空。

奶奶可真是“走了运”，上有公公、婆婆，下有一大群小叔子、小姑子；公婆之上还活着一对老公公、老婆婆。奶奶既是儿媳妇，又是孙子媳妇。伺候了这个伺候那个，给这个磕了头给那个鞠躬，听完了这个的申斥再去给那个赔不是，似乎老史家主要是缺一个老妈子，缺一个挨骂的，缺一个出气筒，才把奶奶娶过来的。只有奶奶的婆婆还算通些情理，因为她也是那么熬过来的，而且还没熬完。

“你看过《家》吗？”爸爸问我。

我点点头。

“就是那样。那种大家庭都是那样儿。奶奶的地位比使唤丫头也差不多。”

奶奶病了，但是在那个大家庭，专为孙子媳妇做些可口的饭菜，等于是造反。奶奶的父母给奶奶送来些点心，但是得交到老公公那儿去。老地主还稀罕几块点心？但这是规矩。

我听奶奶说起过这件事，奶奶根本没见到那几块点心，奶奶的婆婆说了一句：“人家娘家送来的，她又病着……”于是也遭了一顿训斥。

“你还记得《家》里瑞珏是怎么死的吗？”

我又点点头。

“奶奶生第一个孩子的时候就是那样。老公公、老婆婆不让找大夫，更甭说去医院，他们舍不得花那份钱……”

在伯父前头，我还应该有个姑姑的。我记起来了，奶奶常念叨她那个闺女，“模样儿可俊了，要不是你们老史家，那孩子何至于死呀！”奶奶喜欢女孩子，就是因为她没个闺女。一看见别人的闺女，她就眼热，就想起自己那个死了的女孩子。所以奶奶对妈妈特别好，把妈妈当亲闺女看。

“不是因为别的，因为那是规矩。”爸爸说，“就像你老太爷，出门儿几十里，一泡屎也要憋回来拉到自家的地里。因为那是规矩。那个社会，可笑和可恨的规矩太多了。”

奶奶生了三个儿子：伯父、父亲、叔叔。叔叔还不到一岁，爷爷就死了。爷爷一死，奶奶在那个大家庭里就更没有地位了，没有权也没有钱。想给自己做件衣服，还得打着三个儿子的旗号去跟公公要。算计来算计去，要是能从给三个儿子做衣服的钱里省出一点儿来，自己才能做件汗衫。大概唯因奶奶生了三个儿子，都是史家之后，奶奶才仍然能在老史家吃饭吧。

奶奶还不如让老史家给轰出去呢，我想，那样奶奶现在也就不是地主了。

其实奶奶给他们干的活也足够换来一天三顿饭了。无论什么时候，奶奶总得伺候得公公、婆婆、小叔子、小姑子以及儿子们都吃了饭，她自己才能吃。老妈子也不过如此了，老妈子也是永远吃剩饭。

奶奶真想离开那个家。奶奶的表妹就是不堪忍受那种日子，跑出去参加了共产党。可是奶奶的表妹上过学，碰巧知道了有共产党，奶奶知道什么呢？她想跑也不知道往哪儿跑。再说她也不敢跑，连改嫁她都不愿意，她要守节，她受的就是那种教育。奶奶从二十几岁守寡到今天。

她只盼着儿子们都长大。伯父稍大一点儿，奶奶壮着胆子提出了分家的要求，但立刻遭到公公的痛骂。小姑子、小叔子也旁敲侧击："嫂子，您要是想改嫁也行，家不能分！"对奶奶来说，这话是最大的侮辱了。奶奶只有自己偷偷地掉眼泪。再说，离开老史家，三个儿子怎么上学呢？上不起。也许是受了她那个表妹的影响，奶奶执意要三个儿子都上学，而且都要上到大学。吝啬而且迂腐的老地主，连屎都要拉到自家地里，自然不忍心把钱送到学校去，奶奶豁出去了，吵、闹、骂他们欺负孤儿寡母。奶奶竟然变得那么勇敢！可不是，奶奶还怕什么呢？她全部的心愿就是她的三个儿子。她不愿意三个儿子将来跟自己似的，更不愿意三个儿子将来跟老史家的人似的。她只知道上学好，她的表妹好，她的表妹之所以好，就是因为上过学。她那时候不知道别的……

我的心一阵阵发疼。我想起奶奶夜里睁着眼睛想事的样子；想起她的叹气声；想起了她的脚；想起她捧着爸爸给她买的扫盲课本，在灯下一字一顿地念，总是把“吼声”念成“孔声”……

“她干吗算地主？”

“她吃了剥削饭。”

“她给老史家干的活儿就不算啦？”我那时真小。

“那是历史，历史造成的。”爸爸说。

唉，历史！“那现在呢？”

“早就不算地主了。奶奶改造得好，早就摘了地主帽子。再说，奶奶干吗不爱新社会呢？她这一辈子，真正有了自由，真正过了舒心的日子，倒是在解放后。现在奶奶和大伙儿都一样了……”

我松了一大口气，在心里骂了一句最难听的话，骂那个“老史家”。

奶奶知道爸爸、妈妈把她的事告诉了我，见了我还有些难为情，又说要给我包扁豆馅饺子，小心地注意着我的反应。

我心里又高兴又难过，不知道说什么好，只说：“包吧。”语气倒像是很勉强。

奶奶转悠过来转悠过去，不说话，偷偷地观察着我的表情。我一看她，她就又把目光躲开。我很想开句玩笑，打破这尴尬的气氛，又想不出逗乐的话。

直到晚上睡觉的时候，我又把头扎在奶奶的脖子底下。

“这么大了还……没臊！”奶奶说。

我觉出她也松了一口气。奶奶的观察力实在是末流的，她难道没有注意到，我有好几年没把头扎在她脖子下了吗？

奶奶活了七十三岁，真正舒心的日子只有那么几年，就是从摘了地主帽子到“文化大革命”开始之间的那七八年。那些年，她整天都很忙，整天都很高兴。她要给全家人做饭，要做补花，要负责全院的清洁卫生。奶奶是全院的卫生负责人。我还记得别人把写了她名字的小红字条贴在院门上时，她是多么不好意思，又是多么掩饰不住地高兴。为这事她得罪了八子妈，八子家的卫生总是搞不好。

奶奶买了一把长把笤帚，扫起院子来不用弯腰。她的腰和背还是老酸疼。早晨，人们纷纷出门上班的时候，奶奶去扫院门前的街道，和所有过往的街坊们打招呼。她愿意被人们看见。说她爱虚荣也行，说她是显摆也对，她把门前扫得很干净。然后她就冲八子和我喊：“可别再糟蹋啦，啊？奶奶刚扫完！”确实是喊给别人听的，但那声音中也确实流露着舒心的骄傲。

奶奶坚持做补花。有时候活儿催得紧，她一直要做到半夜去，急得她就像小学生完不成作业那样。全家人谁也帮不上忙，跟着着急。有一次妈妈说：“我看您就辞了这活儿吧。”“敢情你们都有工作！”奶奶喊。奶奶从没有对妈妈喊过，吓得全家都不敢言语。奶奶盼望能进补花厂，但她知道没什么可能，她的岁数太大了，人家不会要。她总埋怨八子爸不让八子妈进补花厂。“趁她还年轻，你就让她去得了。要不赶明儿后悔一辈子！”奶奶对八子爸说。八子爸笑笑：“是我不让她去吗？”“去不了，”八子妈赶紧说，“这几个‘劳神精’谁管？”奶奶又说八子爸：“让你要这么多！”“是我生的吗？”八子爸抽着烟笑。“不要脸！”八子妈骂。

活儿不紧的时候，和八子妈还有其他几个妇女一块儿做补花，是奶奶最高兴的时候。她们互相称“老刘”“老魏”“老林”。奶奶是“老方”。奶奶非常喜欢这种称呼，在家里也“老刘”“老魏”地念叨，是因为新奇，更透着自豪和满足。“我们老姐儿几个有说有笑的，也不觉着累。”奶奶说。“老了老了，没承想还赶上了好时候。”奶奶说。“唉，你们生的是时候呀！我还有几天儿？”奶奶也常流露出遗憾。

星星。星星。星星。星星……

哪一颗星星是奶奶的呢？

我知道，奶奶是真心爱这新社会的。

那些星星都是死去的人变的，是为了给活着的人把夜路照亮……

“文化大革命”一开始，奶奶又戴上了一顶“帽子”，不叫地主，叫“摘帽地主”。其实和地主一样，占黑五类之首。所不同的是，“摘帽地主”更狡猾些；一个地主，竟然能够“摘帽”，显见其伪装是何等的高明，其用心是何等的险恶，对社会主义的威胁是何等的不可低估。而且这也成了“刘邓路线”的罪行之一。

奶奶先是不能再做补花了。社会主义的工作怎么能给一个地主呢？后来，也不能再当院里的卫生负责人了。权力当然更重要。

奶奶倒没有哭，她吓傻了。爸爸、妈妈也吓傻了。好多人都吓傻了。好多吓傻了的人也都在做着傻事，做傻事时的样子也都足以把别人吓傻。

先是惠芬三姐从学校里回来，用了半天时间，把院子里的花全刨了。接着是北屋宋家几个闺女把自己家的硬木大立柜抬到院当中，用斧子给劈了。爸爸也偷偷地烧了几本书。奶奶整天躲在屋子里，掀开一角窗帘往外看；也不怎么做饭，顿顿下挂面。传说垃圾站发现了好几根金条。街道积极分子们怀疑是我们院里的人扔出去的，一是因为我们院离垃圾站近，二是因为我们院里除了八子家成分好，其余的都是黑九类。

惠芬三姐当了红卫兵，一身军装，扎一条武装带，长辫子剪了，剪成了短发。说实在的，我觉得她更漂亮了。

我在学校里也想参加红卫兵，可是我出身不是“红五类”，不行。我跟着几个红五类的同学去抄过一个老教授的家，只是把几个花瓶给摔碎，没别的可抄。后来有个同学提议给老教授把头发剪成“阴阳头”。剪没剪我就不知道了，来了几个高中同学，把非红五类出身的人全从抄家队伍中清除出去了。我和另几个被清除出来的同学在街上惶然地走着，走进食品店买了几颗话梅吃，然后各自回家。

院里很乱，惠芬三姐带了好几个大学的红卫兵，挨家挨户地搜查。像是全院大扫除，各家的东西都摆到了院子里。我们家里也都空了，爸爸、妈妈和奶奶坐在凳子上低声说着什么，很恐怖、很警觉的样子。

“真是没想到。”妈妈说。

“平时看着可是挺老实的人。”奶奶说。

“您可别再这么说了，老实人会藏这些东西？”

“谁呀？藏了什么？”我问。

原来是惠芬三姐带着人从那个最懂戏的老太太家抄出了两箱子绸缎、一盒子金银首饰，还有一本书，书上有蒋介石的像。

“在哪儿呢？”

“已经送走了，连东西带人都送走了。”

我隔着窗户往外看。又来了几个红卫兵，惠芬三姐正和一个挺高挺魁梧的男的说话，嗓门儿很大。她过去可从来不大声说话的。她还说了一句“× 他妈的”，从表情上看好像她并没有那么说。也许是我听错了？我们学校的那些女生也都那么说了。我觉得我们男生那么说说还可以……

妈妈让我回学校去住。我上中学的时候住校。妈妈说："这一阵子先不要回家，有什么事我去找你。"妈妈给了我三十块钱、六十斤粮票，看来够两个月的伙食费了。

晚上，我蹬上我那辆破自行车回学校。我兜里第一次掖了那么多钱、那么多粮票。路上冷冷清清的。已经是秋天了。自行车轧在干黄的落叶上"嚓嚓"地响。路灯的光线很昏暗，影子从车轮下伸出来，变长，变长，又消失了。我好像一时忘记了奶奶，只想着回到学校里该怎么办。那条路很长，全是落叶……

一天，妈妈到学校来找我，对我说，要是想回家就到她的单位去，她在那儿找了一间房；奶奶已经回老家了。

"什么时候？"

"前天。"

"怎么啦？"

"没怎么。我们怕出事，和你爸爸商量，不如先让奶奶到老家去。"

我倒是松了一口气。那些天听说了好儿起打死人的事了。不过坦白地说，我松了一口气的原因还有一个：奶奶不在了，别人也许就不会知道我是跟着奶奶长大的了。我生怕班里的红卫兵知道了这一点，算我是地主出身。

"过些时候，我就去看你奶奶，再给她送些东西去。"妈妈说，声音有些抖。

忘记是为了什么了，我又回了一趟家（可能是为了拿一件什么东西）。院里已经面目全非了。花没了；地上刨得乱七八糟的，没人管；每棵树上都钉上了一块语录牌；搬来了好几家新街坊。八子家也搬走了，听说搬到胡同东头的一个大院子里去了。那儿原来住着个资本家，被轰走了，空下来不少好房。

我走进屋里，才又想到，奶奶走了。屋里的东西归置得很整齐，只是落满了灰尘。奶奶不在了。奶奶在的时候从来没有灰尘。那个小线笸箩还在床上，里面是一绺绺彩色的丝线，是奶奶做补花用的。我一直默默地坐着。天黑了。是阴天，没有星星。奶奶这会儿在哪儿呢？干什么呢？屋里没有别人，我哭了。我想起小时候，别人对奶奶说："奶奶带起来的，长大了也忘不了奶奶。"奶奶笑笑说："等不到那会儿哟！"……海棠树的叶子落光了，没有星星。世界好像变了个样子。每个人的童年都有一个严肃的结尾，大约都是突然面对了一个严峻的事实，再不能睡一宿觉就把它忘掉，事后你发现，童年不复存在了。

接着是轰轰烈烈的两三年。我时常想起奶奶。但史无前例的事太多，听也听不过来，想也想不过来。不断地把人打倒，人倒不断地明白了许多事情。打人也是为革命，骂人也是为革命，光吃不干也是为革命，横行霸道、仗势欺人乃至行凶放火也是为革命。只要说是为革命，干什么就都有理。理随即也就不值钱。

接着是上山下乡。抡镢头的为革命而抡镢头，养妾选美的为革命而养妾选美；饥寒交迫的为革命而饥寒交迫，挥霍无度的为革命而无度地挥霍。革命又是为了什么呢？

我在延安插队的时候，妈妈来信说奶奶回来了，奶奶岁数太大了，农村里没她干的活，公社给了证明，说奶奶改造得好，态度非常老实。奶奶又在北京落下了户口。

一九七二年我也转回了北京。那年奶奶七十岁，头发全白了。爸爸、妈妈又都到云南干校去了，又剩了我跟奶奶。或者说是，奶奶跟着我。我已经二十出头了。我懂得了什么是历史。很多事情并非是因为人怎么坏，而是因为人类还没有弄明白那些事情为什么是坏。譬如说奶奶，她还不明白地主为什么坏，就注定是地主了。也可以说这是命运，但革命不正是为了把全人类都从那种厄运中解放出来么？

但那还是一九七二年。

我回到北京的时候是半夜。在车站坐了半宿，到家的时候天还不亮。我推推院门，院门开了。我推推屋门，门上有锁。我一愣。院里的人还都没起，很静，谁家屋里传出响亮的鼾声。奶奶这么早上哪儿了呢？还是那四棵树，一棵梨树，三棵海棠，但树叶都被虫子咬得斑斑驳驳的。院里盖起了好几间小厨房，歪七扭八，灰压压的。

北屋门一响，宋家老头出来了："哟，你回来啦？你奶奶这几天净念叨你呢。"

"我奶奶这么早上哪儿了？"

"你没瞧见？就在外头扫街哪。"

我跑出院门。远远的晨雾中，有一个人影，用的是长把笤帚，是奶奶。后来我才知道，奶奶这么早来扫街，是为了躲过人多的时候，怕让人看见。她现在是以一个地主的身份在扫街，在改造，不是像当年那样是卫生负责人。

奶奶见了我可是立刻就哭了。

我把奶奶搀进屋，劝她，安慰她。我才不说"这是群众运动，您应当理解"呢！她怎么会理解呢？多少大人物不是都不理解吗？

只是当我说到“群众的眼睛是亮的”的时候，奶奶才不哭了，连连点头，说街坊邻居对她都不错，街道积极分子对她也不错，居委会主任还偷偷劝她别往心里去，扫起街来也得悠着点儿。奶奶扫街总是超额，甚至加倍。

“还记得八子吗？”奶奶问我。

“当然。”我早就听说八子这几年在街上很出名，外号叫“八爷”，一般的流氓小偷都服他。八子没有去插队。

“可不是吗，唉！可是他见了我，还是管我叫奶奶。”奶奶说。这似乎使她非常感动。

奶奶又说：“没人的时候我跟八子说，可得好好的，要不将来后悔一辈子。他倒是低头儿听着。别人说他，他连听都不听呢。”

“他进工厂了？”

“没有。先前他想进工厂，人家说他不去插队，不给他分配。这会儿人家给他分配了，他又嫌工作不好，不去，等着。他可倒也不缺钱花，又抽烟，又喝酒。他还老跟我说：像您这么老实管什么用！”

“惠芬三姐呢？”

“咳，还提惠芬呢！分配在外地，二十七八了，还没个对象。她那个对象武斗的时候死了，惠芬总还是想着那个人，时常说点子不着边儿的话，说不是那个人她就不结婚……可那个人都死了好几年啦。这都是八子跟我说的。头些日子，我扫街时候碰上了惠芬，她头也不抬。八子说，她不是光不理我，谁她都不理……”

我想起一九六六年查抄“四旧”的时候了，在院子里，惠芬三姐和一个男大学生说话，那男的又高又魁梧，他会不会就是惠芬三姐的对象呢？

唉！“奶奶，咱们包扁豆馅饺子吧！”我说。世上的事都想明白了好像也不符合辩证法。

“行啊！”奶奶高兴起来，“我给你钱，你去买肉馅吧。”

妈妈给我写信的时候就说，回了北京好好照顾奶奶，想办法给奶奶弄点儿好的吃。奶奶一个人老是熬粥、吃馒头、炒白菜什么的；她不愿意去买肉，怕让人看见说她没改造好。

“您管他那些呢！”我说，“肉铺里卖肉就是为让人吃的。革命就是为让所有的人都过好日子！”

“可还有好些人连馒头、炒白菜都吃不上呢。老家的人，好些贫下中农，吃也吃不饱。”奶奶一本正经的神气。

我真得承认：奶奶的觉悟比我高。我开了个玩笑：“您可不能这么说。您说贫下中农现在还吃不饱，那还行？”

奶奶吓坏了，说不出话来。可不？在那些年，这可不是玩笑。

最后这几年，奶奶依旧是很忙。天不亮就去扫街。吃了早饭就去参加街道上办的“专政学习班”。下午又去挖防空洞。

“您这么大岁数，挖什么呀？还不够添乱的呢！”我说。

奶奶听了不高兴：“我能帮着往外撮土。”

“要不我替您去吧。我挖一天够您挖十天的。我替您去干一天，您就歇十天。”

“那可不行。人家让我去是信任我。你可别外头瞎说去。好不容易人家这才让我去了。”

奶奶还是那么事事要强。

最让奶奶难受的是人家不让她去值班。那时候，无论春夏秋冬，不管刮风下雨，北京所有的小胡同里都有人值班。绝大多数是没有工作的老头、老太太，都是成分好的，站在胡同口，或拿个小板凳坐在墙角里，监视坏人，维护治安。每个人值两个小时，一班接一班。奶奶看人家值班，很眼热，但她的成分不好。

一天，街道积极分子来找奶奶，说是晚十点到十二点这一班没人了，李老头病了，何大妈家里离不开，一时没处找人去，让奶奶值一班。奶奶可忙开了，又找棉袄，又找棉鞋。秋风刮得挺大。

“真要是有坏人，您能管得了什么？他会等着让您给他一拐棍儿？”

“人家这是信任我。”

“就算您用拐棍儿把他的腿钩住了，他也得把您拉个大马趴。”

“我不会喊？”

“我替您去吧。”

“那可不行！”奶奶穿好了棉衣，拿着拐棍儿，提着板凳，掖着手电筒，全副武装地出了门。

我出门去看了看。奶奶正和上一班的一个老头在聊天。还不到十点。两个人聊得挺热火。风挺大，街上没什么人。那老头在抱怨他孙子结婚没有房……

十点刚过，奶奶回来了。

“怎么啦？”

奶奶说：“又有人接班了。”脸色挺难看。

“有人了更好。咱们睡觉。”

奶奶不言语，脱棉袄的时候，不小心把手电筒掉地上了，玻璃摔碎了。

“您累了吧？我给您按摩按摩？”

奶奶趴在床上。我给她按摩腰和背。她还是一到晚上就腰酸背疼。

我想起小时候给奶奶踩腰，觉得她的腰背是那样漫长。如今她的腰和背却像是山谷和山峰，腰往下塌，背往上凸。

我看见奶奶在擦眼泪。

“算了，什么大不了的事儿！”我说。

“敢情你们都没事儿。我妈算是瞎了眼，让我到了你们老史家来……”

海棠树的叶子又落了，树枝在风中摇。星星真不少，在遥远的宇宙间痴痴地望着我们居住的这颗星球……

那是一九七五年，奶奶七十三岁。那夜奶奶没有再醒来。我发现的时候，她的身体已经变凉。估计是脑溢血。很可能是脑溢血。

给奶奶穿鞋的时候我哭了。那双小脚儿，似乎只有一个大脚趾和一个脚后跟。这双脚走过了多少路啊。这双脚曾经也是能蹦能跳的。如今走到了头。也许她还在走，走进了天国，在宇宙中变成了一颗星星……

现在毕竟不是过去了。现在，在任何场合，我都敢于承认：我是奶奶带大的，我爱她，我忘不了她。而且她实在也是爱这新社会的。一个好的社会，是会被几乎所有的人爱的。奶奶比那些改造好了的国民党战犯更有理由爱这新社会。知道她这一生的人，都不怀疑这一点。

当然，最后这几年，她心里一定非常惶惑。我不能原谅自己的是这样一件事：那时每天晚上，奶奶都在灯下念报纸上的社论。在那个“专政学习班”里，奶奶是学得最好的一个。她一字一顿地念，像当年念扫盲课本时那样。我坐在桌子的另一边看书。显然是有些段落她看不大懂，不时看看我，想找机会让我给她讲一讲。我故意装得很忙，不给她这个机会，心想：您就是学得再好，再虔诚些，人家又能对您怎么样？那正是“反击右倾翻案风”的时候，净是些狗屁不通的社论。奶奶给我倒茶，终于找到了机会。

“你给我讲讲这一段行不？”

“咳，您不懂！”

“你不告诉我，我可不老是不懂。”

“您懂了又怎么样？啊？又怎么样？”

奶奶分明听出了我的话外之音。她默默地坐着，一声不响。第二天晚上，她还是一字一句地自己念报纸，不再问我。我一看她，她的声音就变小，挺难为情似的……

老海棠树还活着，枝叶间，星星在天上。我认定那是奶奶的星星。据说有一种蚂蚁，遇到火就大家抱成一个球，滚过去，总有一些被烧死，也总有一些活过来，继续往前爬。人类的路本来很艰难。前些时候碰上了惠芬三姐，听说因为她“文革”中做了些错事，弄得她很苦恼，很多事都受到影响。我就又想起了奶奶的星星。历史，要用许多不幸和错误去铺路，人类才变得比那些蚂蚁更聪明。人类浩荡前行，在这条路上，不是靠的恨，而是靠的爱……

一九八三年十一月十一日

来到人间

星期六晚上，男的八点多才回到家，在过道里锁车的时候就感到意外：孩子没喊他，也没听见孩子的笑声。

屋里光线很暗，没开大灯，只一盏八瓦的小灯亮在紧里头的写字台上。女的坐在床沿上，见他进来，只把两条腿变了下位置，脸依然冲着电视，披了件旧外套，像是怕冷的样子。床上扔满了玩具。孩子在玩具中间睡着了，没脱衣裳，身上盖了条毛毯。

“没想到又这么晚。”男的说，看了看手表。女的没搭腔。

男的走到床的另一侧，一边解风衣扣一边俯身看看孩子：“怎么这么睡？”

女的还是没回头，说：“饭在厨房里，锅里。”声音囔囔的，掏出手绢擤鼻子。

男的又绕到女的身旁，站着看电视，把胳膊抱在胸前，注意着妻子的脸。电视的光忽明忽暗在她脸上晃，让人弄不清她的表情。电视里在播球赛。他知道她从来不爱看球赛。

“怎么了你？”男的问。

“饭在锅里，凉了热热。”妻子的声音仍旧囔囔的，鼻音很重。

男的愣了一会儿，正转身要去厨房，听见女的长出气，并且像啜泣那样颤抖。

“到底怎么了你？”男的又转回身来问。

“你先吃饭去。”

男的走了几步，伸手去开大灯。

“别开！”女的说。

男的退回到床边，挨着女的坐下，瞪着电视发愣。街上过汽车，荧光屏咔嚓咔嚓地闪。

“到底怎么啦？”

女的不说话，一条腿不住地颠。

“是不是孩子又怎么了？”

“她没说幼儿园好不好？”男的又问。

这下女的忍不住了，“咹——咹——”地哭起来，把头顶在丈夫肩上，浑身不住地抽动。丈夫茫然地坐着，抓紧妻子冰凉的手。

这孩子一来到世上，面前就摆好了一条残酷的路。先天性软骨组织发育不全。一种可怕的病。能让人的身体长不高，四肢长不长，手脚也长不大，光留下与正常人一样的头脑和愿望。一条布满了痛苦和艰辛的路，在等一个无辜的小姑娘去走。也许要走六十年，七十年，或者还要长，重要的是没有人知道这种病到什么时候才有办法治。

孩子不知道这些。和别的孩子一样，她睁开眼睛，看见一个五光十色的世界。小拳头紧攥着，蹬蹬腿，踹踹脚，想来这个世界上试试似的。饿了，或者尿了，她也哭。吃饱了，高兴了，她也笑。

买只红气球挂在床栏杆上，太阳把气球照得透明闪亮，她皱着眉头不眨眼地看。和别的孩子完全一样。

“你说她是吗？”年轻的母亲说，不愿意说出那个病名。人们一般管那种病叫“侏儒症”。

年轻的父亲捅捅那只气球。一片红光飘来飘去，孩子的眼睛跟着转，笑了。还在襁褓里，这孩子就会笑。

妻子斜靠在被摞上，两手垫在脑后，眨巴着眼睛看对面的墙，像是那儿有一道题。丈夫趴在椅背上，交叉起两手顶着下巴，好像另一道题写在妻子的脚上。对面阳台上有个人在给盆花浇水，一边唱着京戏，遇着高音就巧妙地变个调子。孩子什么都不管，看着那只红气球，“咿咿唔唔”地说着自己的歌，仿佛知道童年不会太长，得抓紧懂事前的这段好时光。

“要不再到别的医院去看看？”母亲说。

父亲好一会儿没有出声，把目光从妻子的脚上转向窗外的天上。

“我看她不像。”母亲又说。

父亲猛地站起来：“那就走！”

两口子急急忙忙把孩子裹好，抱起来，出了门，就像这回准有什么好结果。

“我们团有个编剧，”一边下楼梯女的一边说，“头一回化验说是肝炎，还很厉害，没过几天又到另一个医院去化验，结果各项指标都正常。咱们上哪儿？”

街上永远有那么多人，那么多车，简直不知道是为什么。男的站在马路边想了想，说：“这回咱们不去太大的医院了。”

女的没有哭太久。“把灯开开吧。”她说。

男的把大灯拉开。

“把电视关了吧。”

男的把电视关掉。

女的开始收拾床上的玩具，一样一样收进一只小木箱。然后给孩子脱衣服。“啾啾，把衣服脱了睡。”不管你心里愿不愿意承认，孩子现在四岁了，个子就是比其他同岁的孩子矮，胳膊腿也明显地短。孩子一岁多的时候，这种病的特征开始显露，再不用跑医院检查了，剩下的是怎么接受这个事实。“啾啾，妈妈在这儿，脱了衣服好好睡。”孩子在梦里睁开眼看了看妈妈，又看见了爸爸，困得又闭上眼睛，呼吸中带着抽噎。

两个人一直看着孩子睡熟了，呼吸平稳了。

“嗯。”男的说，是问话，看着女的。

“下了班我去接她，”女的说，“一进幼儿园就见她一个人靠窗台站着，光是看着别的孩子在院里玩。一见我来，她就跑过来，拽着我要回家。两个阿姨在聊天。我问阿姨她怎么样，阿姨说还好。不过才两个礼拜，谁知道时间长了怎么样呢？对了，你先吃饭吧。”

“等会儿。”

“出幼儿园没多远，她就跟我说，她的被子和枕头都丢在幼儿园了，让我回去拿。我说不用，星期一还要来呢。她一下子就哭起来，蹲在地上说什么也不走了，非让我把她的被子和枕头都拿回来不可。我说：‘你不是想上幼儿园吗？’她光是哭。我说：‘你怎么又不想上了呢？’她光是哭。要不我去把饭给你拿来？”

“不用，不着急。”男的等着她往下说。

“她用胳膊钩住路边的一棵小树，就是不走。小胳膊钩也钩不住，就用两只胳膊这么抱着。我拉她也拉不动，就打了她一下。”女的用手抹眼泪，伤心地摇头。

男的焦急地等着她往下说。

“我还从来没打过她。我不知道我今天是怎么了。我从来没打过她一下。”

“我知道，我知道。这也没什么。”

“我打了她一巴掌。”女的仰起脸，把一缕头发拢到耳后，声音放得平缓些，“她就一个人哭着往幼儿园走，走到幼儿园门口又不敢进去，自己靠墙边儿站着，把脸扭过去不朝我这边看。好半天，还是我先过去跟她说对不起，问她为什么不想再上幼儿园了。她说：‘你把被子和枕头拿回来，我再告诉你。’你看她。”

男的想：糟糕的就是她还这么聪明。

“我本来想说，你告诉我，我就去把被子和枕头拿回来。”

“千万别这么说。”

“就是。我知道不能骗她。”女的说，“她又让了一步，说：‘你要是拿不动，明天让爸爸来拿。’”

“你答应了？”

“没。我知道咱们不能骗她。”

男的叹了口气。“嗯，后来呢？”

“这会儿天就快黑了。我狠了狠心，猛地抱起她来就走。你猜她怎么？也不哭了，也不喊了，使劲闭着嘴，一直到家，一句话都不说。我跟她说什么她也不理我。你说她这脾气。”

“就是，这孩子又聪明又有个性。”男的说。

女的到厨房去拿来个面包，给男的。

“不用。等会儿再吃。”男的把面包搁在桌上，“她到底跟你说为什么了没有？”

“回到家她还是不理我，自己坐在床上摆弄那只塑料狗。我把饭做好摆在桌子上，她连看也不看。我把所有的玩具都给她拿出来，好，她连那只塑料狗也甩到一边去。我坐在床上，想跟她一块儿玩，她干脆一个人跑到厕所里去，把厕所的门插上。过了一会儿，我贴着厕所的门听，听见她在厕所里小声哭。我扒着门缝跟她说：‘是不是别的小朋友说你什么了？’她立刻‘哇——’的一声大哭起来，一边哭一边说，说别的孩子管她叫大头，叫她大脑壳，还管她叫丑八怪。还有，我说，‘你告诉阿姨了没有？’她说她才不去告诉阿姨呢，她说她知道阿姨光喜欢别的孩子。”

女的又抽泣起来。男的不说话。

“我怀疑是阿姨那么叫过她，孩子们怎么想得起来那么叫她？”

“你先别这么瞎怀疑。”男的说，“先冷静点儿。”

“我要去找阿姨谈谈，找她们园长！”

“谈谈不是不可以，必要的时候甚至……不过这都不是最要紧的。”

“我让她把门开开，她说不，除非我答应明天把她的被子和枕头都拿回来。我说好吧。”

“你这么说了？”

“我没骗她！我明天就去把她的东西都拿回来！不让她去了。让她自己在家里玩。要不就把原来看她的那个老太太再请来，多少钱都行，五十,六十也行！”

“你再好好想想。”

“我早想了！”

“问题不在钱上，问题是她不能总在家里！”

“我也没说在钱上。得得得！我不听你说！”

“咱们别又吵。你想想，孩子总有一天……”

“你要说什么我都知道！我养她，养她一辈子。你不养算了，我一个人养！”

“你又不冷静。”男的说，站起来朝厨房走去。

女的追到过道里说：“就你那德行冷静！”然后又回到屋里，坐在沙发上，呆愣着坐了好一会儿，眼泪又止不住地流。

死应该是一件轻松的事。生才是严峻的。一个人快要死了，无论如何我们可以安慰他：“放心吧！伙计，不管怎么说，你把你的路走完了，走得还不坏。”对一个刚来到世上的孩子呢？你能安慰他什么？你能知道这个娇嫩的肉体和天真的心灵，将来会碰上什么吗？你顶多可以跟他说：“行了伙计，既然来了，就得开始了。”

对所有的人来说，也都是这样。没人知道什么时候会碰上什么。生活中随时可能出现倒运的事。

丈夫很有才气，得了硕士学位，现在是工程师，身高一米八三。妻子是话剧演员，当然漂亮，身高一米六八。有一套一居室的房子，有厨房、厕所、煤气、暖气。女的还在香港有个叔叔，送给他们彩电、冰箱、录音机。然后，这个孩子来了，上帝像是生怕世上有一个平平安安的家庭。

妻子生这孩子的时候就不太顺利。孩子先是窒息、抽风，之后又得了肺炎，一直在医院里抢救。母亲也出了点儿毛病，住在另一间病房里。母女俩还没见过面。有一天大夫告诉父亲：“发现您这孩子有一种先天性的疾病。”“嗯？什么病？”“软骨组织发育不全。”“我不懂，对病我一点儿都不懂。”“这病，怎么说呢？不好治，而且……”“会死吗？”年轻的父亲有些慌。“那倒不会，这病没有生命危险。”接着，大夫把那种病的后果告诉了他。

年轻的父亲跑到医院的小花园里坐着。夏天的中午，小花园里没什么人，晒蔫了的洋槐树下有一条长椅，水泥路面上浮着一层颤抖的热气。他坐了一个多小时，才渐渐明白发生了什么。一个矮人儿，只有一米一二高，头很大，躯干也像成年人的一样，只是四肢短，手指像脚趾一样又粗又短。他记得自己小时候就嘲弄过那样的人，追在人家身后喊“大个儿”，没人教过他，也没有人制止他。他已经把这事忘了很多年了。这些年他忙这忙那，忙着考大学，忙着考研究生，不知不觉已经做了父亲。现在他清晰地记起来，那个矮人怎样装作没听见他的话，怎样急匆匆地走，想要摆脱他。现在他才想到，他曾给过一个心灵怎样的折磨。那颗心上已经磨出了老茧，已经不反抗了，只是逃避。他将有一个那样的女儿。

“不对！”他的一个老同学跟他说，“糟糕的不是你有一个那样的女儿，是有一个灵魂要平白无故地来世上受折磨！”

“这我想过。不过，所有的人不都是一样吗？譬如说我现在。”

“不一样。当然，人世间的痛苦你都可能碰上。可她呢？她是生来就注定了，痛苦要跟她一辈子。”

“她也许能因此成为一个很有作为的人呢？”

“战争能造就不少英雄，但是为了造就英雄就发动一场战争，有这回事吗？”

“那当然不。”他说。

“人是不得不成为英雄的。”

“这我同意。”

“大夫怎么说？”

“大夫说，她的肺炎很厉害，救得活救不活还不敢说。”

“这是暗示。”

“我知道是暗示。”

“你也可以给大夫一个暗示。”

“这我得跟我爱人商量。”

“她会同意吗？”

“我想不会。”

“你得说服她。”

“她肯定不听。”

正如父亲所预料的那样，年轻的母亲一听便大哭起来：“不！不！我就要她！什么模样我也要！”

男的把饭菜热好，端进屋里。女的在看当天的晚报。

“你不再吃点儿？”

“什么叫再吃点儿？我也一点儿没吃呢！”

男的听出，她已经冷静下来了。男的又跑去拿了一个碗和一双筷子，盛好饭放在茶几上，自己在另一个沙发上坐下。

“你怎么买着鱼了？哪儿买的？”

她没回答，把自己的饭拨一半到男的碗里。

“什么鱼？是鲤鱼吗？”男的拨弄着碗里的鱼，很快地朝女的脸上扫一眼。

过了一会儿，男的又说：“我看像鲤鱼。”

“不是。”女的勉强回答。

“不是鲤鱼？”男的故意装出惊讶的样子。

“我看她现在还太小。”女的说。

男的在嘴里费劲儿地捯着鱼刺，考虑怎么回答她。

“再过一年，啊？怎么样？明年再让她去。”

“还不是一样吗？反正早晚有这么一天，她得知道她长得丑。”

“我答应了她，你没见她多高兴呢，立刻不哭了，一个人在床上玩，让我跟她一块儿玩。我到厨房去，她跑到厨房来问我：‘你说我丑吗？’”

“你怎么说？”

女的张了张嘴，没说出话来，低头吃饭。

“你准又说她不丑。我跟你说不能骗她！”

“等她再大点儿，到五岁，再告诉她，可能会好一点儿。”

“干吗不到六岁？干吗不到七岁？大点儿也长不好！别说五岁。头一回知道自己是畸形人，和所有的人都不一样，别说五岁，五十岁也受不了。岁数越大也许越糟糕。”

“那怎么办？”

“没别的办法。得让她知道，让她及早在心里接受这个事实。”

男的又想起自己小时候嘲弄过的那个矮人。是接受这个事实，可不能是习惯、麻木和自卑，男的在心里对自己说，得让她保留生来的自尊。

“我怕她受不了。”女的说。

“谁受得了？谁他妈的也受不了！”男的喊，使劲把饭碗蹾在茶几上。

妻子吓坏了。丈夫在屋里走了两个来回，赶紧把攥紧的拳头松开，提醒自己：要冷静。

“要是世界上只有你、我和她，咱们就永远不让她知道。”男的说。

“不过，”男的又说，“即便那样也不行，她自己早晚也会发现，你就长得比她漂亮。”

“还不如让我是她，让她是我。”母亲说。

“别瞎说了。”

“真的，我真的愿意。”

“我知道，”父亲抓住母亲的手，“我知道。不过不可能。即便可能又怎么样呢？她也会像你现在这样，你也会像她这样。这事轮上谁，谁也受不了。”

“要是她是我，我是她，我就受得了。”

“咱们别说废话了好不好？”男的说。

“就让她再过一年再去吧。”女的坐到床上，看着熟睡的孩子。

男的不说话。

“我已经答应她了，我不能骗她。”

父亲还是不说话。

母亲看着梦中的孩子。“咱们还不如不生她。还不如那时候不让她活。”

孩子能满床上爬了，满床上爬着追那只气球。气球在她眼前飘，她总是抓不住，捉不着。气球飘到桌子上，飘上玻璃窗，飘上屋顶，又飘下来。孩子嘎嘎地笑，尖声地叫，一心一意地追。她挺聪明，等到气球滚到她跟前，一下子扑上去，抱着气球坐在床上笑，举起来给爸爸妈妈看。忽然“砰！”的一声。孩子吓愣了，抬起头来看看桌子上，看看屋顶上，看爸爸，看妈妈，“哇——”地哭开了。

孩子那惶然四顾的样子，给了父母很深刻的印象。还有那一声哭，使人想起一个在人丛中走丢了的孩子，发现左右没有了父母，都是些陌生的人。

夫妻俩越来越多地想到孩子的将来。

“你说她能长到一米四吗？女孩子只要能长到一米四，也就还可以。”女的跟好多人这么说过，有的人不言语，有的人说“也许差不多”。年轻的母亲叹气，心里什么都明白：要真能长到一米四，还算什么有病呢……

孩子又得了一场大病，肾炎。真是个多灾多难的小姑娘。母亲请了假在家里，抱她去打针，按时给她喂药，大夫说不能让她吃盐。父亲的工作放不下，每天尽量早地跑回家。孩子明显地没有精神，不爱笑，总睡。

“今天好点儿吗？”

“打针的时候恨不能把嗓子哭破了。从注射室出来，她使劲把脑袋往门框上碰。这脾气长大了可怎么办？”

窗外正下着雪。从三层楼的窗口望出去，家家户户的灰房子上，都有一个白色的屋顶。雪花静静地飘落。他们知道自己要比孩子先离开世界，知道这孩子无论碰上什么事都将是一个“难”字，一个“苦”字，不知道她能不能应付得了。

“她真还不如不来。”母亲说。

“当初不如听那个大夫的话。”父亲说。

“其实，那时候她等于还没有生命。”他又说。

“什么？”

“人是在开始懂事了，才算有了生命。”

“我没懂你的意思。”

“那时候如果听了大夫的话，其实她一点儿都不知道痛苦。跟没生她一样。”

女的想了一会儿，说："真的，是这么回事。"

"当时我就跟你说过。"男的说。

"你根本没这么说。"

"我说了。你根本一句都听不进去。"

"我光想，她长得再丑我也一样会爱她。"

"我说你应该替她想想。我还说，这不光是我们受得了受不了的事。你根本听不进去。"

女的想着过去的事和以后的事。

"咱们可以再生一个正常的。"男的忽然说。

"像咱们这种情况，也允许再生一个。"男的又说。

妻子把脸埋在手里，痛苦地摇头。

"我问过大夫了，行。"丈夫说，"这病不是遗传，咱们生这样的孩子，其实非常偶然。"

妻子抬起头，认真地听。

"是否正常，可以在怀孕期间检查出来。"

一直到晚上快睡觉的时候，女的才又说起这件事。

"不，我不想再要了。我怕那样咱们会偏心。我就要她一个。咱们别再要了。"

"咱们不会不偏心？"丈夫说。

"肯定会。不是偏那个就是偏这个。"

孩子睡在两个人中间。雪早停了，一缕月光照在床上。两个人都看着睡在中间的孩子。

"还有几个加号？"

"三个。还是跟原来一样。尿还是发红。"

"其实她现在也还什么都不懂。"男的说。

“这是命。”女的一下子没懂他的意思。

“我是说，她现在也可以一点儿痛苦都没有，跟没生她一样。”

“什么？你说什么？”妻子恐怖地看着丈夫。

一团云彩又挡住了月亮，屋里完全黑暗。没有声音。两个人都知道对方没有睡。过了很久，丈夫感觉到床在颤动。妻子在哭。

男人在夜里才哭。男人睡着了的时候才把握不住自己。妻子把他推醒。那时月光又落在地上。他立刻很清醒：无论什么事，也不管对不对，做不到就是做不到。因为爱这孩子，所以不想让她受以后这几十年的痛苦，但正是因为爱又做不到。就像算命，不管算得准不准，反正你不会相信。或者不管你信不信，你还得活下去，该干什么还得干什么。

母亲该给孩子喂药了，父亲穿着单薄的衣服下地去拿暖壶。

现在孩子懂事了，生命真正开始了。夫妻俩一直害怕着这一天，没料到竟来得这么早。她有了记忆，知道了歧视，懂得气愤和痛苦了。她还不知道这仅仅是个开始。她想逃避，还不知道这是逃不开的。

“这不过是第一回。”男的说，半坐半躺在床上。他又想起那个被他嘲弄过的人。

女的躺在被窝里，睁着眼睛看天花板。孩子睡在她身边。街上传来洒水车“当当当”的铃声。

“这回还不是最难办的呢。”男的又说，“不过咱们得跟她说实话。”

“怎么说？”

“怎么说倒是小事。”

“那你说，你跟她说。”

"我当然可以说。不过，你答应了她不去幼儿园，她会说是你不让她去的。"

"你跟她说。然后我紧跟着就说，你说得对。"

"也行。不过怎么说呢？"

"你就说，所有的孩子都得上幼儿园。"

"不是，主要不在这儿。上幼儿园好办，硬把她送去她也得去。"

"那你说怎么说？"

"得让她知道，她确实是长得不好看。"

"我看说这个还早。她还太小。"

"就得现在说！大了就更难办。"

"她脾气倔极了，她能干脆不理你。"

"那也得说。"

"还是你自己跟她说吧。她要是闹脾气，我好哄她。"

"就怕这样！就怕我什么都跟她说了，你再来说好听的，说不是那么回事，'你长得不丑，你长得漂亮，你跟别的孩子一样，大伙儿都会喜欢你。'怕就怕这个！比不说还坏！"

"我不是这么哄。我没说这么哄。"

"那你怎么哄？我问你，你怎么哄？"

女的坐起来，披上衣服，胳膊交叉着抱在胸前，皱着眉头不说话。

楼上传来"嚓啦嚓啦"的拖鞋声，一会儿又"嚓啦嚓啦"地走回来。

男的赶紧又把攥紧的拳头松开，说："但是她可以在其他方面不比别人差，你得这么说，她能在很多方面超过别人，做得比别人强。"

第二天是星期日，孩子很早就醒了，赖在被窝里不起来，看着春天的太阳照进屋里，太阳光越来越多，自己躺在床上唱。

母亲做好了早点，进屋来说："快起床吧，小懒丫头，吃完饭带你去公园。"

"真的？"

"真的。"

"爸爸！是真的吗？"爸爸还在厨房里。

她跳出被窝，抱住妈妈的脖子，在床上蹦，在妈妈的脸上亲。这孩子会来事儿。

"妈妈！我穿哪件毛衣呀？"

"妈妈！我穿什么裤子呀？"

"我的新皮鞋呢？爸爸！你给我买的新皮鞋放在哪儿啦？"

年轻的父母在过道里擦肩而过，互相看了一眼，表情都很严肃，甚至是紧张。

临出门的时候，孩子忽然有些担心："妈妈，我不去幼儿园了吧？"

"不去。不去幼儿园。"

丈夫扽了一下妻子的衣襟。孩子一蹦一蹦地跑到楼道里去了。

"我知道，我知道。"妻子赶忙解释，"可是现在没法说。"

"那你也别那么说呀，'不去！''不去！'说得那么肯定。"

两个人都叹气，急忙出来。孩子站在楼梯上喊他们。

公园里有了春天的模样，柳条绿了，湖面上有了游船。孩子一进公园就跑起来，跑跑停停，转回身喊她的父母。

"快来呀你们！草！草！"

草也绿了。孩子蹲在地上看，用手摸摸。

“有的草是绿的，爸爸，有的草是黄的。”孩子说。

“草跟草不一样。”父亲说。孩子已经跑开了。

到了儿童运动场，孩子不进去，只是扒着栅栏朝里面看，一声不响。

“你不想去滑滑梯吗？”母亲问她。

“你看，里面有那么多小朋友在玩。”父亲说。

孩子猛地跑开，故意蹦跳着，在地上捡石子，好像是说她自己也可以玩得很开心。她会掩饰自己的愿望了。

“这样下去她会离群，”父亲对母亲说，“她会慢慢变得孤僻。”那个极力想摆脱他的矮人，又浮现在他眼前，这几年他不断地想起那件事。

“船！船！妈妈，咱们划船吗？”孩子又跑回来，抱住母亲的腿。

“告诉妈妈，你们幼儿园有船吗？”母亲说。

孩子一愣。

妻子看一眼丈夫，丈夫点点头，鼓励她。

“妈妈，我想划船。”

“那你得答应妈妈一件事，明天去幼儿园。”

“嘘——”丈夫做了个不满意的表情。

“嗯？”妻子有些慌张。

“别这么说，别这么许愿似的。”丈夫小声说。

孩子拉着母亲的手默默地走，专心地望着湖面上的船。

“爸爸带你划船去，走！”父亲拉过孩子的手。

孩子有些犹豫，把手缩回来，望望妈妈。湖面上那些划船的人真让人羡慕。

“走，咱们划船去，妈妈也去！”母亲说。

在船上，孩子一直不说话。船桨有时打起水花，孩子忍不住笑起来，尖声叫，但很快又静下来，像个大人似的，心事重重地看着船边荡漾的湖水。

“你看她。”母亲悄声说。

“嘘——”父亲说，“哎，那个愁眉苦脸的，看咱们的船快不快！”

孩子故意不看他们，装听不见。划船原来是这么没意思。这样，明天就得上幼儿园去了。

“行了，你瞧她这脾气吧。”

“嘘——”

整个上午，孩子再没有真正笑过。父母俩想尽办法让她高兴起来，孩子却想回家了。

“咱们吃点儿饭吧，回家去没有饭吃呀。”父亲对孩子说。

在饭馆里等饭的时候，父亲给孩子讲了个故事：“从前我认识一个小个子的人，很矮，只有筷子这么高……”

孩子笑起来：“真的？那他用什么吃饭呢？”

“别笑，还没人敢笑话他。别看他个子矮。这个人很了不起，从来不把高个子的人放在眼里，很多事别人干不了，可他能干。”

“他能干什么？”

“嗯……很多，譬如说，他研究出了一种药，这种药矮个子的人吃了就能长高。”

“那他干吗不给自己吃一点儿？”

“嗯……可是他已经老了。别人吃了这种药都长高了，可是他自己却不会再长高了。所以没人敢笑话他矮，大伙儿都特别尊敬他。”

“这个人从小就上幼儿园。”母亲插嘴说。

丈夫差点儿没跳起来，狠狠瞪了妻子一眼。

孩子又低下头。过了一会儿，她又喊着要回家了，一个人先跑到饭馆外边去。

“我跟你说了，上幼儿园是小事！”丈夫冲妻子喊，跑出去追孩子。

女的呆呆地坐在饭馆里，想哭又哭不出来。服务员把饭菜端来了。她问多少钱，服务员说交过钱了。等服务员走开，她也走出饭馆。

她看见丈夫和孩子在草坪那边的长椅上，孩子正扯破了嗓子哭。她赶紧跑过去。

“看，妈妈来了。”父亲说，“妈妈给你道歉来了。”

“妈妈，”孩子哭着说，“我不去幼儿园。”

母亲抱着孩子，“啾啾，不哭，不哭。”不知再说什么好。

“妈妈骗了你，妈妈要给你说对不起。”丈夫给妻子使眼色。

孩子用脚使劲踢爸爸：“你甭说！不用你说！你走！你滚一边去！”

母亲还是说不出话来，光流眼泪。

“他还说，”孩子哭着对妈妈说，“还说我就是大脑袋，就是、长得、难看，他还说。”

“那怕什么？那没关系。”母亲抹掉眼泪，尽量让声音平缓、柔和，“大脑袋怕什么？矮个子也没关系，你能在其他地方比别人强，比别人更有用。”

“不！不！！”孩子喊起来，“我不是！我不是！爸爸、才、是哪！”她从母亲怀里挣脱出来，一个人哭着往前走去。

丈夫拍拍妻子的背：“这会儿你别再哭，有一个就够了。”

“我知道。我没哭。”

两个人跟在孩子后面追上去。

到家以后，孩子又把自己关在厕所里。

女的在厨房里洗菜、切菜。男的淘米。男的隔一会儿到阳台上去一回，从窗户缝往厕所里看看。

“干什么呢？”母亲问。

“靠墙站着，把鞋给脱了。”

母亲去敲厕所的门：“快开门，妈妈要上厕所。”没有回答。“把鞋穿上，要不该着凉了。”

过了一会儿，父亲又到阳台上去，回来说：“把袜子也脱了。”

“她这脾气可怎么办？”

“我看倒好。她得有点儿脾气。得让她有点儿脾气。”

妻子靠在丈夫怀里，觉得身上一点儿劲儿都没有了。“得让她把鞋穿上，要不该着凉了。”

“不会。放心，不会。”丈夫说，“得让她保持住这种硬劲儿。没办法。无论将来她遇见什么，她不能太软了，得有股硬劲儿。”

天渐渐黑了。夫妻俩站在厨房通向阳台的门旁，听着孩子的动静。

过了很久，厕所的门轻轻响了一下。

孩子站在厨房门前的过道里，看见爸爸搂着妈妈，外面是万家灯火，还有深蓝色的天空和闪闪的星星……

一九八五年

命若琴弦

莽莽苍苍的群山之中走着两个瞎子，一老一少，一前一后，两顶发了黑的草帽起伏躜动，匆匆忙忙，像是随着一条不安静的河水在漂流。无所谓从哪儿来，也无所谓到哪儿去，每人带一把三弦琴，说书为生。

方圆几百上千里的这片大山中，层峦叠嶂，沟壑纵横，人烟稀疏，走一天才能见一片开阔地，有几个村落。荒草丛中随时会飞起一对山鸡，跳出一只野兔、狐狸或者其他小野兽。山谷中常有鹞鹰盘旋。

寂静的群山没有一点儿阴影，太阳正热得凶。

“把三弦子抓在手里。”老瞎子喊，在山间震起回声。

“抓在手里呢。”小瞎子回答。

“操心身上的汗把三弦子弄湿了。弄湿了晚上弹你的肋条？”

“抓在手里呢。”

老少二人都赤着上身，各自拎了一条木棍探路，缠在腰间的粗布小褂已经被汗水泅湿了一大片。蹚起来的黄土干得呛人。这正是说书的旺季。天长，村子里的人吃罢晚饭都不待在家里；有的人晚饭也不在家里吃，捧上碗到路边去，或者到场院里。老瞎子想赶着多说书，整个热季领着小瞎子一个村子一个村子紧走，一晚上一晚上紧说。老瞎子一天比一天紧张、激动，心里算定：弹断一千根琴弦的日子就在这个夏天了，说不定就在前面的野羊坳。

暴躁了一整天的太阳这会儿正平静下来，光线开始变得深沉。远远近近的蝉鸣也舒缓了许多。

“小子！你不能走快点儿吗？”老瞎子在前面喊，不回头也不放慢脚步。

小瞎子紧跑几步，吊在屁股上的一只大挎包叮啷哐啷地响，离老瞎子仍有几丈远。

“野鸽子都往窝里飞啦。”

“什么？”小瞎子又紧走几步。

“我说野鸽子都回窝了，你还不快走！”

“噢。”

“你又鼓捣我那电匣子呢。”

“噫——鬼动来。”

“那耳机子快让你鼓捣坏了。”

“鬼动来！”

老瞎子暗笑：你小子才活了几天？“蚂蚁打架我也听得着。”老瞎子说。

小瞎子不争辩了，悄悄把耳机子塞到挎包里去，跟在师父身后闷闷地走路。无尽无休的无聊的路。

走了一阵子，小瞎子听见有只獾在地里啃庄稼，就使劲学狗叫，那只獾连滚带爬地逃走了，他觉得有点儿开心，轻声哼了几句小调儿，哥哥呀妹妹的。师父不让他养狗，怕受村子里的狗欺负，也怕欺负了别人家的狗，误了生意。又走了一会儿，小瞎子又听见不远处有条蛇在游动，弯腰摸了块石头砍过去，“哗啦啦”一阵高粱叶子响。老瞎子有点儿可怜他了，停下来等他。

“除了獾就是蛇。”小瞎子赶忙说，担心师父骂他。

“有了庄稼地了，不远了。”老瞎子把一个水壶递给徒弟。

“干咱们这营生的，一辈子就是走。”老瞎子又说，“累不？”

小瞎子不回答，知道师父最讨厌他说累。

“我师父才冤呢。就是你师爷，才冤呢，东奔西走一辈子，到了没弹够一千根琴弦。”

小瞎子听出师父这会儿心绪好，就问：“师父，什么是绿色的长乙（椅）？”

“什么？噢，八成是一把椅子吧。”

“曲折的油狼（游廊）呢？”

“油狼？什么油狼？”

“曲折的油狼。”

“不知道。”

“匣子里说的。”

“你就爱瞎听那些玩意儿。听那些玩意儿有什么用？天底下的好东西多啦，跟咱们有什么关系？”

“我就没听您说过，什么跟咱们有关系。”小瞎子把“有”字说得重。

“琴！三弦子！你爹让你跟了我来，是为让你弹好三弦子，学会说书。”

小瞎子故意把水喝得咕噜噜响。

再上路时小瞎子走在前头。

大山的阴影在沟谷里铺开来。地势也渐渐地平缓，开阔。

接近村子的时候，老瞎子喊住小瞎子，在背阴的山脚下找到一个小泉眼。细细的泉水从石缝里往外冒，淌下来，积成脸盆大的小洼，周围的野草长得茂盛，水流出去几十米便被干渴的土地吸干。

“过来洗洗吧，洗洗你那身臭汗味。”

小瞎子拨开野草在水洼边蹲下，心里还在猜想着“曲折的油狼”。

“把浑身都洗洗。你那样儿准像个小叫花子。”

“那您不就是个老叫花子了？”小瞎子把手按在水里，嘻嘻地笑。

老瞎子也笑，双手掏起水往脸上泼。“可咱们不是叫花子，咱们有手艺。”

“这地方咱们好像来过。”小瞎子侧耳听着四周的动静。

“可你的心思总不在学艺上。你这小子心太野。老人的话你从来不着耳朵听。”

“咱们准是来过这儿。”

“别打岔！你那三弦子弹得还差着远呢。咱这命就在这儿根琴弦上，我师父当年就这么跟我说。”

泉水清凉凉的。小瞎子又哥哥呀妹妹的哼起来。

老瞎子挺来气：“我说什么你听见了吗？”

“咱这命就在这儿根琴弦上，您师父我师爷说的。我都听过八百遍了。您师父还给您留下一张药方，您得弹断一千根琴弦才能去抓那服药，吃了药您就能看见东西了。我听您说过一千遍了。”

“你不信？”

小瞎子不正面回答，说：“干吗非得弹断一千根琴弦才能去抓那服药呢？”

“那是药引子。机灵鬼儿，吃药得有药引子！”

“一千根断了的琴弦还不好弄？”小瞎子忍不住哧哧地笑。

“笑什么笑！你以为你懂得多少事？得真正是一根一根弹断了的才成。”

小瞎子不敢吱声了，听出师父又要动气。每回都是这样，师父容不得对这件事有怀疑。

老瞎子也没再作声，显得有些激动，双手搭在膝盖上，两颗骨头一样的眼珠对着苍天，像是一根一根地回忆着那些弹断的琴弦。盼了多少年了呀，老瞎子想，盼了五十年了！五十年中翻了多少架山，走了多少里路哇，挨了多少回晒，挨了多少回冻，心里受了多少委屈呀。一晚上一晚上地弹，心里总记着，得真正是一根一根尽心尽力地弹断的才成。现在快盼到了，绝出不了这个夏天了。老瞎子知道自己又没什么能要命的病，活过这个夏天一点儿不成问题。“我比我师父可运气多了，”他说，“我师父到了儿没能睁开眼睛看一回。”

“咳！我知道这地方是哪儿了！”小瞎子忽然喊起来。

老瞎子这才动了动，抓起自己的琴来摇了摇，叠好的纸片碰在蛇皮上发出细微的响声，那张药方就在琴槽里。

“师父，这儿不是野羊岭吗？”小瞎子问。

老瞎子没搭理他，听出这小子又不安稳了。

“前头就是野羊坳，是不是，师父？”

“小子，过来给我擦擦背。”老瞎子说，把弓一样的脊背弯给他。

“是不是野羊坳，师父？”

“是！干什么？你别又闹猫似的。”

小瞎子的心扑通扑通跳，老老实实地给师父擦背。老瞎子觉出他擦得很有劲。

“野羊坳怎么了？你别又叫驴似的会闻味儿。”

小瞎子心虚，不吭声，不让自己显出兴奋。

“又想什么呢？别当我不知道你那点儿心思。”

“又怎么了，我？”

“怎么了你？上回你在这儿疯得不够？那妮子是什么好货！”老瞎子心想，也许不该再带他到野羊坳来。可是野羊坳是个大村子，年年在这儿生意都好，能说上半个多月。老瞎子恨不能立刻弹断最后几根琴弦。

小瞎子嘴上嘟嘟囔囔的，心却飘飘的，想着野羊坳里那个尖声细气的小妮子。

“听我一句话，不害你。”老瞎子说，“那号事靠不住。”

“什么事？”

“少跟我贫嘴。你明白我说的什么事。”

“我就没听您说过，什么事靠得住。”小瞎子又偷偷地笑。

老瞎子没理他，骨头一样的眼珠又对着苍天。那儿，太阳正变成一汪血。

两面脊背和山是一样的黄褐色。一座已经老了，嶙峋瘦骨像是山根下裸露的基石。另一座正年轻。老瞎子七十岁，小瞎子才十七。

小瞎子十四岁上父亲把他送到老瞎子这儿来，为的是让他学说书，这辈子好有个本事，将来可以独自在世上活下去。

老瞎子说书已经说了五十多年。这一片偏僻荒凉的大山里的人们都知道他：头发一天天变白，背一天天变驼，年年月月背一把三弦琴满世界走，逢上有愿意出钱的地方就拨动琴弦唱一晚上，给寂寞的山村带来欢乐。开头常是这么几句：“自从盘古分天地，三皇五帝到如今，有道君王安天下，无道君王害黎民。轻轻弹响三弦琴，慢慢稍停把歌论，歌有三千七百本，不知哪本动人心。”于是听书的众人喊起来，老的要听董永卖身葬父，小的要听武二郎夜走蜈蚣岭，女人们想听秦香莲。这是老瞎子最知足的一刻，身上的疲劳和心里的孤寂全忘却，不慌不忙地喝几口水，待众人的吵嚷声鼎沸，便把琴弦一阵紧拨，唱道：“今日不把别人唱，单表公子小罗成。”或者：“茶也喝来烟也吸，唱一回哭倒长城的孟姜女。”满场立刻鸦雀无声，老瞎子也全心沉到自己所说的书中去。

他会的老书数不尽。他还有一个电匣子，据说是花了大价钱从一个山外人手里买来，为的是学些新词儿，编些新曲儿。其实山里人倒不太在乎他说什么唱什么。人人都称赞他那三弦子弹得讲究，轻轻漫漫的，飘飘洒洒的，疯癫狂放的，那里头有天上的日月，有地上的生灵。老瞎子的嗓子能学出世上所有的声音，男人、女人、刮风下雨，兽啼禽鸣。不知道他脑子里能呈现出什么景象，他一落生就瞎了眼睛，从没见过这个世界。

小瞎子可以算见过世界，但只有三年，那时还不懂事。他对说书和弹琴并无多少兴趣，父亲把他送来的时候费尽了唇舌，好说歹说连哄带骗，最后不如说是那个电匣子把他留住。他抱着电匣子听得入神，甚至没发觉父亲什么时候离去。

这只神奇的匣子永远令他着迷，遥远的地方和稀奇古怪的事物使他幻想不绝，凭着三年朦胧的记忆，补充着万物的色彩和形象，譬如海，匣子里说蓝天就像大海，他记得蓝天，于是想象出海；匣子里说海是无边无际的水，他记得锅里的水，于是想象出满天排开的水锅。再譬如漂亮的姑娘，匣子里说就像盛开的花朵，他实在不相信会是那样，母亲的灵柩被抬到远山上去的时候，路上正开遍着野花，他永远记得却永远不愿意去想。但他愿意想姑娘，越来越愿意想；尤其是野羊坳的那个尖声细气的小妮子，总让他心里荡起波澜。直到有一回匣子里唱道，“姑娘的眼睛就像太阳”，这下他才找到了一个贴切的形象，想起母亲在红透的夕阳中向他走来的样子。其实人人都是根据自己的所知猜测着无穷的未知，以自己的感情勾画出世界。每个人的世界就都不同。

也总有一些东西小瞎子无从想象，譬如“曲折的油狼”。

这天晚上，小瞎子跟着师父在野羊坳说书，又听见那小妮子站在离他不远处尖声细气地说笑。书正说到紧要处——“罗成回马再交战，大胆苏烈又兴兵。苏烈大刀如流水，罗成长枪似腾云，好似海中龙吊宝，犹如深山虎争林。又战七日并七夜，罗成清茶无点唇……”老瞎子把琴弹得如雨骤风疾，字字句句唱得铿锵。小瞎子却心猿意马，手底下早乱了套数……

野羊岭上有一座小庙，离野羊坳村二里地，师徒二人就在这里住下。石头砌的院墙已经残断不全，几间小殿堂也歪斜欲倾百孔千疮，唯正中一间尚可遮蔽风雨，大约是因为这一间中毕竟还供奉着神灵。三尊泥像早脱尽了尘世的彩饰，还一身黄土本色返璞归真了，认不出是佛是道。院里院外、房顶墙头都长满荒藤野草，蓊蓊郁郁倒有生气。老瞎子每回到野羊坳说书都住这儿，不出房钱又不惹是非。小瞎子是第二次住在这儿。

散了书已经不早，老瞎子在正殿里安顿行李，小瞎子在侧殿的檐下生火烧水。去年砌下的灶稍加修整就可以用。小瞎子撅着屁股吹火，柴草不干，呛得他满院里转着圈咳嗽。

老瞎子在正殿里数叨他：“我看你能干好什么。”

“柴湿嘛。”

“我没说这事。我说的是你的琴，今儿晚上的琴你弹成了什么。”

小瞎子不敢接这话茬，吸足了几口气又跪到灶火前去，鼓着腮帮子一通猛吹。“你要是不想干这行，就趁早给你爹捎信把你领回去。老这么闹猫闹狗的可不行，要闹回家闹去。”

小瞎子咳嗽着从灶火边跳开，几步蹿到院子另一头，呼哧呼哧大喘气，嘴里一边骂。

“说什么呢？”

“我骂这火。”

“有你那么吹火的？”

“那怎么吹？”

“怎么吹？哼，”老瞎子顿了顿，又说，“你就当这灶火是那妮子的脸！”

小瞎子又不敢搭腔了，跪到灶火前去再吹，心想：真的，不知道兰秀儿的脸什么样。那个尖声细气的小妮子叫兰秀儿。

“那要是妮子的脸，我看你不用教也会吹。”老瞎子说。

小瞎子笑起来，越笑越咳嗽。

“笑什么笑！”

“您吹过妮子脸？”

老瞎子一时语塞。小瞎子笑得坐在地上。“日他妈。”老瞎子骂道，笑笑，然后变了脸色，再不言语。

灶膛里腾的一声，火旺起来。小瞎子再去添柴，一心想着兰秀儿。才散了书的那会儿，兰秀儿挤到他跟前来小声说：“哎，上回你答应我什么来？”师父就在旁边，他没敢吭声。人群挤来挤去，一会儿又把兰秀儿挤到他身边。“噫，上回吃了人家的煮鸡蛋倒白吃了？”兰秀儿说，声音比上回大。这时候师父正忙着跟几个老汉拉话，他赶紧说：“嘘——我记着呢。”兰秀儿又把声音压低：“你答应给我听电匣子你还没给我听。”“嘘——我记着呢。”幸亏那会儿人声嘈杂。

正殿里好半天没有动静。之后，琴声响了，老瞎子又上好了一根新弦。他本来应该高兴的，来野羊坳头一晚上就又弹断了一根琴弦。可是那琴声却低沉、零乱。

小瞎子渐渐听出琴声不对，在院里喊：“水开了，师父。”

没有回答。琴声一阵紧似一阵了。

小瞎子端了一盆热水进来，放在师父跟前，故意嘻嘻笑着说：“您今儿晚还想弹断一根是怎么着？”

老瞎子没听见，这会儿他自己的往事都在心中，琴声烦躁不安，像是年年旷野里的风雨，像是日夜山谷中的流溪，像是奔奔忙忙不知所归的脚步声。小瞎子有点儿害怕了：师父很久不这样了，师父一这样就要犯病，头疼、心口疼、浑身疼，会几个月爬不起炕来。

“师父，您先洗脚吧。”

琴声不停。

“师父，您该洗脚了。”小瞎子的声音发抖。

琴声不停。

“师父！”

琴声戛然而止，老瞎子叹了口气。小瞎子松了口气。

老瞎子洗脚，小瞎子乖乖地坐在他身边。

“睡去吧，”老瞎子说，“今儿个够累的了。”

“您呢？”

“你先睡，我得好好泡泡脚。人上了岁数毛病多。”老瞎子故意说得轻松。

“我等您一块儿睡。”

山深夜静。有了一点儿风，墙头的草叶子响。夜猫子在远处哀哀地叫。听得见野羊坳里偶尔有几声狗吠，又引得孩子哭。月亮升起来，白光透过残损的窗棂进了殿堂，照见两个瞎子和三尊神像。

“等我干吗，时候不早了。”

“你甭担心我，我怎么也不怎么。”老瞎子又说。

“听见没有，小子？”

小瞎子到底年轻，已经睡着。老瞎子推推他让他躺好，他嘴里咕囔了几句倒头睡去。老瞎子给他盖被时，从那身日渐发育的筋肉上觉出，这孩子到了要想那些事的年龄，非得有一段苦日子过不可了。唉，这事谁也替不了谁。

老瞎子再把琴抱在怀里，摩挲着根根绷紧的琴弦，心里使劲念叨：又断了一根了，又断了一根了。再摇摇琴槽，有轻微的纸和蛇皮的摩擦声。唯独这事能为他排忧解烦。一辈子的愿望。

小瞎子做了一个好梦，醒来吓了一跳，鸡已经叫了。他一骨碌爬起来听听，师父正睡得香，心说还好。他摸到那个大挎包，悄悄地掏出电匣子，蹑手蹑脚出了门。

往野羊坳方向走了一会儿，他才觉出不对头，鸡叫声渐渐停歇，野羊坳里还是静静的没有人声。他愣了一会儿，鸡才叫头遍吗？灵机一动扭开电匣子。电匣子里也是静悄悄。现在是半夜。他半夜里听过匣子，什么都没有。这匣子对他来说还是个表，只要扭开一听，便知道是几点钟，什么时候有什么节目都是一定的。

小瞎子回到庙里，老瞎子正翻身。

“干吗哪？”

“撒尿去了。”小瞎子说。

一上午，师父逼着他练琴。直到晌午饭后，小瞎子才瞅机会溜出庙来，溜进野羊坳。鸡也在树荫下打盹，猪也在墙根下说着梦话，太阳又热得凶，村子里很安静。

小瞎子踩着磨盘，扒着兰秀儿家的墙头轻声喊："兰秀儿——兰秀儿——"

屋里传出雷似的鼾声。

他犹豫了片刻，把声音稍稍抬高："兰秀儿！兰秀儿——"

狗叫起来。屋里的鼾声停了，一个闷声闷气的声音问："谁呀？"

小瞎子不敢回答，把脑袋从墙头上缩下来。

屋里吧唧了一阵嘴，又响起鼾声。

他叹口气，从磨盘上下来，怏怏地往回走。忽听见身后嘎吱一声院门响，随即一阵细碎的脚步声向他跑来。

"猜是谁？"尖声细气。小瞎子的眼睛被一双柔软的小手捂上了。——这才多余呢。兰秀儿不到十五岁，认真说还是个孩子。

"兰秀儿！"

"电匣子拿来没？"

小瞎子掀开衣襟，匣子挂在腰上。"嘘——别在这儿，找个没人的地方听去。"

"咋啦？"

"回头招好些人。"

"咋啦？"

"那么多人听，费电。"

两个人东拐西弯，来到山背后那眼小泉边。小瞎子忽然想起件事，问兰秀儿："你见过曲折的油狼吗？"

“啥？”

“曲折的油狼。”

“曲折的油狼？”

“知道吗？”

“你知道？”

“当然。还有绿色的长椅。就是一把椅子。”

“椅子谁不知道。”

“那曲折的油狼呢？”

兰秀儿摇摇头，有点儿崇拜小瞎子了。小瞎子这才郑重其事地扭开电匣子，一支欢快的乐曲在山沟里飘荡。

这地方又凉快又没有人来打扰。

“这是《步步高》。”小瞎子说，跟着哼。

一会儿又换了支曲子，叫《旱天雷》，小瞎子还能跟着哼。兰秀儿觉得很惭愧。

“这曲子也叫《和尚思妻》。”

兰秀儿笑起来：“瞎骗人！”

“你不信？”

“不信。”

“爱信不信。这匣子里说的古怪事多啦。”小瞎子玩着凉凉的泉水，想了一会儿，“你知道什么叫接吻吗？”

“你说什么叫？”

这回轮到小瞎子笑，光笑不答。兰秀儿明白准不是好话，红着脸不再问。

音乐播完了，一个女人说：“现在是讲卫生节目。”

“啥？”兰秀儿没听清。

“讲卫生。”

“是什么？”

“嗯——你头发上有虱子吗？”

“去——别动！”

小瞎子赶忙缩回手来，赶忙解释：“要有就是不讲卫生。”

“我才没有。”兰秀儿抓抓头，觉得有些刺痒。“噫——瞧你自个儿吧！”兰秀儿一把扳过小瞎子的头，“看我捉几个大的。”

这时候听见老瞎子在半山上喊：“小子，还不给我回来！该做饭了，吃罢饭还得去说书！”他已经站在那儿听了好一会儿了。

野羊坳里已经昏暗，羊叫、驴叫、狗叫、孩子们叫，处处起了炊烟。野羊岭上还有一线残阳，小庙正在那淡薄的光中，没有声响。

小瞎子又撅着屁股烧火。老瞎子坐在一旁淘米，凭着听觉他能把米中的沙子拣出来。

“今天的柴挺干。”小瞎子说。

“嗯。”

“还是焖饭？”

“嗯。”

小瞎子这会儿精神百倍，很想找些话说，但是知道师父的气还没消，心说还是少找骂。

两个人默默地干着自己的事，又默默地一块儿把饭做熟。岭上也没了阳光。

小瞎子盛了一碗小米饭，先给师父：“您吃吧。”声音怯怯的，无比驯顺。

老瞎子终于开了腔：“小子，你听我一句行不？”

“嗯。”小瞎子往嘴里扒拉饭，回答得含糊。

“你要是不愿意听，我就不说。”

“谁说不愿意听了？我说‘嗯’！”

“我是过来人，总比你知道得多。”

小瞎子闷头扒拉饭。

“我经过那号事。”

“什么事？”

“又跟我贫嘴！”老瞎子把筷子往灶台上一摔。

“兰秀儿光是想听听电匣子。我们光是一块儿听电匣子来。”

“还有呢？”

“没有了。”

“没有了？”

“我还问她见没见过曲折的油狼。”

“我没问你这个！”

“后来，后来，”小瞎子不那么气壮了，“不知怎么一下就说起了虱子……”

“还有呢？”

“没了。真没了！”

两个人又默默地吃饭。老瞎子带了这徒弟好几年，知道这孩子不会撒谎，这孩子最让人放心的地方就是诚实，厚道。

“听我一句话，保准对你没坏处。以后离那妮子远点儿。”

“兰秀儿人不坏。”

“我知道她不坏，可你离她远点儿好。早年你师爷这么跟我说，我也不信……”

“师爷？说兰秀儿？”

“什么兰秀儿，那会儿还没她呢。那会儿还没有你们呢……”老瞎子阴郁的脸又转向暮色浓重的天际，骨头一样白色的眼珠不住地转动，不知道在那儿他能“看”见什么。

许久，小瞎子说：“今儿晚上您多半又能弹断一根琴弦。”想让师父高兴些。

这天晚上师徒俩又在野羊坳说书。“上回唱到罗成死，三魂七魄赴幽冥，听歌君子莫嘈嚷，列位听我道下文。罗成阴魂出地府，一阵旋风就起身，旋风一阵来得快，长安不远面前存……”老瞎子的琴声也乱，小瞎子的琴声也乱。小瞎子回忆着那双柔软的小手捂在自己脸上的感觉，还有自己的头被兰秀儿扳过去时的滋味。老瞎子想起的事情更多……

夜里老瞎子翻来覆去睡不安稳，多少往事在他耳边喧嚣，在他心头动荡，身体里仿佛有什么东西要爆炸。坏了，要犯病，他想。头昏，胸口憋闷，浑身紧巴巴地难受。他坐起来，对自己叨咕：“可别犯病，一犯病今年就甭想弹够那些琴弦了。”他又摸到琴。要能叮叮当当随心所欲地疯弹一阵，心头的忧伤或许就能平息，耳边的往事或许就会消散。可是小瞎子正睡得香甜。

他只好再全力去想那张药方和琴弦：还剩下几根，还只剩最后几根了。那时就可以去抓药了，然后就能看见这个世界——他无数次爬过的山，无数次走过的路，无数次感到过她的温暖和炽热的太阳，无数次梦想着的蓝天、月亮和星星……还有呢？突然心里一阵空，空得深重。就只为了这些？还有什么？他朦胧中所盼望的东西似乎比这要多得多……

夜风在山里游荡。

猫头鹰又在凄哀地叫。

不过现在他老了，无论如何没几年活头了，失去的已经永远失去了，他像是刚刚意识到这一点。七十年中所受的全部辛苦就为了最后能看一眼世界，这值得吗？他问自己。

小瞎子在梦里笑，在梦里说：“那是一把椅子，兰秀儿……”

老瞎子静静地坐着。静静地坐着的还有那三尊分不清是佛是道的泥像。

鸡叫头遍的时候老瞎子决定，天一亮就带这孩子离开野羊坳。否则这孩子受不了，他自己也受不了。兰秀儿人不坏，可这事会怎么结局，老瞎子比谁都“看”得清楚。鸡叫二遍，老瞎子开始收拾行李。

可是一早起来小瞎子病了，肚子疼，随即又发烧。老瞎子只好把行期推迟。

一连好几天，老瞎子无论是烧火、淘米、捡柴，还是给小瞎子挖药、煎药，心里总在说：“值得，当然值得。”要是不这么反反复复对自己说，身上的力气似乎就全要垮掉。“我非要最后看一眼不可。”“要不怎么着？就这么死了去？”“再说就只剩下最后几根了。”后面三句都是理由。老瞎子又冷静下来，天天晚上还到野羊坳去说书。

这一下小瞎子倒来了福气。每天晚上师父到岭下去了，兰秀儿就猫似的轻轻跳进庙里来听匣子。兰秀儿还带来煮熟的鸡蛋，条件是得让她亲手去扭那匣子的开关。“往哪边扭？”“往右。”“扭不动。”“往右，笨货，不知道哪边是右哇？”“咔嗒”一下，无论是什么便响起来，无论是什么俩人都爱听。

又过了几天，老瞎子又弹断了三根琴弦。

这一晚，老瞎子在野羊坳里自弹自唱：“不表罗成投胎事，又唱秦王李世民。秦王一听双泪流，可怜爱卿丧残身，你死一身不打紧，缺少扶朝上将军……”

野羊岭上的小庙里这时更热闹。电匣子的音量开得挺大，又是孩子哭，又是大人喊，轰隆隆地又响炮，嘀嘀嗒嗒地又吹号。月光照进正殿，小瞎子躺着啃鸡蛋，兰秀儿坐在他旁边。两个人都听得兴奋，时而大笑，时而稀里糊涂莫名其妙。

“这匣子你师父哪儿买来的？”

“从一个山外头的人手里。”

“你们到山外头去过？”兰秀儿问。

“没。我早晚要去一回就是，坐坐火车。”

“火车？”

“火车你也不知道？笨货。”

“噢，知道知道，冒烟哩是不是？”

过了一会儿兰秀儿又说：“保不准我就得到山外头去。”语调有些恓惶。

“是吗？”小瞎子一挺坐起来，“那你到底瞧瞧曲折的油狼是什么。”

“你说是不是山外头的人都有电匣子？”

“谁知道。我说你听清楚没有？曲、折、的、油、狼，这东西就在山外头。”

“那我得跟他们要一个电匣子。”兰秀儿自言自语地想心事。

“要一个？”小瞎子笑了两声，然后屏住气，然后大笑，“你干吗不要俩？你可真本事大。你知道这匣子几千块钱一个？把你卖了吧，怕也换不来。”

兰秀儿心里正委屈，一把揪住小瞎子的耳朵使劲拧，骂道：“好你个死瞎子。”

两个人在殿堂里扭打起来。三尊泥像袖手旁观帮不上忙。两个年轻的正在发育的身体碰撞在一起，纠缠在一起，一个把一个压在身下，一会儿又颠倒过来，骂声变成笑声。匣子在一边唱。

打了好一阵子，两个人都累得住了手，心怦怦跳，面对面躺着喘气，不言声儿，谁却也不愿意再拉开距离。

兰秀儿呼出的气吹在小瞎子脸上，小瞎子感到了诱惑，并且想起那天吹火时师父说的话，就往兰秀儿脸上吹气。兰秀儿并不躲。

“嘿，”小瞎子小声说，“你知道接吻是什么了吗？”

“是什么？”兰秀儿的声音也小。

小瞎子对着兰秀儿的耳朵告诉她。兰秀儿不说话。老瞎子回来之前，他们试着亲了嘴儿，滋味真不坏……

就是这天晚上，老瞎子弹断了最后两根琴弦。两根弦一齐断了。他没料到。他几乎是连跑带爬地上了野羊岭，回到小庙里。

小瞎子吓了一跳：“怎么了，师父？”

老瞎子喘吁吁地坐在那儿，说不出话。

小瞎子有些犯嘀咕：莫非是他和兰秀儿干的事让师父知道了？

老瞎子这才相信：一切都是值得的。一辈子的辛苦都是值得的。能看一回，好好看一回，怎么都是值得的。

“小子，明天我就去抓药。”

“明天？”

“明天。”

“又断了一根了？”

“两根。两根都断了。”

老瞎子把那两根弦卸下来，放在手里揉搓了一会儿，然后把它们并到另外的九百九十八根中去，绑成一捆。

“明天就走？”

“天一亮就动身。”

小瞎子心里一阵发凉。老瞎子开始剥琴槽上的蛇皮。

“可我的病还没好利索。”小瞎子小声叨咕。

“噢，我想过了，你就先留在这儿，我用不了十天就回来。”

小瞎子喜出望外。

“你一个人行不？”

“行！”小瞎子紧忙说。

老瞎子早忘了兰秀儿的事。“吃的、喝的、烧的全有。你要是病好利索了，也该学着自个儿去说回书。行吗？”

“行。”小瞎子觉得有点儿对不住师父。

蛇皮剥开了，老瞎子从琴槽中取出一张叠得方方正正的纸条。他想起这药方放进琴槽时，自己才二十岁，便觉得浑身上下都好像冷。

小瞎子也把那药方放在手里摸了一会儿，也有了几分肃穆。

“你师爷一辈子才冤呢。”

“他弹断了多少根？”

“他本来能弹够一千根，可他记成了八百。要不然他能弹断一千根。”

天不亮老瞎子就上路了。他说最多十天就回来，谁也没想到他竟去了那么久。

老瞎子回到野羊坳时已经是冬天。

漫天大雪，灰暗的天空连接着白色的群山。没有声息，处处也没有生气，空旷而沉寂。所以老瞎子那顶发了黑的草帽就尤其蹦动得显著。他蹒蹒跚跚地爬上野羊岭。庙院中衰草瑟瑟，蹿出一只狐狸，仓皇逃远。

村里人告诉他，小瞎子已经走了些日子。

“我告诉他我回来。”

“不知道他干吗就走了。”

“他没说去哪儿？留下什么话没？”

“他说让您甭找他。”

“什么时候走的？”

人们想了好久，都说是在兰秀儿嫁到山外去的那天。

老瞎子心里便一切全都明白。

众人劝老瞎子留下来，这么冰天雪地的上哪儿去？不如在野羊坳说一冬书。老瞎子指指他的琴，人们见琴柄上空荡荡已经没了琴弦。老瞎子面容也憔悴，呼吸也孱弱，嗓音也沙哑了，完全变了个人。他说得去找他的徒弟。

若不是还想着他的徒弟，老瞎子就回不到野羊坳。那张他保存了五十年的药方原来是一张无字的白纸。他不信，请了多少个识字而又诚实的人帮他看，人人都说那果真就是一张无字的白纸。老瞎子在药铺前的台阶上坐了一会儿，他以为是一会儿，其实已经几天几夜，骨头一样的眼珠在询问苍天，脸色也变成骨头一样的苍白。有人以为他是疯了，安慰他，劝他。老瞎子苦笑：七十岁了再疯还有什么意思？他只是再不想动弹，吸引着他活下去、走下去、唱下去的东西骤然间消失干净。就像一根不能拉紧的琴弦，再难弹出赏心悦耳的曲子。老瞎子的心弦断了。现在发现那目的原来是空的。

老瞎子在一个小客店里住了很久，觉得身体里的一切都在熄灭。他整天躺在炕上，不弹也不唱，一天天迅速地衰老。直到花光了身上所有的钱，直到忽然想起了他的徒弟，他知道自己的死期将至，可那孩子在等他回去。

茫茫雪野，皑皑群山，天地之间蹒动着一个黑点。走近时，老瞎子的身影弯得如一座桥。他去找他的徒弟。他知道那孩子目前的心情、处境。

他想自己先得振作起来，但是不行，前面明明没有了目标。

他一路走，便怀恋起过去的日子，才知道以往那些奔奔忙忙兴致勃勃的翻山、赶路、弹琴，乃至心焦、忧虑都是多么欢乐！那时有个东西把心弦扯紧，虽然那东西原是虚设。老瞎子想起他师父临终时的情景。他师父把那张自己没用上的药方封进他的琴槽。“您别死，再活几年，您就能睁眼看一回了。”说这话时他还是个孩子。他师父久久不言语，最后说：“记住，人的命就像这琴弦，拉紧了才能弹好，弹好了就够了。”……不错，那意思就是说：目的本来没有。老瞎子知道怎么对自己的徒弟说了。可是他又想：能把一切都告诉小瞎子吗？老瞎子又试着振作起来，可还是不行，总摆脱不掉那张无字的白纸……

在深山里，老瞎子找到了小瞎子。

小瞎子正跌倒在雪地里，一动不动，想那么等死。老瞎子懂得那绝不是装出来的悲哀。老瞎子把他拖进一个山洞，他已无力反抗。

老瞎子捡了些柴，点起一堆火。

小瞎子渐渐有了哭声。老瞎子放了心，任他尽情尽意地哭。只要还能哭就还有救，只要还能哭就有哭够的时候。

小瞎子哭了几天几夜，老瞎子就那么一声不吭地守候着。火光和哭声惊动了野兔子、山鸡、野羊、狐狸和鹞鹰……

终于小瞎子说话了："干吗咱们是瞎子！"

"就因为咱们是瞎子。"老瞎子回答。

终于小瞎子又说："我想睁开眼看看，师父，我想睁开眼看看！哪怕就看一回。"

"你真那么想吗？"

"真想，真想——"

老瞎子把篝火拨得更旺些。

雪停了。铅灰色的天空中，太阳像一面闪光的小镜子。鹞鹰在平稳地滑翔。

"那就弹你的琴弦，"老瞎子说，"一根一根尽力地弹吧。"

"师父，您的药抓来了？"小瞎子如梦方醒。

"记住，得真正是弹断的才成。"

"您已经看见了吗？师父，您现在看得见了？"

小瞎子挣扎着起来，伸手去摸师父的眼窝。老瞎子把他的手抓住。

"记住，得弹断一千二百根。"

"一千二？"

"把你的琴给我，我把这药方给你封在琴槽里。"老瞎子现在才弄懂了他师父当年对他说的话——咱的命就在这琴弦上。

目的虽是虚设的，可非得有不行，不然琴弦怎么拉紧；拉不紧就弹不响。

"怎么是一千二，师父？"

"是一千二，我没弹够，我记成了一千。"老瞎子想：这孩子再怎么弹吧，还能弹断一千二百根？永远扯紧欢跳的琴弦，不必去看那张无字的白纸……

这地方偏僻荒凉，群山不断。荒草丛中随时会飞起一对山鸡，跳出一只野兔、狐狸或者其他小野兽。山谷中鹞鹰在盘旋。

现在让我们回到开始：

莽莽苍苍的群山之中走着两个瞎子，一老一少，一前一后，两顶发了黑的草帽起伏躜动，匆匆忙忙，像是随着一条不安静的河水在漂流。无所谓从哪儿来、到哪儿去，也无所谓谁是谁……

一九八五年四月二十日

我之舞

有一年夏天我十八岁了，两条腿依然瘫痪着。在这之前我上中学，各门功课都学得不错，至少大家是这么说的。我真愿意就永远在那所中学里待下去，可越是学得好越是得毕业。毕了业，忽然一下子再也没有人记得你功课好了，光记得你腿坏；哪个工作单位都不要我，也不说不要，说等着吧你才十八。我说十八不见得是个罪过，我可不想等到八十去，结果这么说了也没用。

离我家不远有座僻静的古园，没处可去我便一天到晚耗在这园子里。跟上班下班一样，别人去上班我就摇了轮椅到这儿来，别人下班回家我也回家吃饭，别人又上班去我就又来。在人口密聚的城市里，有这一处冷清的地方，看来像是上帝的苦心安排，是天无绝人之路的一种。

那年夏天在这园子里，我经历了许多奇异的事。

有件事说起来让人毛骨悚然。在一片茂密的乱草丛中，一对老人悄悄地死在了那儿，发现的时候已经死了七八天，甚至还要久。两棵老柏树从一人多高的地方连在了一起，长成了一棵；两个老人并肩坐在地上，背靠老柏树，又互相依靠着，睁着眼睛，死了也没有倒下去。几条野豆蔓儿已经在他们垂吊着的胳膊上攀了几圈。没有人知道他们是谁，怎么死的，以及为什么死。两个人都是满头白发，一身布衣，没带任何东西；虽然时值盛夏却没有什么特殊的气味出来，因而也没有苍蝇蚂蚁之类爬到他们身上。四周是没腰的野草，稀疏的野花开得不香也不雕琢。两蓬静静的白发与周围的气氛极端和谐，恐怕是这么久没有被人发现的原因。

最先发现这件事的是我、世启、老孟和路。一连几天我们都说，草丛中那两蓬白亮亮的东西不知是什么，后来便把轮椅摇着推着走近去看。世启和我一样，腿坏了，坐手摇轮椅。老孟不单腿坏，两只眼睛还瞎，只能坐那种让人推着走的轮椅。路推着他。路和老孟同在一家工厂糊纸袋，上班下班路推着老孟。路的父母未出五代旁系血亲，路一生下来大夫就说这是个傻子，两只眼睛分得很开，嘴唇很厚，是先天愚型。路有一回说，老孟的腿是年轻时跳舞摔坏的，眼睛是因为后来跳不成舞急瞎的，我和世启不信。但是老孟的事只有路知道，老孟只对路一个人说。我们走进草丛，才发现那是两个老人，已经死了。世启说，他们身上什么东西都没带着。老孟想了一会儿，说他们还没有傻到要把这辈子的东西带到下辈子去。我说这可糟了，咱们没法知道他们是谁。老孟把墨镜摘下来擦擦又戴上，其实他什么也看不见，他说何必要知道他们是谁呢？说话时酒气冲天。

两张脸除了有些苍白，看起来倒是很坦然很轻松的样子，眼边嘴角似有微笑。这表情让我想起学生考完试放假回家时的心境。我们四个不出声地在这对老人面前坐了很久。两张脸上的阳光变成淡红色的时候，鸟儿都归巢了，园子里热闹起来。

路忽然说："他们跳得一塌糊涂是吧老孟？"

老孟拍拍路的肩膀，手在他那熊一样结实的脊背上停留了一会儿，然后滑下来。

"什么你说？"我问路，"什么跳得一塌糊涂？"

世启看一眼路，低声对我说："别理他，路又说傻话呢。"

"路才不傻呢。"老孟说。

路说："我才不傻呢是吧老孟？"然后转向世启和我，说："我才不傻呢。"然后又对老孟说："我不傻，是吧老孟？"

老孟又拍拍他的肩膀："不过别老说这一句，老说这一句可不聪明。"

"我没老说这一句是吧老孟？"

我和世启笑起来。但是笑声马上煞住，眼前毕竟坐着两个死人。四周的野草波浪一样地起伏摇荡。

路依然呆呆地看着那对老人，独自叨叨咕咕："他们跳得一塌糊涂，一塌糊涂他们跳得。"

"他说跳什么？"我问世启。

"跳舞。老孟和路俩净说黑话。他说跳舞，瞎说呢。"

我问老孟："什么跳舞？跳什么舞？"

"你不懂。你才十八，说你也不懂。"

老孟比世启大两轮，世启比路大一轮比我大十八，十八正是我的年龄。他们三个就管我叫"十八"。我在这园子里认识他们才不久。世启每天傍晚一下班就来，老孟和路要晚到一会儿。路先回家吃晚饭，老孟的晚饭只是随便在什么地方喝一顿酒，路吃完饭来酒店里接老孟，老孟已经喝完了酒在那儿等他。

世启的老婆头年秋天带着孩子回娘家去，到这个夏天还不见回来。老婆走的时候他们结婚还不到两年，孩子刚满周岁。老婆是农村人，娘家在几千里外的大山里。老婆走的时候说天冷前准回来，以后又来信说年前准回来，以后又来信说过了年就回来，再以后就没了音信。世启写信去问也没有回音。后一封信里还说，她们要是回来准是坐天黑前那趟火车到，不让世启去车站接，担心世启摇着轮椅去车站不方便，但是让世启必须在这园子门口等他们娘儿俩，要是他们先到了也在这园子门口等世启。信写得不明不白。想来想去只有这一个缘由：到世启家无论怎么坐车最后总得穿过这园子，园子又深而且草木横生，一向人迹罕至偏僻得怕人，尤其是在天黑以后。世启便从冬到春、从春到夏，每天下了班就在这园里园外等。老孟、路，后来还有我，就来陪他一块儿等。老孟、路也算上我，三条单身汉，夏天的晚上总归是要到外头乘凉的。

园子有数百年的历史，废弃已久，荒凉芜秽。有四面围墙和东西南北四座大门，但都残断不全，又无人看管，上下班时间有些抄近路的人从园中穿过，脚步声、车铃声、悠悠的口哨声，园子里活跃一阵，过后便沉寂下来如同死去。

太阳渐渐升高，变热，开始慢慢灼烤还没有醒明白的树木和草地。园墙在金晃晃的空气中斜切下一溜阴凉，我把轮椅开进去，把椅背放倒，坐着或是躺着，看书或者想事，撅一杈树枝左右拍打，驱赶那些和我一样不清楚为什么要来这世上的小昆虫。也许它们倒比我清楚？这很难说。蜂儿像一朵小雾，稳稳地停在半空；蚂蚁摇头晃脑捋着触须，猛然间想透了什么转身疾行而去；瓢虫爬得不耐烦了，累了，祈祷一回便支开翅膀，忽悠一下升空了；树干上留着一只蝉蜕，寂寞如一间空屋；露水在草叶上滚动、聚集，压弯了草叶轰然坠地摔开万道金光。这时不知在哪儿有个人说："只要你还能听，你就找不到真正的寂静。"吓了我一跳，四下看时，哪儿都没有人，我以为那是我的幻觉。这话倒是说得对，满园子都是草木竞相生长弄出的响动，片刻不息。这季节天气变化无常，忽而起了风，开玩笑似的打着呼哨四处野跑；忽而又飘下雨，淅淅沥沥弄起管弦，轻吹漫拨幽微缠绵。雨大时我躲进拱门去，园里园外世界全都藏起来，单用茫茫雨雾迷惑你，用浪涌潮翻般的震响恫吓你。两条腿瘫痪了多年，现在才有机会明白这意味着什么。你长大了，世界就变了。从一只摇篮一片光影，变成小床上的木栏和玻璃外面一只嗡嗡叫的金壳虫；从一道又高又长又难迈过去的门槛，变成一片又深又密几乎迷失在其中的花丛；从一只木马变成一排课桌，变成一面旗帜，变成一张地图，有山岭、沙漠和平原，有大陆、岛屿、海洋，有七个洲在一个椭圆的球体上昼夜旋转运行，却仍不过是浩瀚宇宙间一粒尘埃。你长大了，世界对你来说就变了。不久，雨过了，太阳憋足了力气，又把炽烈的光焰倾泻下来，仿佛一下子把草木都碾轧成金属，尖厉的颤响从各个角落里漫起，连成一片连成一片，激动不安与辉煌的太阳一同让人睁不开眼。

我闭上眼睛，眼前是无边而均匀的红色。这时又不知在哪儿有个人说："除非是你没了知觉，否则你找不到真正的虚空。"声音异常清晰。我摇起轮椅满园里找，仍然不见一个人。

园子很大。有参天孤立的老树。有密密交织的矮树丛在蔓延。有一大片一大片的荒地。有散落在荒地里的断石残阶，默默的像是墓碑。墙头的琉璃瓦被养鸽子的孩子几乎拆光，长出小树，泼泼洒洒披满野蔓荒藤。传说鸽子是喜欢那琉璃瓦的。几座晦暗的古殿歪在一处，被蓬蓬茸茸的荒草遮掩，发着潮冷味，露出翘角飞檐挑几个绿锈斑斑的风铃，悄然不动。成群的雨燕就在檐下木椽中为家，黄昏时分都赶回来，围着殿顶自在飞舞，嘹亮地唱些古歌送那安静了的太阳回去。这时，就会突兀地冒出几对恋人在小路上，正搂抱着离去，不敢久留了。晚风一起，风铃叮当作响，殿门戛然有声，林间幽暗且有雾气飘游。几盏路灯早都被孩子们用弹弓打过了，垂着吊着不再发光。蝉儿胆大，直叫到星光灿烂去。然后是蟋蟀的天下。

我想，死是什么。

我、老孟、路和世启，坐在园子门口等世启的老婆带着儿子回来。世启说："他们娘儿俩走了整九个月了。"又说："孩子回来我怕认不得了。""今天是几号？"老孟告诉他几号。"那就对了，他们走了整整九个月了。"世启眼巴巴望着黑夜。大家也都替他望那黑夜。黑夜中有一条望不到尽头的小路。我想，死是什么。小时候我问过大人，死了是什么样？大人告诉我，死了就什么都没有了。"什么什么什么都没有了？""对了，什么什么都没有了。""那还有什么呢？"我总也想象不出什么什么都没有了是什么样。我把这件事跟老孟说。老孟说我才十八居然想得有些道理，可是又说："你才十八，懂他娘个屁死。路，把第一道题给他说说。"路在月光下正玩着一只放大镜。

"找一个点是吗老孟？你永远也找不到一个点。是吧老孟他永远也找不到？"

"谁也找不到。"老孟说。

老孟递给我纸和笔。我在纸上轻轻点了一个点。

老孟说："路，把放大镜给他。"

"那不是一个点而是一个面！"老孟说，"其实不用放大镜你也能知道，那是一个面。这事是路发现的，是路。"老孟笑起来。

"是我发现的是吧老孟是我发现的？"

我说："确实是一个面，这又怎么了？我不明白你们的意思。"

老孟只是笑。夜便深下去，像老孟身上的酒味一样浓。

一个警察来园子里找我们四个，向我们了解发现那对老人时的情形。

"他们就这么坐着。在那片草丛里。"

"就这么坐着？"

"就这么坐着。手垂在地上。"

"这样？"

"不是不是，是这样垂着。胳膊上攀着野豆蔓儿。"

"什么野豆蔓儿？"

"像是豆蔓儿，叫不上名字来。这园子里到处都有。"

警察在本子上记了一阵。"再碰上这样的事，千万记住保护现场。嗯，还有呢？"

"我们只是想在他们身上找找，看有什么能证明他们是谁的东西没有。"

"有吗？"

"没有。什么都没有。他们是什么人？"

"我们正在调查。"警察说。

"他们是怎么死的？"

"你们发现他们的时候，对他们最突出的印象是什么？"

"头发很白。开始还以为是地上长的白毛呢。"

"地上长白毛？"

"地长毛您没听说过？地上有时候会长出头发一样很长很长的白毛。"

警察又在本子上记下几个字。“嗯，还有什么印象？”

世启说：“他们的表情像是很痛苦。”

“不对。”我说，“他们的样子看上去挺坦然。”

世启说：“怎么会呢？至少是挺伤心的。”

“一点儿也不。”我说，“俩人脸上都有笑容呢，看来很轻松。”

警察转向老孟和路：“请你们二位也谈谈。”

“我的眼睛看不见。路说说吧。嘿，路。”

“老孟！”世启想制止。路已经开口了：“一塌糊涂他们俩跳得，是吧老孟一塌糊涂他们俩？”

老孟不露声色，唯墨镜在夕阳下闪光。

世启在警察耳边低声解释了一下。警察惊愕的目光在路的脸上停留了一阵，又吸吸鼻子确认了老孟身上的酒味。

“为什么事，他们去死？”我问。

“我们还没有找到线索。”警察左右张望了一会儿，“他们睁着眼睛，依你们看他们在望着哪儿？”

“那儿！”我毫不怀疑地指给他看，“那儿有一座挺高挺大的灰房子，他们就望着那儿。”

世启说：“那是一家保密工厂。”

“是吗？”我说，“我怎么不知道？”

老孟说：“在先，那儿是一座古代的祭坛。”

“古代的祭坛？我怎么不知道？”

“你才十八。那祭坛说不清有多少千年了，比这园子还要老得多呢。”

我既不知道那是一家保密工厂，也不知道还有过一座古代的祭坛。我们四个和那个警察走过去看。完全看不出祭坛的痕迹。四四方方一座大房子有几层楼高，灰砖砌成，一个窗户也没有，不像是一家工厂倒像是一座陵墓。我从早到晚在这园子里，从未听见这房子里有过一丝声响，也不见有人进出，只偶尔见一两个哨兵在暗处游动，如同壁虎在墙上悄悄地爬。房子周围松柏森森，拉着铁丝网。

"里面在干什么？"

"没人知道。"世启说。

"是造什么的工厂？"我问老孟，"是造武器吗？"

老孟说："叫工厂也行。传说里面有人在模拟宇宙初开时的情景。"

"是科研机关？"

"叫什么都行。宇宙初开的时候本没有任何名字。"

那个警察瞥了老孟一眼，对我和世启说："好啦，咱们还是说正事吧。关于那对老人的表情，你们一个说是很痛苦至少是很伤心，另一个说是很坦然很轻松。对吗？"

"对，"我说，"至少是很平静。"

"是很痛苦，要不就是很伤心。"

"请你们再仔细回忆一下，过些天我来。"

"还有路说的呢。"老孟说。路蹲在远处的树林里，举着那只放大镜不知在看什么。

警察走了，我们四个又到园子门口去。天渐渐黑透了，园子里蟋蟀叫、风铃响，凄凄寂寂的，世启的老婆还没有带着儿子回来。我问老孟："你刚才说什么，宇宙初开时的情景？"老孟让我问路，说路到那座灰房子里去过。"他怎么能进去的？"老孟说鬼知道为什么只有他能进去。

"路，你看见什么了？"

“里头比外头大。”路说。

“怎么会里头比外头大？路你说什么呢？”

“那房子里头比外头大是吧老孟？就是里头比外头大。”

“里头有多大？”

“看不见边儿那么大，比外头大。”

世启说我：“你真爱听他的，他又瞎说呢。”

老孟说：“我怀疑路是看见了一个球，他走进球里去了。球是空的，球壁是用无数颗宝石拼接成的，大大小小的宝石拼接得严丝合缝没有一点儿空隙。”

“那又怎么了？”

“路说他刚一进去什么都看不见，漆黑一团没有声音。后来他点了一把火，用自己的衣裳点了一把火在手里摇，轰的一声就再也看不见边儿了。无边无际无边无际无边无际……”

“老孟，你要是少喝点儿酒就好了。”世启说。

老孟管自说下去：“每一颗宝石里都映出一个人和一把火，每一颗宝石里都映出所有的宝石也就有无数个人和无数把火，天上地下轰轰隆隆的都是火声，天上地下都是人举着火。”

世启说：“老孟，你今天喝得太多了。”

老孟管自说下去：“我说路，你干吗不跳个舞试试看？你干吗不在里头举着火跳个舞？你那时应该举着火跳个舞试试看。”

路惭愧地看着老孟。

“你要是跳起来你就知道了，路，你就会看见全世界都跟着你跳。”

路呆呆地梦想着跳舞。

连着几天好大的雨，电闪雷鸣昼夜不停，倾盆决堤一般。天放晴时我再到园子里去，那座灰房子忽然不见。那家保密工厂（或是科研机关）已经拆迁，拆迁的速度之快令人难以置信。那么大一座房子竟然无影无踪片瓦未留，仿佛神鬼乘人不备把它整个端走了。剩一片开阔的空地，呈四方形，铺满白色条石；中心是一个很大的白色的圆石台；四周有些合围粗的也是白色的石柱，兀然耸立；空地边缘残存的墙基亦为白石砌就。远望浑然一片白色令人目眩，空旷而神秘。果然是一座古代的祭坛，老孟没有说错。我摇了轮椅进入空地，在石柱间绕着走，不得不屏住呼吸小心翼翼。车轮在石面上碾出尖响，传开去，震起回声。石柱有的被拦腰劈断，有的顶部被削去，柱体上都有密密麻麻的气孔像是被大火烧过，光阴再把雕琢的花纹剥蚀干净。圆形的石台，处处也有焚烧过的痕迹。我绕那石台一周，估摸有一百多米；古代不行米制，尺寸也比现行的短，算来这石台的周长是合着一年的天数，一年一年循环往复永无尽止。围墙代表了四方。石柱共二十四根，指向苍天。千万年前，这祭坛可能是毁于一场大火。

我独自在祭坛上坐着，看地行天移。太阳暗暗西垂，把石柱的影子拉长，把石柱染红得如同二十四根巨大的蜡烛。暮霭起了，蓝烟紫气缭缭绕绕，浮在祭坛上空。晚风便在远处摇响了风铃。又似有鼓声。天地在庆祝生日。忽然我有一个预感，不容得我再细想一遍，这预感便被证实：我又听见有人在说话了，是两个人，一男一女谈笑风生。

男的说：“你要是说我们早晚得死，我就跟你打个赌，我说我们永远不会死。”

女的就笑，说：“好吧，假定我跟你打这赌。”

男的说："我劝你别打，我肯定不会输而你是注定赢不了。因为我们活着我就一直没输，我们死了呢，你还赢个屁呀。"

女的又笑，笑得喘不过气。男的也笑。

这声音太清晰了。我赶紧摇起轮椅，飞快地把每根石柱都绕一圈，没人。我又围着石台转一周，仍不见人。我再后退一二十米朝石台上望，那儿空空荡荡唯见紫气蓝烟飘飘摇摇。我心里明明白白的一点儿不糊涂，这不是幻觉，可见前两回听到的那声音也绝不是我的幻觉。我不敢乱动了，我知道碰见什么了——那对老人！

女的停止了笑："你这是狡辩。"

"可我认为这里面藏着一个伟大的真理。"男的说，"不过你既认定这是狡辩，我就再也狡辩不过你了。"

"啪"的一声，男的"哎哟"一声。女的"哧哧"笑。

男的说："不妨把这个问题先搁一搁，谈谈另一件事。首先是，你活着呢——我敢肯定我这句话没说错。"

"当然，这你知道。"

"不不不，我不是说你一个人，这个'你'是泛指。譬如我也可以对他这样说，虽然我不知道他是谁。"

我的头皮一阵紧，心想不如跑吧，握住轮椅的摇把使劲摇，却不能动。

"不管我对谁这样说，我都敢肯定我没有说错。原因很简单：你要是死着你就不能对我这句话做出判断，你要是能做出判断你就一定是活着呢，你就必得说我说对了，除非丧尽天良。"

"跟刚才一样，是狡辩。"

"跟刚才那个逻辑有点儿相似，但是你得承认这绝不是狡辩了。你明明活着，这不是狡辩所能办到的呀。"

“不错，活着。又怎么样呢？”

“活着才能继续谈下去呀。因为活着才能知道一切，而且我们所能谈论的没有半点儿不是我们所知道的。”

“什么意思？”

“这样，你要再问我世界是什么样的、到底是什么样的，我就可以告诉你了，世界就是人们所知道的那样的。除了一个人们所知道的世界就没有别的世界了。”

“还有人们所不知道的世界呢！”

“那你是在扯谎。你要是不知道那个世界你凭什么说有？你要是知道它有，你干吗又说那是人们所不知道的？你是人，这一点我从不怀疑。”

男女一齐朗声大笑，祭坛嗡嗡震响。

男的说：“另外我提醒你，你要是孜孜不倦地想要知道一个纯客观的世界你可就太傻了，要么你永远不会知道，要么你一旦知道了，那个世界就不再是纯客观的了。对对对，你还不死心，还要问，请吧。”

“人们现在知道了过去所不知道的世界，这说明什么？”

“这说明世界过去是人们所知道的那样，现在依然是人们所知道的那样。正像一首歌里唱的：从前是这样，如今还是这样。”

“我怎么好像听到过这首歌？”女的说，“这是哪儿的歌？”

“你不可能听到过。这是我心里刚刚生出的一句歌词，还没来得及去写呢。”

“常有这样的事，明明没有经历过，却感到非常熟悉像是经历过。”

“也许是梦里有过吧。”

“从前是这样，如今还是这样，那么将来呢？”

“你发现没有，如今就是过去的将来？”

女的好半天不再出声。

“目前世界上有几位出色的物理学家，”男的说，“他们的研究成果表明：说世界独立于我们之外而孤立地存在着，这一观点已不再真实了，世界本是一个观察者参与着的世界。干吗，你要走？我就快要给你证明人有来生了，喂，我马上就要给你证明出人有来生了，喂，你到哪儿去……”

像《哈姆雷特》中鬼魂消失时那样，天地间响起咚咚的鼓声，然后一切归于沉寂，流雾飘烟瞬间散尽。

我摇了一下摇把，轮椅动了。

远处，老孟、路和世启来了。

“十八，你怎么了？”老孟问我，酒气扑鼻。

我惊魂未定，一时什么也说不出来，脑子里乱糟糟的择不清楚。

我、老孟、路和世启，又坐在园子门口等世启的老婆带着儿子回来。远处的街灯昏黄地闪烁，树叶摇曳不时把它们埋没。世启说：“他们也许不会回来了。”世启又说：“她走的时候也许就没打算回来，山里的日子现在过得好了。”世启说：“今天几号了？”老孟告诉他，是哪年哪月哪天。世启从衣兜里掏出冷馒头啃，目光一刻不离那条暗淡小路的尽头。“也许我不该让她走。别人跟我说过不能让她回去。别人跟我说，他们走了就不会再回来。”“那你干吗让她走？”老孟说。世启说：“我不愿意让别人这么看我。我把存的几百块钱都给他们做了路费。我不愿意别人说我连老婆也弄不住。”老孟没言语。世启又说：“我要是去找他们，别人会怎么说？”“别人要怎么说就会怎么说是吧老孟？别人要怎么说就会怎么说。”路玩着那只放大镜。

月亮上来的时候，我把碰到鬼魂的事跟他们三个人讲。世启不屑一听，笑我并不喝酒为什么也说疯话傻话。那事毕竟离奇，我有口难辩，自己也发愣。

老孟问我：“那两个鬼魂都说了什么？”

我试着把我听到的复述一遍。

老孟说：“这就对了，十八没有胡说。”

“什么，你说他没胡说？！”世启睁大眼睛看着我们三个。

“十八没有胡说，”老孟说，“这是真的。那两个鬼魂也没有胡说。”

路笑了，手舞足蹈。“他们还在跳呢是吧老孟他们还在跳呢？”

“他们不可能停下来。”老孟又拍拍路的肩膀。路显得很兴奋。

“你们又说什么黑话哪，”世启说，“你们说是那两个老人？”

“为什么非得是那两个老人不可？十八已经不在意他们是谁了。”

我说：“不，是那对老人。”

老孟遗憾地拍了下腿，笑道：“那就随你们的便吧。”

“你看见他们了？那对老人？”

“我觉得是。我感觉是他们。”

园子里，风铃也响。世启把轮椅摇到我们三个中间。凉风习习。世启说话的声音也抖。

“我早就说他们有什么伤心事。我早就说过，他们的表情很痛苦。”

“不是。他们有说有笑，有说有笑的。我还是认为，他们死的时候很轻松很坦然。”

老孟说：“你们俩和那个警察一样，太看重他们是谁和那些杂七杂八并不重要的事。你们都没弄懂路的意思。”

“路是什么意思？”

“路说他们跳得一塌糊涂。”

“路瞎说呢，老孟你也少喝点儿酒。”世启说。

老孟笑起来：“生和死的事本来不是警察管得了的。路，把第二道题再给他们说说。”

“也找不到一条线是吗老孟？你们也找不到一条线。是吧老孟谁也找不到一条线？”

“谁也找不到。”老孟从路手里拿过放大镜递给我。

我说：“这我懂。不用放大镜我也知道，和找一个点的道理一样。假如有一条线，不管多么细也是一个面，不管有多薄也要占有空间。”

老孟说：“这下我相信了，十八上学时功课肯定是学得好。”

“这有什么？”世启说，“这和生死有什么关系？和跳舞有什么关系？”

第二天两个鬼魂没有出现，我、路和世启在祭坛上空等了一场。老孟一个人坐在园子门口，他说那鬼魂要说什么他早都知道，何必再听呢。“祭坛上的事一定是真的，十八没有胡扯。”他说。世启问他：“你怎么知道一定是真的呢？”他说他碰见过这样的事。“有一年我也像盼望放假一样地盼望过死，那时我碰见过。”第三天和第四天，鬼魂都没出现，世启不耐烦了，不信不是我胡扯，而且他还要去等老婆和儿子，去紧盯着那条暗淡小路的尽头。第五天和第六天，鬼魂还是没有出现。

第七天，又是那个时辰，暮霭如嬉如戏聚在祭坛上空，夕阳把石柱变成生日蜡烛，风铃摇响时天地间渐渐有了鼓声。我说：“路，你听。”路点点头，很兴奋。先是歌唱一般的笑声自远而近，随后那一男一女又说话了。

“上回你说什么？你能给我证明人有来生？”

“不错。”男的说，“上回我们说到哪儿了？”

女的笑一笑，说：“上回你证明了没有脱离开主观的客观。”

“对了，就是说一切存在都是主观与客观的共同参与。现在我们来说说虚无。”

我摇一下轮椅的摇把，纹丝不动。路却漫不经心地把那只放大镜在手里玩得自由自在。

男的说：“当我们说到无的时候，必须相对于有。杯子里没水了，杯子有；屋子里没杯子了，屋子有；山上没屋子了，山有；世界上没山了，世界有。一切无都是相对于有说的。而一切有却不必相对于无。有就是有，不必相对于什么。不信你试试。”

“杯子里有水，水还不是相对于杯子吗？”

“水有，杯子也有，你没能相对于无。而且对于有来说，这也不是相对，恰恰是绝对。”

“我的院子里有树，不是可以相对于你的院子里没树而言吗？”

“不对不对，我的院子里没树一点儿不影响你的院子里有树。我的院子里没树是相对于我的院子有，你的院子里有树却没法相对于你的院子没有。”

“我把院子拆了！”女的哈哈大笑。

“哎哟，我让你钻了个空子。让我想想。”

蓝烟紫气龙飞凤舞，在祭坛上翻转升腾。“路。”路便把放大镜举在我眼前，放大镜里，千万条七色彩虹纵横交织变幻无穷。

“院子拆了，你的树长在哪儿？”

“长在地上。”

“地还不是有吗？我是说，不可能无中生有。”

“我把地刨了。”

“剩下什么？”

“空气。”

“空气不还是有吗？”

“把空气抽光了。”

“剩下什么？”

“真空。噢对了，空间还有。”

“我说过，你懂事。”

女的大笑不止。

过了一会儿女的问：“要是什么什么什么都没有了呢？”

“你的意思是说，空间、时间、一切一切都没有了，是吗？”

“是，怎么样呢？”

“那就等于零。绝对的虚无是个零。零的意思是什么？是绝对的没有。结果是说，绝对的虚无是绝对没有的。”

女的大概在想。

“嗯？”

“嗯。”

“所以虚无是相对的，存在是绝对的。”

好一阵子悄然无声。

随后鼓声又响起来，祭坛为之震荡不已，像是心的跳动，像是徐缓的舞步，渐远渐弱，渐悄渐杳。天地沉寂时独见祭坛在夜里披着星辉和月色，无数幽幽白光。四周铃声如歌。

我还是认为，那对老人死的时候很坦然，很轻松。世启仍然坚持说不是这样，是很痛苦，至少是很伤心。

他们为什么要去死呢？

“也许是别人都看不起他们，他们痛苦极了。”世启说。

老孟说：“为什么不会是他们自己太看不起自己，所以痛苦极了呢？”

“不对。”我说，“准是他们发现了，活着毫无意义。”

老孟说：“那样他们一定非常沮丧，不会是很坦然。”

“也许是儿女不孝，他们伤心透了。”世启说。

老孟说：“为什么不会是，他们相信自己是个废物是个累赘，而伤心透了呢？”

我说：“一定是他们看出生活太不公正，太不公正了。”

“那样他们一定是非常失望非常失望，”老孟说，“他们就不可能很轻松。”

世启说：“也许是他们想得到的东西没得到，痛苦极了。”

“他们痛苦极了，干吗不会是因为，他们想得到的东西本来就是不可能得到的呢？”老孟说。

“他们感到命运太难捉摸了，”我说，“人拿它毫无办法。人根本没办法掌握它。”

老孟说：“结果他们承认自己是个笨蛋，怎么会死得很坦然很轻松？”

“也许是他们想干的事没干成，伤心透了。”世启说。

老孟说：“为什么不可能是，他们想干的事本来可以干成，可他们没有尽心尽力地干所以伤心透了呢？”

我对老孟说：“照你说，死是挺可怕的了？”

“我没这么说。”

“对了老孟，我敢说死一点儿都不可怕。”

“你敢说是你敢说，别拉上我，我没这么说。”

“什么沮丧啦、失望啦、承认自己是个笨蛋啦，”我说，“那都是活着的感觉，可我说的是死。死，本身一点儿都不可怕。”

“路，嘿路！十八想找到一个单独的死。”老孟笑起来。

“他永远也找不到一个点，是吧老孟他永远也找不到？”

“他也找不到一条线。”

“谁也找不到是吧老孟谁也找不到一条线？”

“路，再给他们说说第三道和第四道题。”

“找一个面是吗老孟？”

“还有找一个空间。”

“你找不到一个面也找不到一个空间是吗老孟？我也找不到是吧老孟谁也找不到？”

老孟说：“不信十八你去找找看。只要有一个面，它必定占有空间。一样，只要有一个空间，它必定占有时间。”

路心满意足地玩着那只放大镜，把它对准树叶、露珠、小虫和自己的掌心，眯缝起眼睛全神贯注。

“反正我知道死一点儿都不可怕。”我说。

“那你为什么没去死？”

我知道，活着的一切梦想还在牵动着我。

世启说：“就这么死了，别人会说什么？”

“别人要说什么就会说什么，是吧老孟别人想怎么说就会怎么说？”

“我才不在乎别人会怎么说呢。”我说。

“那个鬼魂真说得好，你活着呢。”老孟说。

“反正我知道死了就什么烦心事都没有了。”

“那个鬼魂真说得好，我们永远不会死。”

“他们到底死了呢还是活着？”世启问。

“他们死了还活着呢。”

世启叹一口气：“老孟，我摸不准你的酒劲儿什么时候发作。”

“他们不可能不跳是吧老孟？”

“路，别老这么‘是吧老孟是吧老孟’的。自己的事自己拿主意，一句话来回说可不聪明。”

“我没来回说一句话是吧老孟？”

“那回你真该举着火跳个舞看看，你能跳，路你能跳。跳起来你就知道了，一切都随着你无拘无束没遮没拦地跳。”

路又呆呆的，在设想跳舞了。

夜色朦胧，世启的老婆和孩子还没回来。

老树轰轰烈烈地生长，野草终日欢唱。又是月动星移，又是旭日辉煌。散落在荒地里的断石残阶将变成沙砾，变成尘埃，再沉积成岩石，再被雕凿成石阶。蜂儿悬停在空中，以它那振翅的频率计算生命，未必不是度着漫长的岁月。太阳终将耗尽能量，再去遥想当年也一样是短暂的时光。将再有千百个天体爆炸，将再有亿万个太阳。再有这样一个古园，这样一个夏天，万物喧嚣。

白色的祭坛上长有茸茸绿草，沿石缝，水一样洇开，纵横回转勾画出一块块铺地长石，仿佛上帝摆设的多米诺骨牌。石台周围，绿草嗡的一声全都茂盛，撒开野花，闪闪耀耀疏密有致，如一幅星图。两个鬼魂再度出现了。

“世启你听。”“什么？”“鼓声，鼓声，听见没有？鼓声！”“什么鼓声？十八，我没听见有鼓声。”“路，嘿路，你听见了吗？”路点点头，若无其事地玩着放大镜。“他们来了。”“我听不见，十八我听不见。”“嘘——”

“我已经给你证明了，一切存在都是主观与客观的共同参与，而且存在是绝对的。”声音在空中震荡。

“我知道了。”声音在祭坛上回响，“这我知道了。”

“世启，听见没有？”“没有，十八我没有。”“路，听见了吗，一男一女在说话？”路笑一笑，用那只放大镜看天空。“十八，他们说什么？我怎么听不见？”“嘘——”

男的说：“那么就是说，主观也是绝对的。”

“让我想想。”女的说。

蓝烟紫气，万道飞虹。

女的说：“主观是绝对的又怎么样？”

“绝对，是什么意思？”

“就是无始无终无穷无尽，无穷无尽无始无终，对吗？”

“你懂事。”

女的笑起来。“啪”的一声，男的也笑起来。

“世启，听见没有，那女的打了男的一巴掌？”“打了一巴掌？干吗打他一巴掌？我听不见。”

“那么主观叫什么名字？”男的问。

“主观？叫什么名字？”

“也可以说主体。”

“主体？”

“主观或主体，是以‘我’命名的。”

“以你？”

“不不，是自己，每个人称自己都是‘我’，称别人是‘你’和‘他’。‘你’和‘他’都是被‘我’观察的客体，主体只能是‘我’或者‘我们’。”

“这不错。”

“那么，‘我’也就是绝对的，无穷无尽无始无终。”

“啾，天——哪！”女的拊掌大笑。

“世启，世启。”“我还是听不见，十八。”“路，路！”路正用放大镜看一洞蚁穴。

女的说：“你还是在说那个老话题呢。”

“是，”男的说，“我们永远不会死。”

“你说的那是抽象的‘我’，可每一个具体的我都是有始有终的，会死。”

“无限是什么？无限是无限个有限组成的。”

“这对。”

“那么，这一回有限的我结束了，紧跟着就是下一回有限的我。嗯？这才能实现无限的‘我’。”

“你要说什么？”

“人有来生千秋不断，动动相连万古不竭。”

“但那不再是你。”

“但那依然故‘我’。姓名无非一个符号，可以随时改变。主体若为绝对，就必是无穷无尽地以‘我’的形式与客体面对。”

“创世纪？”

“不，没有创始，也没有穷竭。这不过是世界本来的面目。无始无终，怎么你忘了？”

“来生能知道今生的事吗？”

“今生你可知道昨生的事？”

“那还有什么意义？”

“本来就没有修成来生以图好报的意义。只是证明，死是没有什么可怕的。”

“听见没有，世启？”“没有，十八，我什么也听不见。”“他们说死是不可怕的！”“是吗，十八？路，是吗？”路一心一意看着，放大镜里反映出自己的眼睛。

“死，不过是一个辉煌的结束，”男的说，“同时是一个灿烂的开始。”

“一个辉煌的结束和一个灿烂的开始。”女的重复道。

四面铃声，“叮当——叮当——叮当——”悠扬如歌；八方鼓响，“咚咚——咚咚——咚咚——”铿锵若舞。云荡霞飞，草木轻摇，天地正要踊跃，忽然铃声鼓声顿歇。

“怎么了？”男的说。

“出了什么事？”女的像是惊慌。

阵阵浓烈的酒香飘起在祭坛上。然后有了另一个声音，舒缓而且镇静：“你们这一回真不漂亮，谈什么灿烂辉煌。”

“你是谁？”男的女的一同问。

我发现老孟似痴似梦坐在我的身旁。

“别管我是谁。”老孟喝着酒，回答那两个鬼魂，“我知道你们活得既不灿烂，死得又不辉煌，这一回可是太不精彩太不漂亮了。”

两个鬼魂无声无息，很久。

我说：“他们走了吧？”

“他们哭呢。”老孟说。他一口接一口地喝酒，开怀大笑，癫癫狂狂。

路兴奋起来："你们跳得一塌糊涂是吧老孟？一塌糊涂跳得，他们。"

"他们本来跳得不坏。"老孟一条胳膊钩在路的肩膀上，"可是在还有力气去死的时候，这两个傻瓜却想不跳了。"

"我不傻是吧老孟？一点儿都不傻，我。我能跳是吧老孟？能跳得不坏，我。"

"我们也还在跳呢。"男的说，声音低沉。

"那是因为你们找不到别的。"老孟捂着嘴"哧哧"地笑，"你们真要是找到了天堂，至少你们死得还算聪明。"

鬼魂又不言语。

老孟把酒泼向祭坛。蓝烟紫气慢慢凝滞，化成一对老人，互相依靠着坐在圆形的石台上：满头白发，一身布衣，几根野豆蔓儿爬上他们垂吊着的胳膊。

我看不清他们的表情。

"可我们还有下一回。"男的说，有气无力。

"我们下一回会跳得好。"女的说，颤颤巍巍。

老孟把嘴里的酒全喷出来，狂笑不止。

女的似要发作，男的把她劝住："别理他，别，我们最好是走。"

老孟说："你们要是说还有下一回，我就跟你们打个赌，我说没有下一回。"

"别跟他打这个赌。"男的对女的说，"他肯定不会输，而我们注定赢不了。"

"怎么会？"

"我们活在这一回，他就没输。我们活在下一回的时候，下一回又成了这一回。我们赢不了他。"

“我们怎么办？”

“我们碰上厉害的了。我们还是走吧。”

石台上，两个老人瞬息不见，蓝烟紫气顿时消失。四面铃声摇响，叮当悦耳缥缈悠扬，如歌似舞；八方鼓声擂动，发聋振聩跌宕铿锵，似舞如歌。天空空星辰谛听，地冥冥草木静悟。白色的祭坛矗立于空冥之中。天地随之一片欢腾。可闻而不可即的地方有人的合唱：永远只有现在，来生总是今生，永远只有现在，来生总是今生，是永恒之舞，是亘古之梦……

“我们找不到别的是吧老孟？”

“可不是吗？找不到一个点一条线一个面甚至一个单独的空间。那个家伙真是个好家伙，他还知道找不到没有‘我’的世界。”

“可我能在那个球里跳得不坏是吧老孟？举着火在那个球里。我能吗老孟？老孟是吧，我能？”

“什么时候你不用问别人了，路，你就能了。”

路呆呆地微笑，算计着跳舞的事。

所有这些奇奇怪怪的事，都是十八岁那年夏天我在这园子里亲身经历的。我后来把这些事跟几个人说，他们都不信。老孟当初就已料到这一点，劝我不必就这些事的真假与别人争得脸红脖子粗。我问为什么，老孟说，死过的人自己会知道，没死过的人不可能不认为你是在胡说。

那个夏天快要过去的时候，有一天清晨，雾气还未散尽，园子里来了个女人。她上下打量了我一阵，也不说话，摇摇头走开。她穿着雪白的长裙，裙裾轻拂过绿草地，慢掠过矮树丛，白色的身影一会儿在古殿旁，一会儿在老树下，一会儿又在祭坛上，像个精灵一样默默地在园子里周游。她再次走近我的时候，我问她：

“您找什么？”

“找一个说好了在这园子里等我的人。”

“嗽！您可回来了！他等您好几个月了。”

“好几个月？才好几个月？”

“对了对了，差不多一年了。”

“怎么会才一年呢？有一万年了。”

“一万年？”

“可能还要长。”她冲我笑笑，目光灼灼，有不熄的愿望。

“您不是找世启？”

“世启？”她摇摇头。

“您找的人什么样儿？”

“腿坏了，眼还瞎。”

“老孟！”我说，“怎么，会是老孟？！”

“他在哪儿？他还是每天都来吗？”

我看不出她的年龄。她身上有春天的不安的诱惑，又有秋光一样的沉静和安详。我在那乌黑的长发间辨出一缕雪白的颜色。

我把老孟工厂的地址告诉她。她谢过我，长裙又拂过草地掠过树丛，在蓊蓊郁郁的草木之中消失不见。我才想起每次世启问今天是几号时，老孟都能准确地告诉他，甚至说出年和月。

这天傍晚，老孟和路没有到园子里来。连着几天晚上，老孟和路都没来。只有我和世启坐在园子门口。

“那个警察说来也没再来。”世启说。

我说：“这倒好，我说不清那对老人是什么表情。你呢？”

“我也说不清。”

“他们说不定是突然发了什么急病呢？”

“怎么会两个人同时发了急病。”

“我是说，那样的话死倒真是没什么可怕。”

世启不反驳我。

我说：“他们要是知道自己患了绝症呢？知道仅剩的一点儿力气刚够走进那片草丛呢？”

“刚够？事先怎么能算得出来呢？”

“我说假如是那样，他们就会是非常坦然非常轻松了。”

“当然，也只有那样才可能。可实际上没有什么假如。”

实际上只有一个真实而具体的世界，这我知道。

夏天过去了，天短了，天凉了。无论是白天还是黑夜，园子里都有果实落在地上的声音。金黄的草叶上有飞蛾产下的卵。老树上，有鸟儿搭成的房。

又过了些天。傍晚，世启来时告诉我，他碰见路了。他说路说，老孟用完了所有的力气了。路说那个女人带回来一辆能够跳舞的轮椅，老孟便和她一起跳舞，像他们年轻的时候一样。他们从黄昏跳到半夜，从半夜跳到天明，从天明跳到晌午，从晌午跳到日落。谁也没有发现是什么时候，老孟用尽所有的力气了，那奇妙的轮椅仍然驮着他翩翩而舞。

“路呢？路在哪儿？”

“路说完就走了。”

“路去哪儿了？”

“路不说，急匆匆地走了。”

我和世启去找路，问问老孟的事到底是不是真的。

我们找到他家。人们说路去跳舞了。

我们找到他的工厂。人们说路去跳舞了。

我们找了所有的地方，找到半夜。人们说路从来不在一个地方待很久，不知道他到哪儿跳舞去了。

我们又回到园子门口，天已经快亮了。暗淡的街灯熄灭，那条小路微白而清静。露水很重，把落叶贴在路面上。小路的尽头依然溟蒙，世启的老婆和儿子没有回来。

世启说："我要去找他们，我得去。"

"到哪儿？大山里去？"我问。

"不管是哪儿。"

"你这腿行吗，在大山里？"

"我管不了那么多了。反正我得去。"

"你的车钱够吗？"

"反正我是得去。十八，你呢？"

"别再管我叫十八了。太阳一出来我就过了十八了。我妈说我是太阳出来时生的。"

一九八六年七月十五日

小说三篇

/一　对话练习/

女的说："不，别开灯。先别开灯。"

"该开灯了。"男的说，"这昏昏暗暗的好吗？什么也看不清。"

"好，就这样最好。"女的说，"你还坐到这儿来。"

"就这样，"女的说，"让光线一点点暗下去到什么也看不见。你不觉得这样好吗？"

她说："我现在还能看见你，慢慢地让天完全黑了我们谁也看不见谁。"

男的说："行啊，听你的。"

"你觉不觉得这样好？你自己觉不觉得好？"

"行，就这样吧。"

"别凑合。好，还是不好？"

"一定得让我把好字说出来，是不是？"

"我怕你觉得不好。你真的觉得好吗？"

“所以你什么时候都不能轻松一下。”

女的停了一会儿，笑笑，然后说：“好啦，你继续讲吧。”

“能轻松一下的时候，人就应该尽可能轻松一下。”

“好啦，你继续讲吧。”

“你越是怕这个怕那个，不管什么事，结果反而会更糟。”

“我是这样。”她说，“我也知道我是这样。”

两个人都停了一会儿。

“可我没办法，”女的又说，“我总觉得要出什么事，就快要出点儿什么事了。”

“什么事？会出什么事吗？！”

“你别喊。我也不知道会出什么事。你别老对我喊行吗？”

男的声音放轻：“告诉我，你为什么总觉得要出什么事？”

女的想了一会儿，说：“你别笑我。”

“当然。不笑。”

“你笑我也没关系，可你别冲我喊。”

“既不喊也不笑。”

女的又想了一会儿。男的认真地等待着。

“没事了。”女的说，“我现在又觉得不会出什么事了。”

“老天爷，你可真行！”男的说。

女的说：“咱们不说这事了。”

她说：“不说这事了好吗？”

“好啊，听你的。”

“继续讲你们招生的事吧。”女的说，“后来怎么了，到底要谁不要谁？”

“还没最后定。反正初试通过的这九个人里最后只能留七个，得刷掉两个。”

“刷掉哪两个？”

“现在还不知道。总之得有两个被刷掉。”

“要是让你来决定呢？”

“这事不能完全由我决定。”

“假如完全由你决定呢？”

“你怎么对这件事这么有兴趣？”

“不是兴趣。我总想着那九个比我还年轻的小伙子和姑娘，不知最后是哪两个倒霉。”

“有五个已经定了。其中五个肯定录取了。现在是剩下的四个当中到底刷掉哪两个。”

“这四个当中注定有两个要倒霉了。”女的说，并且连连叹气。

男的说：“什么事你都能用来折磨自己。”

男的说：“到底是哪两个倒霉还说不定。”

“九个你们就都要了算了。”

“你没懂我的意思。我是说，是被刷掉的两个倒霉还是被录取的两个倒霉，很难说。”

“嗯？为什么？”

“也许没被录取的倒是一辈子过得轻轻松松自自由由，没那么多奢望。也许没被录取倒是一件好事。也许没被录取将来的痛苦感倒要少一点儿。这是件说不准的事。”

“是。”女的说。

“是，”她说，“是很难说。”

“所以谁也说不准倒霉的是哪两个，或者走运的是哪两个。”

“其实我早就这么想过。唉——”

“你别又这么认真好不好？”男的说，“你这人总这么缺乏幽默感。”

“你看，”男的说，“现在这四个里头有三个女的一个男的。假如我们最后录取了两个女的，那样我们就很可能是拆散了一对好夫妻。你想是不是有可能？”

女的笑笑：“是，是有可能。”

“但也可能相反，结果会在另外的时间和地点成全了一对好夫妻。你仔细想想。”

女的笑着：“嗯，也有可能。”

“如果我们录取了一个女的一个男的呢？这样他们俩就认识了，很可能结果成了恋人。不是没有这样的可能。如果这个男的是个很坏的恋人呢？不，不，最好不说哪个很坏，这样的事很难用好坏来判断。如果这个女的因为这个男的而一生都很痛苦呢？这不是不可能的。这是有过的。”

“你肯定不是这样的人。”女的说。

“我是说那四个考生。”男的说。

“可我相信你不是那样的人。”女的说。

“嗯，你相信得可能有道理。”

两个人同时笑起来。

男的说：“如果那个女的没被录取，她可能就永远也没机会认识那个男的，她的一生就肯定是另外一个样，大概倒会很幸福，她说不定会遇到一个非常好的男人，会在某一天遇到一个她非常满意的男人。”

“我绝对相信你不是你先说的那种男人。”

“那还得看你是不是那种太挑剔的女人。”

“我不是！”

“我没说你是。”男的说。

“行了行了，我没说你是。”男的说。

“我不过是打个比方。”他说。

“我确实不是那种很挑剔很专制的女人。我不是那种啰里啰唆的女人。难道你不知道我也讨厌那种女人？”

“我们不是一直在说我们表演系招生的事吗？我是说那四个考生，被不被录取，你都弄不清意味着什么。录取不录取，之后都有无数种可能。但录取与不录取，结果肯定不一样。”

“我说过我对你绝对满意。”女的说。

“我是不是说过？”女的问他。

“你说过。”他说。

“你信不信我对你绝对满意？”

“我信。不过别用‘绝对’这个词，这个词压得我喘不过气来。”

“我并没有反过来要求你也得对我绝对满意，我只希望你相信我对你绝对满意，这行不行？”

“不管怎么，别用‘绝对’这个词。”

“那好，我以后不用这个词。”

“用‘相当’，用‘相当’就足够了。”

“好吧，那以后就用‘相当’。”

“哎，你可千万别这么唯命是从。”

“行，我以后尽量不唯命是从。”

“老天爷，你好起来可真让人招架不住。”

“我从来都好。”

“咱们把灯开了吧。”男的说。

“不，别，别开灯。”

“你看，”女的说，“只剩下天边那儿还有一点儿亮了。”

“你看，”还是女的说，“空地的那边是树林，树林的上头还有一点儿亮。树林的后头是山，山和天相连的地方还有一线光亮，山后边呢，是海，亮光就是从那儿过来的。”

“你说得真简单，你这么几句话就说出几千里去了。”男的说。

“那光亮在海上，走过海，走过山，走过树林，走过那片空地，走到我们这儿。”

“你说得真容易。你实际去走走看。”

“走到我们这儿把我们显现出来，我才看见了你，你才看见了我。”女的说，“你不觉得这太奇怪了吗？”

“本来并没有你，也并没有我，后来就有了你也有了我。”女的问他，“你不觉得这太奇怪了吗？”

“我这时候看你是这样，另一个时候看你又是另一个样。”女的说，“这真是太奇怪了。”

男的一直不回答她。

“你看我这裙子漂亮吗？”

“还好。”

“你看我的发型要不要变一下？”

“也可以。”

“你这样逆光看我，觉得好吗？”

“不错。”

“你就是不说‘真好’。”

“要说还不容易吗？”

“可你就是不这么说。”女的说。

“你从来不这么说。”她又说。

“你很少这么说。”她说。

“反正你总是想尽办法苦恼自己。”男的说，“在任何又高兴又轻松的时候，你都能想办法把它变得又痛苦又紧张。这方面你是天才。”

“那你觉得现在好吗？”

“本来很好。”

“要是我不说刚才那几句话，你真的觉得特别好吗？”

“总归你是得让我把‘真好’呀、‘特别好’呀什么的都说出来才行。”

“是不是？到底是不是？”

“是！”男的说，但他很快又把声音放轻些，尽量柔和些，说：“是。”

“我知道。”女的说，“我的毛病我知道，可是没办法。”

她又说：“不知道为什么，我总觉得要出什么事。你别又冲我喊。我自己也不知道。”

“你想想，有什么事好出嘛！”

“你别在意。这完全是我自己的问题，你千万别在意。我知道不会出什么事。可我总感觉就要出点儿什么事了。”

“把灯打开好吗？”

“不，你别。”

“这么暗，简直什么也看不清。”

“你别开灯。来，还坐到这儿来。”

“你是不是哪儿不舒服？”

“没有，我觉得非常好。”

“你躺下吧，你躺一会儿。”男的说。

过了一会儿，男的又说：“以往的痛苦，除了把它忘掉，没别的办法。”

“这我知道。不是因为这个。”

“我们都有自己的历史，我们都得尽力去忘掉一些事。”

“这我懂。绝对不是因为这个。”

“你总喜欢用‘绝对’这个词。”

“真的不是，真的。”

“那到底为什么？”

“这不过是一种感觉。我不过随便说说。你别在意，一会儿就会过去。”

“也许咱们出去走走？”

“不不，就这样最好，就这样，我们俩，这样一直待到天黑，待到什么也看不见。就这样，多好。”

“告诉我，”男的低声问她，“你觉得会出什么事？”

“我也不知道。”女的低声回答他，“我只是觉得太好了，最近我一直太顺利了，我总觉得不太可能是这样。”

男的如释重负般地出一口长气。

女的低声说：“所以大概要出点儿什么事了。很久了，一直这么顺我觉得不大可能。”

她说：“你看现在多好。天边那一缕亮也没了。天完全黑了，差不多完全黑了。”

她继续低声说，慢慢地像是自语：“我们谁也看不见谁了。可我感觉得到你是坐在我身边。你闻没闻到这周围的气味？你看不见可你闻得到，你数不清这都是什么气味聚合成的气味。你一旦闻不到它了你简直都不能回忆起它来。这气味除非你自己也闻到了，否则别人就没法告诉你，你也没法告诉别人。”

她继续说着，渐渐地如同梦呓：“如果要形容它，我最先想到的是动物饼干的气味，然后是月亮下一只小板凳的气味，是夏天雨后长满青苔的墙根下的气味。还有一棵大树，一棵非常大的树的气味。以后，它会是天慢慢黑下去的气味，以后一到天黑我肯定就要闻到这气味。”

男的说：“你躺好，躺好一点儿吧。”

“你再听听到处有多安静，”女的还在说，“天黑下去的时候就是这声音。光亮从那片空地那片树林上退去的时候，就是这么安静，就是这样的声音。光亮退到树林后面去的时候，退到山的后面再退到海上去的时候，总是带着这样的声音。你说不清这里面有多少种声音。这里面有所有一切的声音。你很少能听到世界上的所有声音，因为你总不喜欢这样一直待到天黑，你总是要把灯打开看看明白。”

“你躺好吧，你躺好好不好？”

“嘘——别说话，握住我的手。”

很久，两个人不再说什么。

两个人很久不出声。

然后，男的轻轻问：“你睡着了？”

女的回答，“我一直都睁着眼睛。”

“想什么？”

“我想你们不是在招生。”

“嗯？”

“你们简直是在分配那几个孩子的命运。上帝借你们，在给那几个人分配命运。”

“啾，你说得真对。”

“可他们并不知道自己分到的是什么。分到了，也还是不知道自己分到的是什么。”

“对，是的，不知道。你这个比喻真妙。”

“他们以为是什么，实际上多半正相反。”

“实际百分之九十九不是他们想的那样。”

“可你们到底根据什么要谁不要谁呢？”

“这你应该知道。”男的说，“我们是表演系，我们是教表演的。我们是培养演员的。表演，这很难说。你喜欢他，可我喜欢另一个。”

“就因为喜欢不喜欢？就根据这个？”

“我现在选中一个，但这可能是我的错觉，过一会儿我发现这是错觉，我就选择了另一个，但是谁来担保这一次不是错觉呢？”

“可他们的命运就这样被决定了。”

“你以为怎么决定呢？”

“他们就各有各的前程了。”女的说。

“可不是吗？他们就各演各的角色。”

“那回我碰巧遇见你，”女的说，“我看你很面熟，我就追上去问你。”

“我们的命运也是被别人决定的。”他说。

“我那时候真是胆子大，”女的说，“我就跑过去问你是不是一个演员。你记不记得？”

“别人决定了我，我又去决定别人。”

“不知道为什么那一回我的胆子特别大，我说，嘿！您是演员吧？其实我的胆子平时并不大。”

“决定了我的那个人当初也是被别人决定的，被我决定的那个人将来再去决定别人。”

“然后我们就认识了，到现在。”

“否则我现在就不是我，我就不是我现在。”

“是的，你当年要是不被表演系录取，我们就谁也不会认识谁。”

“我现在就在放羊。我现在就在打鱼。我现在就是个卖鱼的，你对我来说顶多是个买鱼的。可上帝决定借一个人分给我另外一种命运。”

“就因为他喜欢或不喜欢？”

“归根结底是因为这个。到头来你找不出更严肃的理由。”

她轻松地叹一口气。女的轻轻地叹一口气然后说：“但愿上帝喜欢我们。”

“可你不知道上帝喜欢的含义是什么。你怎么也不知道。人就像个瞎子。喂，把灯开开好吗？”

“不，你别。你别开，别开灯。”

“太黑了该开了。这么黑谁也看不见谁。”

“这多好，谁也看不见谁有多好。”

“你就这么喜欢谁也看不见谁？”

“对了，我喜欢。这样才真实，否则你能看见什么呢？”

“你怎么有点儿发抖？”男的说。

女的说：“没有。搂紧我。”

“对，对了，就这样，”女的说，“搂紧我。”

“你别又胡思乱想，”男的说，“你别总以为要出什么事，不会再出什么事了。”

“我宁愿你这样骗骗我。”

“不是骗你。”

“管他是不是，我愿意听你这样说。搂紧我。反正我也愿意听你这么说。”

“我骗过你吗？我从来没有骗过你。”

“我不是说你。我是说我自己。我愿意相信一切都是真的，管他呢。反正我宁愿相信一切都是真的，好了好了，跟我说点儿别的事吧。”

“说什么？”

“随便说点儿什么。”

男的想了一会儿，说：“但愿明天他们六个人里有人会改变主意。”

“哪六个？”女的问。

“我们教研室除了我其余的六个。究竟录取哪两个刷掉哪两个，现在他们的意见是三比三，现在这事倒真的要由我来决定了。”

“可我发现我的感觉都不对，都是错觉。”

“但愿他们六个人里有一个改变主意。如果出现了四比二就好了。那样我就可以弃权了。”

/二　舞台效果/

黎明漫散得无比广阔。在最近的地方，一片叶子飘摇垂落，没弄清它最初的来路，把寂静触动一下，轻轻一响混同到所有安卧的落叶中去，十分稳当。微明中一排黑色的大树，浓密的树冠在空中与天尚划不出界线，天是钢蓝的，越往下越浅一些。微明便是从一棵棵粗大的树身之间透过来。墙一样的树身上斑斑驳驳长了菌类，几十年前被人刻过的地方现在是意义不明的疤结。走远一些，走得脚下没有了落叶响，再回身去看那排大树，发现它们不过在广阔的黎明中占了很小的部分。因为人占着更小的部分。

两个人有时就像是齐步走那样走着，但他们并没特别去要求这一点，所以现在是两只脚两只脚同时落地的声音，过一会儿就是四只脚分别落地的声音，一会儿再变回去，交替重复。空气中的味道越来越让人有清晰的盼望，让人不想去说什么。

那是城市和湖。现在一边是还没有喧闹起来的城市，一边是渐渐变亮着的一片大湖，中间这条路继续向纵深延展并且开始分岔了。他们走到这儿有些徘徊。两个人都上了年纪。男人身材颀长，虽已瘦削但高大的骨架还在那里。女人的腰身已明显宽满，但被剪裁精确的衣裤严格控制住，让所有人都先去想她年轻时的风韵。逐年膨胀的城市把触角伸到湖的边缘，才有所收敛。城市巨大的黑影和湖水无际的白光都凝然不动，唯蓝色雾气如幕景般层层垂挂飘摆，带动起湖岸上成熟草木的气息。两个老人把行囊从背上卸下来，让它躺倒在脚边。两个人面向城市惊讶地望了一会儿。男人便去附近走了一遭，这时路上仍不见有行人。女人把一张地图展开。男人回来，把两个行囊都提着，朝离他们最近的湖岸那儿去。女人展开那张地图就像展开一份熟悉的报纸，就像在熟悉的报纸上立刻就能找到自己喜爱的栏目那样，她找到了自己要看的部分并且埋头进去，然后又像核对账目那样把地图与远处的城市对照。当她转身要跟男人说什么的时候，这清晨的路上只有一个捧了地图的兴奋的女人，她发现男人和那两个行囊都在远处湖岸的长堤上。

从一个抓不住的瞬间，清晨开始有了色彩。绿色湖水铺展得平稳辽阔，托起浩荡的紫色雾气，向高天弥漫，向湖的银灰色的四周涌溢。长堤朦胧成一条细线，上面有两个老人的小小身影。

男人沿着长堤向前走几十米，站住点了一支烟，又往回走，走走停停，来来回回在那长堤上走。女人坐在堤上，打开行囊，找出一些吃的东西来；她先把男人的一份调配好放在一边，然后又调配好自己的一份慢慢吃起来。男人还在离她几十米远的地方抽着烟踱步。她不去麻烦他，单是自己望着眼前这座城市出神，像在琢磨它的来龙去脉，像在边读边猜一面残断的碑文，像是在听一种未必是所有人都能听到的声音。湖水在她背后有节奏地撞着堤岸。墨绿的水草在将出未出水面的地方牵缠成网，时而被湖水贴上堤壁，时而又被收容回去。男人抽完了一支烟回来，在女人身旁坐下，拿起女人为他预备好的那份食物看看，挑几块好吃的玩意儿悄悄放到女人的那一份中去，才开始大口吃起来；目光却一直追随着女人的目光去。城市也开始从灰暗中鲜明出来，如雾散的港湾里一条辉煌的巨型客轮。

路那边的一座小房子里走出来一个少年男孩儿，他端着一个很大的搪瓷杯，走出几步去蹲下来刷牙。他刷牙的姿势很夸张，把牙刷在嘴里横横竖竖斜斜地使劲刷，想必他很珍视自己的牙齿，整个身体都在用着劲儿，咔嚓咔嚓的响声直传到湖边来。两个老人望着那个男孩儿，先是惊异于他的刷牙方式，继而又怀疑这样激烈的动作不见得没有另外的目的，最后他们明白了，两人互视一笑。有一只母鸡走到男孩儿面前，也惊奇地看他，用这只眼睛看了又用那只眼睛看，心想男孩儿嘴中的白沫能不能分一点儿给自己做早餐。男孩儿便跟那只母鸡玩起来，满嘴里是白沫并且含定那根牙刷，追到母鸡把它抱起来往高里抛，母鸡飞下来他再抓到它往高里抛。母鸡的叫声惊动了男孩儿的母亲，小房子里有人骂他，也可能是他的姐姐。男孩儿慌忙回到原处，用清水漱了口，钻回小房子里去。母鸡走到男孩儿待过的地方，试着在地上啄几下，终不明白那么好的白沫怎么会转瞬即逝。

两个老人直看着小房子后面的炊烟淡尽了，一个男人出来骑上车走了，一个妇女出来也骑上车走了，然后那个男孩儿和他的姐姐从小房子里出来，步行着上了路；小房子和小房子前面的空地都染上霞光。远远的湖岸上响起钟声，钟声在湖面上朗朗地流传。

这时没有了湖。闻不到湖水的气味了才感到远离了那片湖。城市里的白天永远是过节一样，尤其是这座城市又太大太老太深，每条街道上都像是出了什么不同寻常的事件，到处都像在传播一个紧急的谣言。两个老人站在路边，神情却似面对一条陌生的激流。女人不觉中抓紧着男人的上衣后摆。男人在看那张地图，女人抓住他上衣的后摆怕他会走进那条激流中去。有个歌星满天满地唱着爱情留下的创伤，开始听去像是个女人在唱，听到后来就不排除那也可能是个男人；一遍一遍地唱，唱不幸的心和一棵往日的树木。老人在这样的一片歌声中走过马路。

走上对岸他们都松一口气；女人不大够用的眼睛才顾上看一下男人，紧张的脸上才舒开一个淡淡的微笑，并顺势察看一下男人背上的两个行囊。但是他们立刻又要准备过一条马路了。他们注定还要过很多这样的激流。谁让他们不小心又闯进了这座大都市呢？它本来就是这样日久年长纵纵横横构筑起来的，这是它的本能。倘做鸟瞰，就会相信这是多么精妙而且必要的设计，试想若抹去这些纵横交错层层盘绕的格子会怎么样呢？兴致勃勃的人群定会突然呆若木鸡，瞬息失却其全部秘密。那是上帝和他的仆人的一个棋局。男人改变了主意，他把行囊让女人照看，自己捧了那份地图再度消失到人群中去探问。

女人先是站在路口，惊愕于眼前的一切；她几次把脚下的行囊挪一挪，川流不息的行人好几次绊在上面，使她满心满脸都是歉意。后来她就拎起行囊找到一间电话亭旁站下，这儿好一些。远远的马路对面是一家装饰花哨的发廊，里里外外都有彩色金属的闪光，那个歌星就悬挂在发廊的门框上不知疲倦地唱呀唱。她靠在电话亭上闭一会儿眼，平定一下心神，或许便把那歌声当真听一听。现在唱到了风，东南风或者西北风不管什么风吧，唱歌的人声称不管是刮什么风总归于他都是快乐的。然后他又说他也不知道。一阵心动过速般的鼓点响过，他又说他不知道，“我不知道我不知道我不知道”，他说事实上他什么也不知道，并且反复强调这一点。女人睁开眼睛，想起从电话亭的玻璃上审视自己的形象，拢一拢散开的头发，使底层的白发尽量得到掩盖，抽下一只发卡，咬开，再推回到原来的位置上去。在她这一系列动作的过程中，她的表情渐渐起了一点儿变化。她看见电话亭里有个身着风衣正在打电话的人。她愣愣地盯着这背影好久，突然快步转到电话亭的另一侧到那个人的正面。这时她脸上的表情一震。她几乎就要伸手去敲电话亭的玻璃就要喊出一个人的名字了，那个人向她抬起脸来不解地看一看她。她不掩饰自己的窘色，只做了个手势向那人致歉，那人并没在意或者根本就没明白发生了什么。她慢慢走回到那两只行囊旁，垂下头想了一会儿。那个人打完了电话走出来，走过她身边，走过马路去。她再望望那背影，那是个步履轻盈矫捷的青年人。街上差不多都是青年人，都是陌生的面孔，都不注意到她的归来，单把各色艳丽的时装在她眼前飘转跃动得如涌如潮。

男人从滚滚人流中费力地钻出来，额头的皱纹里很多汗水，站到女人面前时兀然地显出苍老。女人赶忙掏出手帕来给他。男人擦着汗，向女人汇报他的侦察结果，他很兴奋，东指西指，差不多指了一圈。女人听着，目光随着他手指的方向迷茫眺望，思绪潜到这看不见底的城市深处去。然后他们急急忙忙背起行囊，涉过一条又一条激流去，你拉着我我拉着你，像两个赶着去上学的孩子。

到了最繁华的一条商业街上，也是最著名的一条。他们仰头看那路牌，把那块路牌读了很久。这当儿人流把他们冲得转了好几个圈，仿佛他们恰好是两个旋涡，有一次男人被一个姑娘的长发卷了很远去——那是他行囊上一个搭扣的作用，他好不容易向那姑娘解释清楚了才又回到路牌底下。他们把那路牌读了很久，才相信那几个熟悉的字是完全可能跟一条不再相识的街放在一起的，然后两个老人互相笑笑，笑对方和自己的痴呆。他们便随了潮流往前走，像是宽广的河流忽然灌入了狭窄的河道，他们几乎不能停下来。现在他们不再是两个旋涡，而是顺流漂浮的两片树叶。路旁的橱窗一个紧挨着一个，白色和茶色的宽大玻璃连成一道凹凸起伏的墙，从中看这熙来攘往的世界也并无异样，唯偶尔于中发现了自己倒觉得诧异觉得陌生。人很少有机会看见自己行走的样子。橱窗里琳琳琅琅，五颜六色的遮阳棚更应该算作招牌或者旗帜。歌星们现在是蜂飞蝶舞，落得到处都是了。男人只顾往前走。女人掉在后头，她仍不断从橱窗的玻璃上观察自己，有几次她想看到自己没有观察自己时自己到底是什么样子，但这似乎办不到；结果她把前面人的鞋踩掉了。男人听见她在向人家道歉，转回身来停下，也不无歉意地向人家报以和蔼的微笑。女人追上来，两个老人再度肩并肩地走，保持住同样的速度。有机会女人还是往橱窗的玻璃上瞅，现在可以看见她和他两个人在一起走，两个人一起在人群中走，人群中两个人走在一起，那样子又奇怪又动人。男人全没理会这些事，他急着往前去，急着要到他们本来想到的地方去；到那儿去必须穿过这条又长又热闹的街，然后再乘汽车。

在一座高耸入云的大楼的拐角处，或者说是在一条被埋没了的小胡同口上，两个老人终于有可能歇一下喘口气了。好似两只在波涛里搏斗了很久的小船，不意被一个浪头推上了河滩。这儿要相对安静得多，人少得多，汹涌的大河在外面喧嚣，这儿是它的一条细小又安稳的支流。他们卸下行囊，身体贴靠在大楼雪白的墙上，仰头去看一线蓝天；阳光在那儿很是灿烂，并有鸽群悠悠飞过。男人把外衣的扣子都解开，示意女人也不妨这样做；女人并不，女人单是把男人从头到脚审视一番，从他的毛衣上择下一根草棍儿，把那草棍儿在两指间捻一捻然后让它飘落地上。今生今世那草棍儿很少可能再与他们重逢。忽然，两个老人差不多同时欢呼了一声，离他们十几步远的地方有一个卖传统小吃的商摊，一面飘扬的旗幡与往昔一般无二——紫红的粗布上缝了几个白色大字。他们不顾一切地冲过去，随后又想起那两个行囊，男人只好又回来取；男人在往返之际已把钱夹掏出来拿在手上。紫铜大锅里酱红色卤汤咕嘟咕嘟翻着气泡，古老的浓香几乎把两个老人变成贪嘴的孩子。他们不问价钱，急忙递了一张面额很大的钞票上去，站在摊前目光不离开那只大锅，不离开摊主人的勺子和摊主人一系列熟练的动作，那动作令他们感动至深。他们买了两碗，一人一碗，面对面捧了碗喝。那东西很烫，他们不得不一口一口喝得很慢，喝得冒汗，喝得脸上大放光彩，隔着升腾的热气看对方，看见对方和自己一样喝得贪婪，不免忍俊不禁险些把嘴里的东西漏到地上，然后神情又转而肃穆，深情而且响亮地喝。摊主人的小孙子扒着柜台看这两个老人，两个老人笑他也笑，两个老人不笑他也不笑，两个老人认真地喝时他便认真地看他们的脖子。摊主人低头数钞票，低头搅动那卤汤，抬头叫卖两声，又四处张望着找他的孙子，但很快发现他的孙子不声不响地就站在他腰下。两个老人喝罢那东西离开时，摊主人的小孙子开始胡七乱八地唱起歌来，其中有一句是，“不，我们还是不要见面，还是不要见面吧”，唱得颇具神韵。

接近中午的时候发生了一件事，使两个老人互相丢了一会儿，好在后来又互相找到了。他们排队等电车，排了很久，车来了人们却不再按顺序，一下子都拥上去拼命往车上挤，把他们挤得离车门越来越远。第一辆车他们没上去。第二辆来了还是这样，第三辆还是这样。第四辆车来了，两个老人总算挤到了车门前，可是男人好不容易把女人推进车门，车门就关了；一个在车上喊，一个在车下喊，但电车不管这些事径自开走了。男人知道女人准会在下一站下来，便急急地往那里赶，他没料到女人会有那么大本事——她竟然又挤上了返程的车回到原来的地方。女人回到原来的地方，看见男人已不在那儿，心里一阵空，但她立刻醒悟到再不能离开这里了，她就站在一个最显眼的地方站在太阳底下，等男人回来。男人走了一站没找到女人，就又往前走了一站，还没有找到就又往前走，走了五六站远他才想到可能发生了什么事。待男人回来时，女人还是站在太阳底下站在那个最显眼的地方一步也不曾移动；阳光在到处飞扬炫耀，唯栖落在她的周围时变得恬淡安详，仿佛一支亢奋的乐曲中忽然呈现一段平静的吟唱。女人常常比男人伟大，否则在浩瀚如许的世界上人们更易互相丢失了。两个老人决定不再坐什么车，此行不单是要找很久以前的那两间老屋，也是要来重新看看这座城市，不妨就这么慢慢地走着看它吧。

中午，他们总算走到了原想乘车要到的地方。男人在路边的果皮箱上铺开那张地图，两个人都戴上老花镜细细地看，知道离他们此行的目的地不远了，他们要找的那两间老屋应该就在附近。他们互相点点头，再从老花镜的上缘向四周望出去，记忆中的标志却一个也没有，处处是新建的楼群，层叠环绕的立交桥像一个豪华玩具或一个非常大的几何图案的一部分。那两间老屋所在的地方，当初就是一条在所有的地图上都不被标明的小胡同，时光改变了一切，不知它如今还存不存在，简直想象不出它在这巍然壮丽的楼阵中会怎样存在着。两个老人摘下老花镜时互相祈祷般地望了一会儿，知道心里仍不能放弃那个由来已久的希望，也知道那希望是多么脆弱多么容易在瞬间彻底破碎以至永远消失。他们用紧张而又镇静的目光互相提醒：他们知道他们知道，此行也许是为了实现那个希望，也许单是为了千里迢迢来让它永远销声匿迹。但是他们不想让它过早地破灭，因此两个人只按着自己的记忆去走，只按着自己的直觉去走，把那张地图折好收在行囊里，不再向任何人打听。大街上还是沸沸扬扬热烈的人们，而他们两个便就近拐进一片楼群中去。随着各式各色的楼房错错落落地排列，他们曲曲折折地走，方向是不会错的，至于结果则另当别论。

天上开始堆起了灰白的云，云差不多擦着楼顶走，走得平稳也汇集得潇洒，把阳光的温度降低，把阳光变得淡薄。楼群深处渐渐地安静，有人在缓缓地吹一把圆号，号声与那些游走的云彩合拍，浑厚沉稳得足以把喧嚣的市声推开得很远。某座楼房的一层的一间是一家小饭馆，两个老人走进去，累了也饿了，应该正正经经地吃一点儿饭。他们在靠窗的地方坐下来，把行囊推到桌下去。店主人是一对青年夫妇，可能是一对青年夫妇；小伙子赶忙奔到厨房里去，姑娘走到两个老人桌前。他们点了几个菜要了两罐饮料。小饭馆的面积只有十四五平方米，摆了四张桌，另外三张空着。菜上来得很快，味道却绝不像它的名字，但两个老人实在是饿了，吃得很香。而且他们非常喜欢这儿的安静，非常喜欢这时外面的天空已经变为一色均匀的铅灰，非常喜欢那时隐时现的圆号声，非常喜欢正在厨房里忙着的小伙子的身影和在昏暗的角落里默坐着的姑娘。两个老人不断回头去看那小伙子和姑娘，不断环视这间小店。他们很快吃光了饭菜，舒舒服服地几乎是躺在椅子里，女人慢慢地喝着饮料，男人慢慢地喝着饮料并且慢慢地抽着烟。女人轻轻挥开飘在她面前的烟缕，闭上眼睛。男人正好面对窗户，便望见平坦的铅灰色的天下飞着的一群白鸽，在天色衬照下它们显得奇异的洁白，白得发亮令人心惊，他长久地望着它们，望着它们盘旋盘旋盘旋，望着它们散开了又聚拢散开了又聚拢，最后消失不知落在谁家的屋顶上去了。男人看看女人，女人趴在桌上睡了。

女人做了很多梦，醒来已近黄昏。外面下着雨，她睖睁了一会儿，上下左右看看，弄清了自己是在哪儿，然后发现男人不在她身旁。店主人那对青年夫妇一起走过来，告诉她男人说他去附近走走，告诉她男人说他不会走远让她等他。她谢过这两个青年人，起身到门外，在屋檐下看雨，雨很细很密没有声音，天如质密的灰色塑料铸成，参差的楼房都被雨淋得暗，路面却让水染得亮。她缩缩肩，返身回来从行囊里取了件外套穿上，想了想又抽出折叠伞，她请那对青年夫妇照看一下桌下的行囊，便出门走入雨中。小伙子跑出来指给她男人去的方向，她就朝着那个方向走。呜呜的号声还在响，号声仿佛不能冲出沉重的天去便被压得在楼群中流，呜呜地把路流得很长很曲折。她拐了几个弯，忽见一片夺目的金黄，一棵孤零零的非常高大的银杏树矗立在一块空地上，满树满地都是金黄的叶子。男人打着雨伞站在树下，他没有发现女人的到来，他把背紧贴在树上，然后迈开大步计着步数走，向正北走了七步转身九十度再向正西走了二十一步，他停在一家店铺门前。这是一家新开张不久的店铺，门窗上的油漆都还新鲜，几个红色大字写在玻璃上，写的是：加工墓碑。男人又走回到大树下，这时他看见了女人，但他顾不上跟她打招呼，他再次向北量出七步向西量出二十一步，结果仍旧停在那家店铺门前，他转过身来向女人点了点头。女人早已经全明白，那儿就是他们此行的目的地，就是很久以前的那两间老屋，那棵大银杏树曾经是个标志现在还是个标志。女人走过去，到男人身旁；两个人对着那店铺仔细察看寻找往日的痕迹。往日的痕迹丝毫也没有，这是两间新盖的房，这儿只是那两间老屋曾在的位置；他们再转身望望那棵大树，相信这儿确凿就是当年那两间老屋的位置。两个老人在这店铺门前站了一会儿犹豫了一会儿，之后推门进去。屋里有个人正猫着腰给一方墓碑上的碑文着色：并排两个人的名字，一个是金色，一个是红色。那个人的周围摆满了各式墓碑。屋子里堆满了青的或者白的墓碑的石料，几乎无边无际，在昏暗的光线下放着青的或者白的光。那个人专心致志地在给碑文着色：两个人的名字，一个是金色，一个是红色。

晚上，两个老人又到了城外。他们找到一家紧靠湖边的旅馆。负责登记住宿的人问：“一个房间？”男人看看女人，女人装作没听见，去看墙上的一幅司空见惯的水墨画。男人说：“都行。”负责登记住宿的人问：“有结婚证吗？”男人说：“没有。”负责登记住宿的人问：“她是谁？”男人说：“两个，要两个房间。”这当儿女人装作不在意地走开，在卖烟的地方买了一包烟。负责登记住宿的人扔出两个房间号给男人。

不久之后，女人洗了澡，坐在自己的房间里抽烟。这时男人敲门进来。男人说：“怎么，你也抽烟了？”女人说：“抽，偶尔。”男人在她对面坐下，拿起那包烟来看看牌子，抽出一支叼在嘴上，点燃。女人说：“我对墓碑的事不怎么懂，为什么一个人的名字是金色的，另一个是红色的？”男人说：“金色的那一个已经死了，红色的这人暂时还活着。”

/三　脚本构思/

全能的上帝想要办到什么就立刻办到了什么，因而他独独不能做梦。因为，只是在愿望没能达到或不能达到时才有梦可做。

不过上帝他知道，要想成为名副其实的全能的上帝，他就必须也能做梦。做什么梦呢？上帝他知道，既然他唯一不能的是做梦，那么：他唯一可能做的梦就是梦见自己在做梦了。

可他要是能做梦了，他还会去做做梦的梦吗？要是他还不能做梦，他又怎么能梦见自己在做梦呢？就算这样的问题不难解决，但是上帝他知道，接下来的问题对他来说几乎是致命的：那个梦中梦又是梦见的什么呢？不能总是他梦见他梦见他梦见他梦见……吧？那样他岂不是等于还是不能做梦吗？上帝他知道，他最终必须要梦见一个非梦他才能真正做成一个梦，从而成为名副其实的全能的上帝。然而，一旦一个真实的事物成了他的梦，可怜的上帝他知道，那时他必定就不再是那个想办到什么就立刻办到了什么的全能的上帝了。上帝曾一度陷入了这样的困境中。

无梦的日子是最为难熬的日子。无梦的日子令他寂寞、无聊、孤苦。无梦的日子使他无法幻想，无从猜测，弄不清自己的愿望，差不多就要丧失掉创造的激情和身心的活力了。他在空旷而苍白的天庭里行走，形单影只，神容憔悴，像一个长久的失眠症患者，萎靡不振。但他心里明白，以后的日子无尽无休。他心里明白，如果没有梦的诱惑，无尽无休的日子便仅仅意味着无与伦比的苦闷。幸而他心里明白，他宁可把一切连同他自己都毁掉，也决不能容忍这无梦的监牢。幸而他渴望梦的心还未萎缩还未肯罢休，创造的激情便还没有完全熄灭，这给他留下一线生机。这样他才想到，他虽不能做梦，但除做梦之外他是全能的；他不能从梦中见到真实，但他可以在真实中创造梦的效果，他自己不能做梦，但他可以令万物入梦，那便是一个如梦的玩具了，他就能够参与一个如梦的游戏了，他观赏万物之梦（假如天庭里也有瓜子，他可以一边嗑着瓜子），尽管他不能做梦也就一样有了梦的痴迷与欢乐了。想到这儿上帝他激动不已，他看透这是唯一的出路了，他定要尽他上帝的全部智慧来做好这件事了，否则他将或者因苦闷而发疯，或者因麻木而变成一具行尸走肉。

上帝的主意已定。他静静地坐了一会儿，让心落稳。他先为这个如梦的游戏和玩具起了名字，叫作：戏剧。随后他开始考虑脚本。

当然了，这个戏剧中的所有角色都不要像他一样是全能的，否则他们也将无梦可做，那样的话这个戏剧就无法开展，他也就无从观赏梦的过程并动情于梦的效果了。于是上帝明确了他首先要做的是什么：他要在这些角色们的面前布置一个永恒的距离。这无疑是英明的。但是如何布置呢？在驴的头前吊一捆草，驴追草走，草走驴追，这种杂耍只可作为舞台边缘的一个小演出，驴的梦境过于敷衍过于拘泥，不足以填补上帝心中偌大的空白。上帝想，舞台中心的角色们应当更聪明，也应当更狡猾，应当想象力更丰富并且欲壑难填，应当会做五光十色的离奇古怪的变化万千的梦才好，不能也不应该像对付驴那样来对待他们。虽然如此，这个关于驴的设想还是给了上帝一个启发，他确信，一个永恒的距离势必要布置在这些角色们的能力与欲望之间。继而他又想，如果这个永恒的距离，是以欲望总也不能实现的方法来布置，这些聪明的角色怕是不能被骗过，那样一来他们迟早也要失去做梦的能力，无所能与无所不能一样要导致绝望。看来应该让他们具有实现欲望的能力，但要让这种能力有个限度。好吧，问题又来了：限度？多大限度？不管多大限度只要是限度，这个戏剧就肯定有演烦的一天，有演完的一天。（一当达到那个限度，他们又是无所能了，梦完了戏还不完吗？若一个相同的戏剧反反复复演下去，不烦吗？）上帝想到自己的日子是无尽无休的，为在这样的日子里能够享有无穷的梦的效果，这个戏剧是不能让它演烦也不能让它演完的。那么怎么办呢？难道要让这些角色实现欲望的能力也是无限的吗？不行，那样他们岂不又是全能的了？在这个问题面前上帝他居然想了好久，最后他幡然醒悟，笑自己竟这么糊涂。所谓有限度的能力，不是就空间而言，也不是就时间而言，而是就他们的欲望而言。有限的能力造就了无限的欲望，无限的欲望再引诱他们去不断地开拓扩展以使空间成为无限，不停地运动变化以使时间成为无限，这样的戏剧就不会演烦也不会演完了。这下上帝有了个好主意了：不是不让他们的欲望实现，而是让他们每一次欲望的实现都同时是一个至一万个新欲望的产生！就是说，不是不让他们得到谜底，而是使任何一个谜底都又是一个至一万个谜面。对了，上帝想，这样一来，一个永恒的距离就巧妙地布置在他们的能力与欲望之间了。

上帝松了一口气，稍稍歇一会儿。他默默地在心里盘算：那个驴的乏味在于它不能有更多的梦想，它为什么不能有更多的梦想呢？

使一个谜增殖为若干个谜的方法是这样：譬如说一个角色是一个谜（A），两个角色却不止是两个谜（A、B），而是三个谜（A、B、AB）了。三个角色呢？不是四个而是七个谜（A、B、C、AB、BC、CA、ABC）。那么一万个角色呢？五十亿个角色呢？所以，上帝只需使这些角色互相感兴趣就行了，他们就有千变万化的梦好做了，上帝就有丰富多彩的戏剧好看了。驴不行，驴就是太呆板，驴就是互相之间太冷漠，结果千万头驴还等于一头驴等于一个猜厌了的谜，所以上帝想，驴就让它是驴吧，让它是一个警告。

事实上，这种使一个谜增殖为若干个谜的方法，也就是使若干个谜变成无限个谜的方法。如果每一个角色身上都带了所有角色的信息，也就是说每一个角色都是由所有的角色造就的，那么每一个谜底不仅要引出若干个谜面，而且会引出无限个谜面。因为，要想猜破任何一个谜，都必须猜破所有的谜，而要想猜破所有的谜，都必须猜破这一个谜，这一个谜中有所有的谜，所有的谜中都有这一个谜，所有的谜面都是谜底，所有的谜底都是谜面。好极了！上帝想到这儿由衷地笑了，他知道他差不多快要把一个了不起的戏剧设计好了，他知道凭这些角色的聪明他们是不会不对这些游戏着迷的，凭他们的聪明他们也绝发现不了这个玩具的漏洞，他们将玩下去玩下去玩下去玩下去……直至永永远远。他们如醉如痴，上帝乐不可支。

剩下的事就比较简单了。

大体说来还剩下三件事。

一是要让角色们永远坚持对这个脚本的新奇感，准确地说，是要永远保持若干对这个脚本有新奇感的角色。当一些角色乏了、腻了、老了，果真看透了这是个无目的的戏剧，就要及时撤换他们，让他们消失让一批尚不知天高地厚的角色出现，或让他们去渡一条河，在那儿忘记以往的一切，重新变得稚嫩变得鲜活，变成激情满怀踌躇满志的角色。

第二件事是，倘若上帝一时疏忽，忘记撤换某些看透了上帝企图的角色，这怎么办？这并不难办，在他们等候上帝来撤换他们的这段时光里，可以让他们有另外两种选择，当然也只可以有这两种选择：或者退到舞台边缘去临时成为一个驴；或者仍在舞台中心，更加有声有色地纵情歌舞，并慢慢体会上帝最初不得不作此脚本的苦衷。这两种选择都是可以的，都能等到上帝来撤换他们。但是，这几个被上帝一时忘记撤换的角色若把他们看透的事四处声张，这可又怎么办？这会导致这个脚本过于清澈而对无论哪一个角色都失去魅力。为了防止这样的事发生，上帝令其余的角色都绝不相信这几个角色的话。

第三件事，也是最后一件事。当一切都安排停当了，上帝还有这最后一件事要做，那就是闭上眼睛把他创造的这个舞台摇一摇，把所有角色的位置都摇乱，像抽签儿之前要摇一摇签筒那样，像玩牌之前要先洗牌那样，让每一个角色占据的位置都是偶然的，让他们之间的排列是随意性的。上帝他知道，没有悬念的戏剧是不好看的，看了开头可以推算出结尾的戏剧是不好看的，预先泄露了细节的戏剧是不好看的，不好看的戏剧是不会有梦的效果的。

现在上帝的事做完了，剩下的是角色们的事了。角色们也许不相信事情是这样的，那就对了，上帝为了获得最佳的梦的效果，令他们不信。

一九八八年

一种谜语的几种简单的猜法

/ X /

有一部很老的谜语书，书中收录了很多古老的谜语。成书的具体年月不详，书中未注明，各类史书上也没有记载。

这是现存的最老的一部谜语书，但肯定不是人类的第一部谜语书，因为此书中谈到了一部更为古老的谜语书，并说那书中曾收有一条最为有趣而神奇的谜语。书中说，可惜那部更为古老的谜语书失传已久，到底它收了怎样一条有趣而神奇的谜语，业已无人知晓。

书中说，现仅知道这条谜语有三个特点：一、谜面一出，谜底即现；二、已猜不破，无人可为其破；三、一俟猜破，必恍然知其未破。

书中还说，这似乎有违谜语的规则，但相传那确是一条绝妙的、非常令人信服令人着迷的谜语。

书中在说到这似乎有违谜语的规则时还说，人总是看不见离他最近的东西，譬如睫毛。

那究竟是怎样一条谜语呢？——便成为这部现存最老的谜语书中收录的最后一条谜语。

/ A + X /

要想回答譬如说——世界是从什么时候开始的？——这样的问题，我想最大的难点就在于：我只能是我。因为事实上我只能回答——世界对我来说开始于何时？——这样的问题。因为世界不可能不是对我来说的世界。当然可以把我扩大为“我”，即世界还是对一切人来说的世界，但就连这样的扩大也无非是说，世界对我来说是可以或应该这样扩大的。您可以反驳我，您完全可以利用我的逻辑来向我证明：世界同时也是对您来说的世界。但我说过最大的难点在于我只能是我，结果您的这些意见一旦为我所同意，它又成了世界对我来说的一项内容了。您豁达并且宽厚地一笑说：那就没办法了，反正世界不是像你认为的那样。我也感到确实是没有办法了：世界对我来说很可能不是像我认为的那样。

如果世界注定逃脱不了对我来说，那么世界确凿是开始于何时呢？

奶奶的声音清清明明地飘在空中：“哟，小人儿，你醒啦？”

奶奶的声音轻轻缓缓地落到近旁：“看什么哪？噢，那是树。你瞧，刮风了吧？”

我说：“树。”

奶奶说：“嗯，不怕。该尿泡尿了。”

我觉到身上微微的一下冷，已有一条透明的弧线蹿了出去，一阵叮啷啷的响，随之通体舒服。我说："树。"

奶奶说："真好。树——刮风——"

我说："刮风。"指指窗外，树动个不停。

奶奶说："可不能出去了，就在床上玩儿。"

脚踩在床上，柔软又暖和。鼻尖碰在玻璃上，又硬又湿又凉。树在动。房子不动。远远近近的树要动全动，远远近近的房顶和街道都不动。树一动奶奶就说，听听这风大不大。奶奶坐在昏暗处不知在干什么。树一动得厉害窗户就响。

我说："树刮风。"

奶奶说："喝水不呀？"

我说："树刮风。"

奶奶说："树。刮风。行了，知道了。"

我说："树！刮风。"

奶奶说："行啦，贫不贫？"

我说："刮风，树！"

奶奶说："嗯。来，喝点儿水。"

我急起来，直想哭，把水打开。

奶奶看了我一会儿，又往窗外看看，笑了，说："不是树刮的风，是风把树刮得动换儿了。风一刮，树才动换儿了哪。"

我愣愣地望着窗外，一口一口从奶奶端着的杯子里喝水。奶奶也坐到亮处来，说："瞧风把天刮得多干净。"

天。多干净。在所有的房顶上头和树上头。只是在以后的某一时刻才知道那是蓝。蓝天。灰的房顶和红的房顶。树在冬天光是些黑的枝条，摇摆不定。

奶奶扶着窗台又往楼下看，说："瞧瞧，把街上也刮得多干净。"

街。也多干净。房顶和房顶之间，纵横着条条炭白的街。

奶奶说："你妈就从下头这条街上回来。"

额头和鼻尖又贴在凉凉的玻璃上。那是一条宁静的街。是一条被楼阴遮住的街。是在楼阴遮不住的地方有根电线杆的街。是有个人正从太阳地里走进楼阴去的街。那是奶奶说过妈妈要从那儿回来的街。玻璃都被我的额头和鼻尖焐温了。

奶奶说："太阳快没了，说话要下去了。"

因此后来知道哪是西，夕阳西下。远处一座高楼的顶上有一大片整整齐齐灿烂的光芒。那是妈妈就要回来的征兆，是所有年轻的妈妈都必定要回来的征兆。

奶奶指指那座楼说："你妈就在那儿上班。"

我猛扭回头说："不！"

奶奶说："不上班哪行呀？"

我说："不！"

奶奶说："哟，不上班可不行。"

我说："不——"

奶奶说："嗯，不。"

那楼和那样的楼，在以后的一生中只要看见，便给我带来暗暗的恓惶；或者除去楼顶上有一大片整齐灿烂的夕阳的时候，或者连这样的时候也在内。

奶奶说："瞧瞧，老鸹都飞回来了。奶奶得做饭去了。"

天上全是鸟，天上全是叫声。

街上人多了，街上全是人。

我独自站在窗前。隔壁起伏着"当当当"奶奶切菜的声音，又飘起爆葱花的香味。换一个地方，玻璃又是凉凉的。

后来苍茫了。

再后来，天上有了稀疏的星星，地上有了稀疏的灯光。

世界就是从那个冬日的午睡之后开始的。或者说，我的世界就是从那个冬日的午后开始的。不过我找不到非我的世界，而且我知道我永远不可能找到。在还没有我的时候这个世界就已存在了——这不过是在有我之后我听到的一种传说。到没有了我的时候这个世界会依旧存在下去——这不过是在还有我的时候，我被要求同意的一种猜测。

就像在那个冬日的午后世界开始了一样，在一个夏天的夜晚，一个谜语又开始了。您不必管它有多么古老，一个谜语作为一个谜语必定开始于被人猜想的那一刻。银河贯过天空，在太阳曾经辉耀过的处处，倏而变为无际的暗蓝。奶奶已经很老，我已懂得了猜谜。

奶奶说："还有一个谜语，真是难猜了。"

我说："什么？快说。"

奶奶深深地笑一下，说："到底是怎么个谜语，人说早就没人知道了。"

我说："那您怎么知道难猜？"

奶奶说："这个谜语，你一说给人家猜，就等于是把谜底也说给人家了。"

我说："是什么？"

奶奶说："你要是自个儿猜不着，谁也没法儿告诉你。"

我说："您告诉我吧，啊？告诉我。"

奶奶说："你要是猜着了呢，你就准得说，哟，可不是吗，我还没猜着呢。"

我说："那怎么回事？"

奶奶说："什么怎么回事？就是这样儿的一个谜。"

我说："您哄我呢，哪儿有这样的谜语？"

奶奶说："有。人说那是世上最有意思的一个谜语。"

我说："到底是什么样儿的呢，这谜语？"

奶奶说："这也是一个谜语。"

我和奶奶便一齐望着天空，听夏夜地上的虫鸣，听风吹动树叶沙沙响，听远处婴儿的啼哭，听银河亿万年来的流动……

好久好久，奶奶那飘散于天地之间的苍老目光又凝于一点，问我："就在眼前可是看不见，是什么？"我说："眼睫毛。"

/ B + X /

多年来我的体重恒定在五十九点五公斤，吃了饭是六十公斤，拉过屎还是回到五十九点五公斤。我不挑食，吃油焖大虾和吃炸酱面都是吃那么多，因为我知道早晚还是要拉去那么多的。吃掉那么多然后拉掉那么多，我自己也常犯嘀咕：那么我是根据什么活着的？我有时候懒洋洋地在床上躺一整天，读书看报抽烟，或者不读书不看报什么事也不做光抽烟，其间吃两顿饭并且相应地拉两次屎，太阳落尽的时候去过秤，是五十九点五公斤。这比较好理解。但有时候我也东跑西颠为一些重要的事情忙得一整天都不得闲，其间草率地吃两顿饭拉两次屎，月亮上来了去过秤，还是五十九点五公斤。就算这也不难解释。可是有几回我是一整天都不吃不喝不拉不撒沿着一条环形公路从清晨走到半夜的，结果您可能不会相信，再过秤时依旧是五十九点五公斤。

还有一件奇怪的事就是，我每天早晨醒来的时间总是在六点三十，不早不晚准六点三十，从无例外。我从不上闹钟。我也没有闹钟。我完全不需要什么闹钟。如果这一夜我睡着了，谁也别指望闹钟可以让我在六点三十分以前醒。那年地震是在凌晨三点多钟，即便那样我也还是睡到了六点三十才醒。醒来看见床上并没有我，独自庆幸了一会儿发现完全是扯淡，我不过是睡在地上，掸掸身上的土爬起来时看出房顶和门窗都有一点儿歪。如果我失眠了一直到六点二十九才睡着的话，我也保证可以在六点三十准时醒，而且没有诸如疲劳之类不好的感觉。人们有时候以我睡还是醒来判断时光是在六点三十以前还是以后。

因此我对这两组数字——595和630——抱有特殊的好感，说不定那是我命运的密码，其中很可能隐含着一句法力无边的咒语。

譬如我决定买一件东西，譬如说买拖鞋、餐具、沙发什么的，我不大在意它们的式样和质量，我先要看看它们的标价，若有五块九毛五的、五十九块五的、五百九十五块的，那么我就毫不犹豫地买下。再譬如看书，譬如说是一本很厚的书，我拿到它就先翻到第六百三十页，看看那一页上究竟写了些什么，有没有什么不同寻常的暗示。我一天抽三包香烟，但最后一支只抽一半，这样我一天实际上是抽五十九点五支。除此之外我还喜欢在晚饭之后到办公室去嗑瓜子，那时候整座办公大楼里只亮着我面前的一盏灯，我清晰地听到瓜子裂开的声音和瓜子皮掉落在桌面上的声音，从傍晚嗑到深夜，嗑五百九十五个一歇，嗑六小时三十分钟之后回家。总之我喜欢这两个数字，我相信在宇宙的某一个地方存在着关于我和这两个数字的说明。再譬如我听相声，如果我数到五百九十五或六百三十它仍然不能使我笑，我就不听了。

所以有一次我走到一座楼房的门前时我恰恰数到五百九十五，于是我对这楼房充满了幻想，便转身走了进去。我感到一种从未有过的激动，我相信我必须得做一件不同凡响的事情来记住这座楼房了。我在幽暗的楼道里走，闭上眼睛。我想再数三十五下也就是数到六百三十时我睁开眼睛，那时要是我正好停在一个屋门前的话，我一定不再犹豫一定不管三七二十一就敲门进去，也不管认不认得那屋里的主人我一定要跟他好好谈一谈了。六百三十。我睁开眼睛。这儿是楼道的尽头，有三个门，右边的门上写着“女厕”，左边的门上写着“男厕”，中间的门开着上面写着“隔音间”。右边的门我不能进。左边的门我当然可以进，但我感觉还不需要进。我想中间这门是什么意思呢？我渐渐看清门内昏黑的角落里有一部电话。我早就听说有这样的无人看管的公用电话。我站在第六百三十步上一动不动想了五百九十五下，我于是知道该做一件什么事情了。我走进电话间，把门轻轻关上，拿起电话，慎重地拨了一个号码：595630，慎重得就像母亲给孩子洗伤口一样。这样的事我做过不止一次了。有两次对方是男的，说我有病，“我看您是不是有病啊？”说罢就把电话挂了。有两次对方是女的，便骂我是流氓，“臭流氓！”这我记得清楚，她们通过电话线可以闻到你的味儿。

“喂，您找谁？”这一回是女的。

“我就找您。”我还是这么说。

她笑起来，这是我没料到的。她说：“您太自信了，您的听力并不怎么好。我不是这儿的，我偶尔走过这儿发现电话在响没人管，这儿的人今天都休息。您找谁？”

“我就找您。”

她愣了一会儿又笑起来：“那么您以为我是谁？”

“我不以为您是谁，您就是您。我不认识您，您也不认识我。”

电话里没有声音了。我准备听她骂完“臭流氓”就去找个地方称称体重，那时天色也就差不多了，我好到办公室嗑瓜子去。但事情再一次出乎我的意料，她没有骂。

“那为什么？”她说，声音轻得像是自语。

“干吗一定要为什么呢？我只是想跟您谈谈。”

“那为什么一定要跟我呢？”

“不不。我只是随便拨了一个号码，我不知道这个号码通到哪儿。您千万别误会，我根本不知道您是谁，我向您保证我以后也不想调查您是谁，也不想知道您在哪儿。”

她颤抖着出了一口长气，从电话里听就像是动荡起一股风暴，然后她说：“您说吧。”

“什么？”

“您不是想跟我谈谈吗？您谈吧。”

“您别以为我是个坏人。”

“当然不会。”

“为什么呢？为什么是当然？”

“坏人不会像您这么信任一个陌生人的。”

多年来我第一回差点儿哭出来。我半天说不出话，而她就那么一直等着。

“您也别以为我是个无聊透顶的人。”

她说她也对我有个要求，她说请我不要以为她是那种惯于把别人想得很坏的人。她说：“行吗？那您说吧。”

“可我确实也没什么有意思的话要说。我本来没指望您会听到现在的。”

“随便说吧，说什么都行，不一定要有意思。”

我想了很久，觉得一切有意思的话都是最没意思的话，一切最没意思的话才是最有意思的话，所以我想了很久还是犹豫不决难以启口。我几次问她是否等得不耐烦了，她说没有。最后我想起了那个谜语。

“有一个早已失传了的谜语，现在已经没有人知道那是怎么一个谜语了。现在只知道它有三个特点。您有兴趣吗？”

“哪三个特点？”

“一是谜面一出谜底即现，二是如果你自己猜不到别人谁也无法告诉你，三是如果你猜到了你就肯定会认为你还没猜到。”

“嗷，您也知道这个谜语？”她说。

“怎么，您也知道？”我说。

“是，知道。”她说，“这真好。”

“您不是想安慰我吧？”我说。

“当然不是。我是说这谜语真绝透了。”

“据说是自古以来最根本的一个谜语。离你最近可你看不见的，是什么？是睫毛。”

“我懂真的我懂。您也知道这个谜语真是绝透了。”电话里又传来一阵阵小小的风暴。我半天不说话，多年来我就渴望听到这样的风暴。然后她在电话里急切地喊起来：“喂，喂！下回我怎么找您？”

我说：“别说‘您’好吗？说‘你’。”我说我们最好是只做电话中的朋友，这样我们可以说话更随便些，更自由更真实些。她说她懂而且何止是懂，这也正是她所希望的。

以后我就每星期给她打一次电话，都是在595630电话所在之地的人们休息的那一天。我从不问她姓什么叫什么、是干什么的、多大年龄了等等。她也是这样，也不问。我们连为什么不问都不问。我们只是在愿意随便谈谈的时候随便谈谈。第二次通电话的时候，她告诉我，男人到底是比女人敢干，她早就想干而一直不敢干的事让我先干了。我说："你是怕人说你是臭流氓吧？"她听了笑声灿烂。第三次我们谈的是蔬菜和森林，蔬菜越来越贵，森林越来越少。第四次是谈床单和袜子，尤其谈了女人的长袜太容易跳丝，有一处跳丝就全完了。我说："你挺臭美的。"她说："废话你管着吗？"我说第一我根本不管，第二臭美在我嘴里不是贬义词。她便欣然承认她相当喜欢臭美："但得是褒义词！"我说就如同我认为"臭流氓"是褒义词一样。第五次谈猫，二月正是闹猫的季节，于是谈到性。我没料到她会和我一样认为那是生活中最美的事情之一，同时她又和我一样是个性冷漠患者。"这很奇怪是吗？""很奇怪。"第六次谈狗，我说可惜城市里不让养狗，我真想搬到农村去住，那样可以养狗。她说："是吗？那我真搬到农村住去。"我说："算了吧，我们都是伪君子。"第七次说到钱，钱是一种极好的东西，连拉屎撒尿放屁都得受它摆布。她笑得喘不过气来："你夸张了，怎么会管得了最后一种？"我说："你想要是你能住到高级饭店去你还敢随便放屁吗？""干吗要随便？""所以我说钱是好东西。"第八次我们自由自在地骂了半天人，骂得畅快淋漓。第九次谈到上帝和烩猪肠子，她说："吓，那东西多脏啊！"我问她是指上帝还是指猪肠子？她说你知道那是装什么的吗？我说你是说上帝还是说猪肠子？她说："算了算了，和你这人缠不清。"第十次谈到宇宙、飞碟、特异功能、四维时空、测不准原理和蚂蚁。第十一次我们一块儿唱了好多真正的民歌，真正的民歌都是极坦率极纯情又极露骨的情歌。第十二次是说气候、季节、山野河流、鹿的目光与释迦牟尼何其相似，以及她的一只非常好看的扣子挤汽车时挤丢了，而我昨天差点儿让煤气罐给炸死。第十三次说到了爱情，她说这是说不清的事。我说什么是说得清的事呢？她说就连这也说不清，我们不过是在胡说八道。我说有谁不是在胡说八道呢？她便又笑声灿烂。我说我冒了被骂为臭流氓的危险就是为了能胡说八道和能听到纯正的胡说八道。她听了许久无声然后哭声辉煌经久不息，使我振奋不已。她说她骨子里非常软弱。我说你别怕，我也一样。她说她外强中干其实自卑极了。我说我也一样，你别在意。她的哭声便转而娇媚。我说我何止于此，我还是个枯燥乏味的人。她说她也是。我说我还很庸俗简直无聊透顶。她让我别急，她说这下就好了她也是个俗不可耐的人。我说我无才无能一无可取之处。她让我别急，她说她也一样没有一点儿吸引人的地方。她不哭了，问我："你是个好人吗你觉得？"我说我觉不出来，你呢？她说她就是因为不知道怎样才能觉出自己是不是个好人，所以才问我的，可惜我也不知道。我说要是这样说，我大概是个灵魂肮脏的人。她说为什么呢？我便给她举一些实例，讲我当着人是怎样说，背着人是怎样想，讲我所做过的一切事情，讲我所有的一切念头，讲我白天的行为，也讲我黑夜的梦境，直讲到口干舌燥气喘吁吁，直讲到我自己也很难不承认自己是个臭流氓时，我才害怕了不讲了。类似这样的害怕是最可怕的事，好在我知道她不知道我是谁，不知道我在哪儿，即便在街上擦肩而过她也认不出我而我也认不出她，这样我才不害怕了。我说："嘿，怎么样，我是个坏人吧？"她说她不知道。我说那你究竟知道什么呢？她说她只知道她多年来一直在找我这样的人。"找我干什么？""找你，然后嫁给你。"于是我们约定在晚六点三十见面，在一条环形公路的五百九十五公里处，她穿一身白，我穿一身黑。

我提前赶到了那里，这个提前很可能是个绝大的错误。我找到了五百九十五公里处的小石碑，并且坐在上头。我相信这个数字很吉利而这个姿势又很保险，但我没想到会在这儿碰上了我的妻子。我想不出有谁能告密。大概这是因为我提前来了，因为我没有恪守630这个数字。我们相距差不多有二十米至二十万光年远。我把帽子压得低些，我见她也把围巾围得高些。这说明我们都已发现了对方，并且都不想让对方发现自己。我想这也好，何必不这样呢？但她并不离开，当然我也没离开。她想监视我，那好吧，我正好可以抓住她监视我的证据，免得她过后又不承认。这样过了有十几分钟，到了六点三十。我坦荡地朝四周望望，我看见她也在朝四周望而且毫不加掩饰。这时我发现她穿了一身白，她正朝我走来。

她说："我怎么没听出来是你？"

我说："可不是吗，我也没听出是你。"

我们相对无言，很久。公路上各种车辆从我们身边呼啸而过。

她看看我，看我的时候仍然面有疑色。她说："你再把那个谜语说一遍行吗？"

我说："我不知道那个谜语，既不知道它的谜面也不知道它的谜底，只知道它有三个特点，第一……"

"行了，别说了。"她说，"看来真的是你。你的声音跟多年以前不一样了。"

我说："你也是。"

她说："你要是在电话里打打呼噜就好了，像每天夜里那样。那样我就知道是你了。"

我说："我听见你夜里总咬牙。我给你买了打虫药一直没机会给你。"

我们就在小石碑旁坐下，沉默着看太阳下去，听晚风起来。

“我们明天还能那样打打电话吗？”

“谁知道呢？”

“还那样随便谈谈，还能那样随便谈谈吗？”

“谁知道呢？”

“试试行吗？”

“试试吧，试试当然行。”

然后我们一同回家，一路上沉默着看月亮升高，看星星都出来。快到家的时候我顺便去量了量体重，不多不少五十九点五公斤，我便知道明天早晨我会在六点三十醒来。

/ C + X /

她向我俯下身来。她向我俯下身来的时候，在充斥着浓烈的来苏味的空气中我闻到了一阵缥缈的幽香，缥缈得近乎不真实，以致四周的肃静更加凝重更加漫无边际了。

她的手指在我赤裸的胸上轻轻滑动，认真得就像在寻找一段被遗忘的文字。我把脸扭向一旁，以免那幽香给我太多的诱惑，以免轻轻的滑动会划破我濒死的安宁。

我把脸扭在一旁。我宁愿还是闻那种医院里所特有的味道。这味道绝非是因为喷洒了过多的来苏，我相信完全是因为这屋顶太高又太宽阔造成的。因为墙壁太厚，墙外的青苔过于年长日久。因为百叶窗的缝隙太规整把阳光推开得太远。因为各种治疗仪器过于精致，而她的衣帽又过于洁白的缘故。

她的手指终于停在一个地方不动。我闭上眼睛。我感到她走开。我感到她又回来。我知道她拿了红色的笔，还拿了角尺，要在我的胸上画四道整齐的线。笔尖在我的骨头上颠簸，几次颠离了角尺。笔和尺是凉的硬的，恰与她纤指的温柔对比鲜明。轻轻的温柔合着幽香使我全身一阵痉挛。我睁开眼睛，看见四道红线在我苍白嶙峋的胸上连成一个鲜艳的矩形，灿烂夺目。

然后她轻声说："去吧。"

然后她轻声问："行吗？"

我就去躺到一架冰冷的仪器下面，想到室外正是五月飞花的时光。

我问 1 床："也是她管你吗？"

1 床眯起浑浊的眼睛看我："怎么样，滋味不坏吧，咹？"

我摸摸胸上的红方块。我说："不疼。"

"我没说这个。" 1 床狡黠地笑起来，"她。刚才我们说谁来着？"他在自己身上猥亵地摩挲一阵，"咹？滋味不坏吧？"

3 床那孩子问："什么？什么滋味不坏？"

我对那孩子说："别理他，别听他胡说。"

1 床"哧哧"地笑着走到窗边，往窗外溜一眼，回身揪揪那孩子的头发："真的 2 床说得不错，你别理我，我眼看着就不是人了。"

"你现在就不是！"我说。

那孩子问："为什么？"

"眼看着我就是一把灰了。" 1 床说。

那孩子问："为什么？"

1 床又独自笑了一会儿。

柳絮在窗外飘得缭乱，飘得匆忙。

1 床从窗边走回来，眼里放着灰光，问我：“说老实话，那滋味确实不坏是不是？”

“我光是问问，是不是也是她管你。”

“你这人没意思。”他把手在脸前不屑地一挥，“你这年轻人一点儿不实在。”

3 床那孩子问：“到底什么呀滋味不坏？”

1 床又放肆地笑起来，对我说：“我情愿她每天都给我身上多画一个红方块，画满，你懂吗？画满！”

那孩子笑了，从床上跳起来。

“用她那暖乎乎的手，你懂吗？用她那双软乎乎的手，把我从上到下都画满……”

3 床那孩子撩起了自己的衣裳，喊：“她今天又给我多画了一个！你们看呀，这个！”

1 床和我整宿整宿地呻吟，只有 3 床那孩子依旧可以睡得香甜。只有 3 床那孩子不知道红方块下是什么。只有他不知道那下面是癌。那下面是癌，但他不知道。他不知道。但确实是癌。他说是他爸爸说的，那不是癌。他说他妈妈跟他说过那真的不是癌。他妈妈跟他这样说的时候，用乞求的目光看着我和 1 床。他的父母走后，他看看 1 床的红方块，说：“这不是癌。”他又看看我的红方块，说：“你也不是癌。”我说是的我们都不是癌。

“那这红方块下是什么呀？”

“是一朵花。”

“噢，是一朵花呀？”

是一朵花。一朵无比艳丽的花。

月亮把东楼的阴影缩小，再把西楼的阴影放大，夜夜如此。在我和 1 床的呻吟声中，3 床那孩子睡得香甜。我们剩下的生命也许是为盼望那艳丽的花朵枯萎，也许仅仅是在等待它肆无忌惮地开放。

细细的风雨中，很多花都在开放。很多花瓣都伸展开，把无辜的色彩染进空中。黑土小路上游移着悄无声息的人。黑土小路曲折回绕分头隐入花丛，在另外的地方默然重逢。

掐一朵花，在指间使它转动，凝神于它的露水它的雌蕊与雄蕊，贴近鼻尖，无边的往事便散漫到细雨的微寒中去。

把花别在扣眼上，插在衣兜里，插在瓶中再放到床头去，以便夜深猛然惊醒时，闪着幽光的桌面上有一片片轻柔的落花。

3 床的孩子问："就像这样的花吗？"

"兴许比这漂亮。"我说。

"那像什么？"

"也许就是这样的花吧。"

孩子仔细看自己小小肚皮上的红方块，仔细看很久，仰起脸来笑一笑承认了它的神秘："它是怎么长进去的呢？"

1 床双目微合，端坐花间。

"他在干吗？喂！你在干吗？"

"他在做梦。"

"他在练功？"

"不，他在做梦。"

1 床端坐花间，双手叠在丹田。

"今天会给他多画一个红方块吗？"

"你别信他胡说。"

"你呢？你想不想让她多给你画一个？"

"随她。"我说。

“你看那不是她来了？”

她正走上医院门前高高的白色的台阶，打了一把红色的雨伞，在铅灰色的天下。

1 床端坐花间，双手摊开在膝盖上掌心朝天。天正赐细细的风雨给人间。

每天都有一段充满盼望的时间：在呻吟着的长夜过后，我从医院的东边走到西边，穿过湿漉漉的草地和阳光和鸟叫，走进另一条幽暗的楼道，走进那个仪器林立的房间，闻着冰冷的金属味和精细的烤漆味等她。闻着过于宽阔的屋顶味和过于厚重的墙壁味，等她。室内的仪器仿佛旷古形成的石钟乳。室外的青苔厚厚地漫上窗台。

所有仪器的电镀部分中都动起一道白色的影子，我渐渐又闻到了缥缈的幽香。

她温柔的手又放在我赤裸的胸上。她鬓边的垂发不时拂过我的肩膀。我听见她细细的呼吸就像细细的风雨，细细的风雨中布进了她的体温。我不把头扭开。我看见她白皙脖颈上的一颗黑痣。我看见光洁而浑实的她的脊背，隐没在衬衫深处。隐没了我从未见过的女人的躯体，和女人的花朵……她又走开。她又回来。在我的胸上，把褪了色的红方块重新描绘得鲜艳，那才是属于我的花朵。

然后她轻声说：“去吧。”

然后她轻声问：“行吗？”

然后她轻盈而茁壮地走开，把温馨全部带走到遥远的盼望中去。我相信 1 床那老混蛋说得对，画满！把那红方块给我通身画满吧，无论出于什么样的原因。

1 床问我："你怎么没结婚？"

我说："我才二十一岁。"

1 床浑浊的眼睛便越过我，望向窗外深远的黄昏。

3 床那孩子在淡薄的夕阳中喊道："我妈跟我爸结过婚！"

1 床探身凑近我，踌躇良久，问道："尝过女人的味了没有？"

我狠狠地瞪他，但狠狠的目光渐渐软弱并且逃避。"没有。"我说。

3 床那孩子在空落的昏暗中喊道："我妈跟我爸结婚的时候还没有我呢！"

1 床不说话。

我也不说。

那孩子说："真的我不骗你们，那时候我妈还没把我生出来呢。"

1 床问我："你想看那个女人吗？"

"你少胡说！"

1 床紧盯着我，我闭上眼睛。

很久，我睁开眼睛，1 床仍紧盯着我。

我说："你别胡说。"却像是求他。

我们一齐看那孩子——月光中他已经睡熟。月光中流动着绵长的夜的花香。

我们便去看她。反正是睡不着。反正也是彻夜呻吟。我们便去看她，如月夜和花香中的两缕游魂。

1 床说他知道她的住处。

走过一幢幢房屋的睡影，走过一片片空地的梦境，走过草坡和树林和静夜的蛙声。

1 床说："你看。"

巨大的无边的夜幕之中，便有了一方绿色的灯光。灯光里响着细密柔和的水声。绿蒙蒙的玻璃上动着她沐浴的身影。幸运的水，落在她身上，在那儿起伏汇聚辗转流遍；不幸的便溅作水花化作迷雾，在她的四周飘绕流连。

1床说："要不要我给你讲些女人的事？"

"嘘——"我说。

水声停了。那方绿色的灯光灭了。卧室的门开了。卧室中唯有月光朦胧，使得那白色的身影闪闪烁烁，闪闪烁烁。便响起轻轻的钢琴曲，轻轻的并不打扰别人。她悠闲地坐到窗边，点起一支烟。小小的火光把她照亮了一会儿，她的头发还在滴水，她的周身还浮升着水气。她吹灭了火，同时吹出一缕薄烟，吹进月光去让它飘飘荡荡，她顺势慵懒地向后靠一靠，身体藏进暗中，唯留两条美丽的长腿叠在一起在暗影之外，悠悠摇摆，伴那琴声的节拍。

1床说："你不会像我，你还能活。"

"嘘——"我说。

她抽完了那支烟。她站起来。月亮此刻分外清明。清明之中她抱住双肩低头默立良久，清明之光把她周身的欲望勾画得流畅鲜明。钢琴声换成一段舞曲。令人难以觉察地，她的身体缓缓旋转，旋转进幽暗，又旋转进清明，旋转进幽暗再旋转进清明，幽暗与清明之间她的长发铺开荡散她的胸腹收展屈伸，两臂张扬起落，双腿慢步轻移，她浑身轻灵而紧实的肌肤飘然滚动，柔韧无声。

1床说："你不会死，你才二十一岁。"

"嘘——"我说。

她转进幽暗，很久没有出来。月光中只有平静的琴声。

她在哪儿？在做什么？她跳累了。她喘息着扑倒在地上，像一匹跑累了的马儿在那儿歇息，在那儿打滚儿，在那儿任意扭动漂亮的身躯，把脸紧贴在地面闭上眼睛畅快地长吁，让野性在全身纵情动荡，淋漓的汗水缀在每一个毛孔，心就可以快乐地嘶鸣……

她从暗影中走出来，已经穿戴齐整，端庄而且华贵而且步态雍容。她捧了一盆花，走到窗前，把花端放在窗台。她后退几步远远地端详，又走近来抚弄花的枝叶，便似有缥缈的幽香袭来。然后，窗帘在花的后面徐徐展开，将她隐没，只留花在玻璃和窗帘之间，只留满窗月色的空幻。

1床说："我给你讲一个谜语。你不会死你还年轻，听我给你讲一个谜语。"

一个已经没人知道了的谜语。没人知道它的谜面，也没人知道它的谜底。它的谜面就是它的谜底。你要是自己猜不到，谁也没法告诉你。你要是猜到了，你就会明白你还没有猜到你还得猜下去。

我躺在冰冷的仪器下面等她，她没有来。我们去看她，她的窗户关着，窗帘拉得很严。那盆花在玻璃和窗帘之间，绿绿的叶子长得挺拔。

1床又给3床的孩子讲那个谜语。

"那到底是个什么样的谜语呀？"孩子问。

"啾，这一样是个谜语。"

我闻着医院里所特有的那种味道，等她，她还是没来。去看她，窗户关着窗帘还是拉得很严。那盆花在玻璃和窗帘之间，在太阳下，冒出了花蕾。

1床用另一个谜语提醒3床的孩子。

"就在眼前可是看不见的，你说是什么？"

“是什么？”

“眼睫毛。”

她一直没来。她的窗户一直关着。她的窗帘一直拉得很严。玻璃和窗帘之间已绽开鲜红的花朵，鲜红如血一样凄艳。

那孩子一直在猜那个谜语。

“你敢说那不是你瞎编的吗？”

“啾，当然。传说那是所有的谜语中最真实的一个谜语。”

有一天我们去看她，她的住处四周嗡嗡嘤嘤挤满了围观的人群。

据说她在死前洗了澡，洗了很久，洗得非常仔细。据说她在死前吸了一支烟，听了一会儿音乐，还独自跳了一会儿舞。然后她认真地梳妆打扮。然后她坐到窗边的藤椅中去，吃了一些致命的药物。据最先发现她已经死去的人说，她穿戴得高雅而且华贵，她的神态端庄而且安详，她坐在藤椅中的姿势慵懒而且茁壮。

她什么遗言也没留下。

她房间里的一切都与往日一样。

只是窗台上有一盆花，有一根质地松软的粗绳一头浸在装满清水的盆里另一头埋进那盆花下的土中。水盆的位置比花盆的位置略高，水通过粗绳一点点洇散到花盆中去，花便在阳光下生长盛开，流溢着缥缈的幽香。

/ D + X /

我常有些古怪之念。譬如我现在坐在桌前要写这篇小说，先就抽着烟散散漫漫呆想了好久：触动我使我要写这篇小说的那一对少年，此时此刻在哪儿呢？还有那个上了些年纪的男人，那个年轻的母亲和她的小姑娘，他们正在干什么？年轻的母亲也许正在织一件毛衣（夏天就快要过去了），她的小姑娘正在和煦的阳光里乖乖地唱歌；上了年纪的那个男人也许在喝酒，和别人或者只是自己；那一对少年呢？可能正经历着初次的接吻，正满怀真诚以心相许，但也可能早已互相不感兴趣了。什么都是可能的。什么都不确定。唯一可以确定的是，就在我写下这一行字的同时，他们也在这天底下活着，在这宇宙中的这颗星球上做着他们自己的事情。就在我写下这一行字的时候，在太平洋底的某一处黑暗的珊瑚丛中，正有一条大鱼在转目鼓腮悄然游憩；在非洲的原野上，正有一头饥肠辘辘的狮子在焦灼窥伺角马群的动静；在天上飞着一只鸟，在天上绝不止正飞着一只鸟；在某一片不毛之地的土层下，有一具奇异动物的化石已经默默地等待了多少万年，等待着向人类解释人类进化的疑案；而在某一个繁华喧嚣城市的深处，正有一件将要震撼世界的阴谋在悄悄进行；而在穷乡僻壤，有一个必将载入史册的人物正在他母亲的子宫中形成。就在我写下这一行字的时候，有一个人死了，有一个人恰恰出生。

那天我坐在一座古园里的一棵老树下，也在做这类胡思乱想：在这棵老树刚刚破土而出的时候，我的爷爷的爷爷的爷爷的爷爷是不是刚好走过这里呢？或者他正在哪儿做什么呢？当时的一切都是注定几百年后我坐在这儿胡思乱想的缘由吧？我这样想着的时候，落日苍茫而沉寂的光辉从远处细密的树林间铺展过来，铺展过古殿辉煌落寞的殿顶，铺展过开阔的草地和草地上正在开花的树木，铺展到老树和我这里，把我们的影子放倒在一大片散落的断石残阶上面，再铺开去，直到古园荒草蓬生的东墙。这时我看见老树另一边的路面上有两条影子正一跃一跃地长大，顺那影子望去，光芒里走着一男一女两个少年。我听见他们的嗓音便知道他们既不再是孩子了也还不是大人。说他是小伙子似乎他还不十分够，只好称他是少年。另一个呢，却完全是个少女了。他们一路谈着。无论少女说什么，少年总是不以为然地笑笑，总是自命不凡地说“那可不一定”，然后把书包从一边肩上潇洒地甩到另一边肩上，信心百倍地朝四周望。少女却不急不慌专心说自己的话，在少年讥嘲地笑她并且说“那可不一定”的时候，她才停下不说，她才扭过脸来看他，但不争辩，仿佛她要说那么多的话只是为了给对方去否定，让他去把她驳倒，她心甘情愿。他们好像是在谈人活着到底是为什么，这让我对他们小小的年纪感到尊敬，使我恍惚觉得世界不过是在重复。

“嘿，那儿！”少年说。

他指的是离老树不远的一条石凳。他们快步走过去，活活泼泼地说笑着在石凳上坐下。准是在这时他们才发现了老树的阴影里还有一个人，因为他们一下子都不言语了，显得拘谨起来，并且暗暗拉开些距离。少女看一看天，又低头弄一弄自己的书包。少年强作坦然地东张西望，但碰到了我的目光却慌忙躲开。一时老树周围的太阳和太阳里的一对少年，都很遥远都很安静，使我感到我已是老人。我后悔不该去碰那样的目光，他们分明还在为自己的年幼而胆怯而羞愧。我只是欣喜于他们那活活泼泼的样子，想在那儿找寻永远不再属于我了的美妙岁月；无论是他的幼稚的骄狂，还是她的盲目的崇拜，都是出于彻底的纯情。这时少女说：“我确实觉得物理太难了。”少年说：“什么？噢，我倒不。”过了一会儿少女又说：“我还是喜欢历史。”少年说：“噢，历史。”不不，这不是他们刚才的话题，这绝不是他们跑到这儿来想要说的，这样的话在一定程度上是说给我听的。我懂。我也有过这样的年龄。他们准是刚刚放学，还没有回家，准是瞒过了老师和家长和别的同学，准是找了一个诸如谈学习谈班上工作之类的借口，以此来掩盖心里日趋动荡的愿望，无意中施展着他们小小的诡计。我想我是不是应该走开。我想我是不是漫不经心地转过身去，表示我对他们的谈话丝毫不感兴趣最好。这时候少年说："嗬，这儿可真晒。"少女说："是你说的这儿。"少年说："我没想到这儿这么晒。"少女说："我去哪儿都行。"我想我还是得走开，这初春的太阳怎么会晒呢？我在心里笑笑，起身离去，我听见在这一刻他们那边一点儿声音都没有。我猜想他们一定也是装作没大在意我的离去，但一定也是庆幸地注意听我离去的脚步声。没问题，也是。世界在重复。

太阳更低垂了些，给你的感觉是它在很远的地方与海面相碰发出的声音一直传到这里，传到这里只剩下颤动的余音；或许那竟是在远古敲响的锣鼓，传到今天仍震震不息。

世界千万年来只是在重复，在人的面前和心里重演。譬如，人活着到底是为什么？人应该怎么活，人怎么活才好？这便是千万年来一直在重复的问题。有人说：你这么问可真蠢真令人厌倦，这问不清楚你也没必要这么问，你想怎么活就去怎么活好了。就算他说的对，就算是这样我也知道：他是这么问过了的，他如果没这么问过他就不会这么回答，他一刻不这么问他就一刻不能这么回答。

我走过沉静的古殿，我就想，在这古殿乒乒乓乓开始建造的时候，必也有夕阳淡淡地照耀着的一刻，只是那些健壮的工匠全都不存在了，那时候这天下地上数不清的人，现在一个都没有了。自从我见到那一对少年，我就知道我已经老了。我在这古园里慢慢地走，再没有什么要着急的事了，稀奇古怪的念头便潮水似的一层层涌来，只不过是毫无用处的乐趣。也可以说是休息，是我给我自己这忙忙碌碌的一生的一点儿酬劳。一点儿酬劳而已。我走过草地，我想，这儿总不能永远是这样的草地吧，那么在总要到来的那一天这儿究竟要发生什么事呢？我在开花的树木旁伫立片刻，我想，哪朵花结出的种子会成为我的孙子的孙子的孙子的孙子的面前的一棵大树呢？我走在断石残阶之间，这些石头曾经在哪一处山脚下沉睡过？它们在被搬运到这儿来的一路上都经历过什么？再譬如那一对少年，六十年后他们又在哪儿？或者各自在哪儿呢？万事万物，你若预测它的未来你就会说它有无数种可能，可你若回过头去看它的以往你就会知道其实只有一条命定之路。

这命定之路包括我现在坐在这儿，窗里窗外满是阳光，我要写这篇叫作小说的东西；包括在那座古园那个下午，那对少年与我相遇了一次，并且还要相遇一次；包括我在遇见他们之后觉得自己已是一个老人；包括就在那时，就在太平洋底的一条大鱼沉睡之时，非洲原野上一头狮子逍遥漫步之时，一些精子和一些卵子正在结合之时，某个天体正在坍塌或正在爆炸之时，我们未来的路已经安顿停当；还包括，在这样的命定之路上人究竟能得到什么——这谁也无法告诉谁，谁都一样，命定得靠自己几十年的经历去识破这件事。

我在那古园的小路上走，又和少年少女相遇。我听见有人说："你不知道那是古树不许攀登吗？"又一个声音嗫嚅着嘴犟："不知道。"我回身去看，训斥者是个骑着自行车的上了些年纪的男人，被训斥的便是那个少年。少女走在少年身后。上了些年纪的男人板着面孔："什么你说？再说不知道！没看见树边立的牌子吗？"少年还要说，少女偷偷拽拽他的衣裳，两个人便跟在那男人的车边默默地走。少女见有人回头看他们，羞赧地低头又去弄一弄书包。少年还是强作镇定不肯显出屈服，但表情难免尴尬，目光不敢在任何一个路人脸上停留。

世界重演如旭日与夕阳一般。

就像一个老演员去剧团领他的退休金时，看见年轻人又在演他年轻时演过的戏剧。

我知道少女担心的是什么，就好像我记得她曾经跟我说过：她真怕事情一旦闹大，她所苦心设计的小小阴谋就要败露。我也知道少年的心情要更复杂一点儿，就好像我曾经是他而他现在是我：他怎么能当着他平生的第一个少女显得这么弱小，这么无能，这么丢人地被另一个男人训斥！他准是要在她面前显摆显摆攀那老树的本领，他准是吹过牛了，他准是在少女热切的怂恿的眼色下吹过天大的牛皮了，谁料，却结果弄成现在这副狼狈的模样。

我停一停把他们让到前面。我不远不近地跟在他们身后走。我有点儿兔死狐悲似的。我想必要的时候得为这一对小情人说句话，我现在老了我现在可以做这件事了，世界没有必要一模一样地重复，在需要我的时候我要过去提醒那个骑车的男人（我想他大概是古园的管理人）：喂，想想你自己的少年时光吧，难道你没看出这两个孩子正处在什么样的年龄？他们需要羡慕也需要炫耀，他们没必要总去注意你立的那块臭牌子！

我没猜错。过了一会儿，少女紧走几步走到少年前边走到那个男人面前，说："罚多少钱吧？"她低头不看那个男人，飞快地摸出自己寒碜的钱夹。

"走，跟我走一趟，"那个男人说，"看看你们到底知不知道自己是哪个学校的。"

我没有猜错。少年蹿上去把少女推开，样子很凶，把她推得远远的，然后自己朝那个男人更靠近些，并且瞪着那个男人并且忍耐着，那样子完全像一头视死如归的公鹿。年轻的公鹿面对危险要把母鹿藏在身后。我看见那个男人的眼神略略有些变化。他们僵持了一会儿，谁也没说话，然后继续往前走。

我还是跟在他们身后。如果那个男人仅仅是要罚一点儿钱我也就不说什么，否则我就要跟他谈谈，我想我可以提醒他想些事情，也许我愿意请他喝一顿酒，边喝酒边跟他谈谈：两颗初恋的稚嫩的心是不能这么随便去磕碰的，你懂吗？任何一个人在恋爱的时候都比你那棵老树重要一千倍你懂吗？你知不知道你和我是怎么老了的？

三个人在我前面一味地走下去。阳光已经淡得不易为人觉察。这古园着实很大，天色晚了游人便更稀少。三个人，加上我是四个，呈一行走，依次是：那个上了些年纪的骑车的男人、少年、少女和我。可能我命定是个乖僻的人，常气喘吁吁地做些傻事。气喘吁吁地做些傻事，还有胡思乱想。

渐渐地，我发现骑车的男人和少年之间的距离越拉越大了。我一下子没看出这是怎么回事。只见那距离在继续拉大着，那个男人只顾自己往前走，完全不去注意和那少年之间的距离。我心想这样他不怕他们乘机跑掉吗？但我立刻就醒悟了，这正是那个男人的用意。噢，好极了！我决定什么时候一定要请这家伙喝顿酒了。他是在对少年少女这样说呢：要跑你们就快跑吧，我不追，肯定不追，就当没这么回事算啦，不信你们看呀我离你们有多远了呀，你们要跑，就算我想追也追不上了呀——我直想跑过去谢谢他，为了世界在这个节骨眼上没有重演。我心里轻松了一下，热了一下，有什么东西从头到脚流动了一下。其实于我何干呢？我的往事并不能有所改变。

但少年没跑。他比我当年干得漂亮。他还在紧紧跟随那男人。我老了我已经懂了：要在平时他没准儿可以跑，但现在不行，他不能让少女对他失望，不能让那个训斥过他的男人当着少女的面看不起他，自从你们两个一同来到这儿你就不再是一个人了你就不再是一个孩子，你可以胆怯你当然会胆怯，但你不该跑掉。现在的这个少年没有跑掉，他本来是有机会跑的但他没有跑，他比我幸运。他紧紧跟着那个男人。现在我老了我一眼就能看得明白：他并非那么情愿紧跟那个男人，他是想快快把少女甩得远远的甩在安全的地方，让她与这事无关。这样，他与少女之间的距离也在渐渐拉大。

少女慢慢地走着，仿佛路途茫茫。她心里害怕。她心里无比沮丧。她在后悔不该用了那样的眼色去怂恿少年。她在不抱希望地祈祷着平安。她在想事情败露之后，像她这样小小的年龄应该编一套什么样的谎话，她心乱如麻，她想不出来，便越想越怕。

当年的事情败露之后，我的爷爷问我："你为什么要跑掉？"他使劲冲我喊："你为什么要跑掉！"我没料到他不说我别的，只是说我："你为什么跑掉！"他不说别的，以后也没说过别的。

我跟在少女身后，保持着使她不易察觉的距离。我忽然想到：当年，是否也有一个老人跟在我们身后呢？我竟回身去看了看。当然没有，有也已经没有了。我可能真是乖僻，但愿不是有什么毛病。

少女也没有跑掉。她一直默默地跟随。有两次少年停下来等她，跟她匆匆说几句话又跟她拉开距离。他一定是跟她说："你别跟着你快回家吧，我一个人去。"她呢？她一定是说："不。"她说："不。"她只是说："不。"然后默默地跟随。在那一刻，我感到他们正在变成真正的男人和女人。

那个上了些年纪的男人最后进了一间小屋。过了一会儿，少年走到小屋前，犹豫片刻也走进去。又过了一会儿少女也到了那里，她推了推门没有推开，她敲了敲门，门还是不开，她站在门外听了一会儿，然后就在门前的台阶上坐下。她坐下去的样子显得沉着。这一路上她大概已经想好了，已经豁出去了，因而反倒泰然了不再害什么怕，也不去费心编什么谎话了。她把书包抱在怀里，静静地坐着，累了便双手托腮。天色迅速暗下去了。少女要等少年出来。

我也坐下，在不惊动少女的地方。我走得腰酸腿疼。我一辈子都在做这样费力而无用的事情。我本来是不想看到重演，现在没有重演，我却又有点儿悲哀似的，有点儿孤独。

当年吓得跑散了的那一对少年这会儿在哪儿呢？有一个正在这儿写一种叫作小说的东西。另一个呢？音信皆无。自从当年跑散了就音信皆无。

我实在是走累了。我靠在身旁的路灯杆上想闭一会儿眼睛。世界没有重演，世界不会重演，至少那个骑车的男人没有重演，那一对少年也没有重演他们谁也没有抛下谁跑掉。这真好，这让我高兴，这就够了，这是我给我自己这气喘吁吁的一个下午的一点儿酬劳。那对少年不知道，他们永远不会知道，正像我也不知道当年是否也有一个乖僻的老人跟在我们身后。大概人只可以在心里为自己获得一点儿酬劳，大概就心可以获得的酬劳而言，一切都是重演，永远都是重演。我老了，在与死之间还有一段不知多长的路。大鱼还在游动，狮子还在散步，有一颗星星已经衰老，有一颗星星刚刚诞生，就在此时此刻，一切都已安顿停当。但在这剩下的命定之路上能获得什么，仍是个问题，你一刻不问便一刻得不到酬劳。

我睁开眼睛，路灯已经亮了，有个小姑娘站在我面前。她认真地看着我。看样子她有三岁，怀里抱着个大皮球。她不出声也不动，光是盯着我看，大概是要把我看个仔细，想个明白。

“你是谁呀？”我问。

她说：“你呢？”

这时候她的母亲喊她：“皮球找到了吗？快回来吧，该回家啦！”

小姑娘便向她母亲那边跑去。

/Y + X/

Y＝50 亿个人＝50 亿个位置

Y＝50 亿个人＝50 亿条命定之路

Y＝50 亿个人＝50 亿种观察系统或角度

“测不准原理”的意思是：实际上同时具有精确位置和精确速度的概念在自然界是没有意义的。人们说一辆汽车的位置和速度容易同时测出，是因为对于通常客体，这一原理所指的测不准性太小而观察不到。

“并协原理”的意思是：光和电子的性状有时类似波，有时类似粒子，这取决于观察手段。也就是说它们具有波粒二象性，但不能同时观察波和粒子两方面。可是从各种观察取得的证据不能纳入单一图景，只能认为是互相补充构成现象的总体。

“嵌入观点”得出这样的结论：我们是嵌入在我们所描述的自然之中的。说世界独立于我们之外而孤立地存在着这一观点，已不再真实了。在某种奇特的意义上，宇宙本是一个观察者参与着的宇宙。

现代西方宇宙学的“人择原理”，和古代东方神秘主义的“万象唯识”，好像是在说着同一件事：客体并不是由主体生成的，但客体也并不是脱离主体而孤立存在的。

那么人呢？那么人呢？他既有一个粒子样的位置，又有一条波样的命定之路，他又是他自己的观察者。在这样的情况下要猜破那个谜语至少是很困难的。那个谜语有三个特点：

一、谜面一出，谜底即现。

二、已猜不破，无人可为其破。

三、一俟猜破，必恍然知其未破。

（此谜之难，难如写小说。我现在愈发不知写小说应该有什么规矩了。好不容易忍到读完了以上文字的读者，不必非把它当作小说不可，就像有些人建议的那样——把它当作一份读物算了。大家都轻松。）

一九八八年

钟声

B还不到一岁的那年，父母就离开了这块大陆，连爷爷也不知道他们最终去了哪儿。当时爷爷说，你们得给我留条根。那时爷爷已经看出这绝不是通常的分别，所以坚持要他们给他留下一个孙子。爷爷知道除此之外都已成定局，所以从始至终只提了这一个要求。父母日夜犹豫，临走的那天早上才决定下来，把B留给爷爷。因为B的两个哥哥已经大到能够哭着喊着片刻不离他们的母亲了，而B还不到一岁，世界还没来得及给他什么具体的印象。又因为爷爷说死说活不愿离开这块土地。

这是多年之后B对我说的。

B跟着爷爷在北方农村的一个镇子上长到五岁。镇子很小，只有两条纵横交叉的街。有一条长不成鱼而只可供人们洗洗衣裳的细水，从远处悠悠流来，挨一挨镇子的边缘，便又流走到很远去了。两条街上，杂货店、小饭馆、肉铺、粉房、豆腐房、铁匠铺、车马大店等等各有一家。杂货店里有两架挂钟，弄不清是哪代开明或是糊涂的掌柜进的货，从无买主问津；一架已经坏了，另一架就为镇上的人提供了一个观赏和赞叹的机会，也给小店的生意带来了意想不到的好处。镇上没有电，没有学校，差不多没有新闻。终日不断的是粉房和豆腐房的石磨声，还有铁匠铺的打铁声。车马大店前永远站着几匹贪婪吃草的牲口。小饭馆门口则卧着一头肥硕无比的大狗，那狗自知全镇无敌，目光便不凶猛，而是流露了傲慢与昏聩，漠视并且蔑视那些四处流浪的同类。两条街的四端都伸入到不见边际的田地里去；冬天是褐色的不见边际的裸土，夏天是金黄闪耀不见边际的向日葵的花朵。小镇给B印象最深的就是那些向日葵，成百上千万素朴又肆无忌惮的花朵铺天盖地，天气晴朗时一派灿烂辉煌把小镇映照得愉快、安谧。遇到坏天气，所有的花朵一齐骚动癫狂起来，漫山遍野涌荡喧嚣，令种植它们的人也头晕目眩魄动心惊，整个镇子都随之惶惶然无所适从一般。

这都是多年以后B给我讲的，像是在讲述一个年代久远的传说。他说："你哪年出生？"我告诉他："五一年。"他说："让我想。哦，这么说我第一次跟爷爷收获向日葵的时候，你可能刚刚出生，也可能你还没出生呢。"他说，当那些向日葵一棵一棵成片成片地被砍倒时，他忽然大哭不止。"为什么？""不知道。"他说，"生命中本来有很多神秘的事。"

五岁的那年夏天，爷爷对B说：我带你到城市去。到县城去？不，可比县城大多了，也比县城远多了。爷爷给B和自己都带了几件换洗的衣裳，用一把老铜锁锁了门，爷孙俩便出了镇子，走在森林一样的向日葵地里了。干吗要到那儿去？去念书，你该念书了，你到了得念书的年龄了。向日葵的叶子大如蒲扇，层层叠叠，圈拢起燠热而沉重的葵花香，蚂蚱醉醺醺地趴在葵杆上昏睡，蝈蝈则到处发着梦呓。在那条细水穿流的地方，偶尔生出几丝风来，蛇一样分头钻进葵林，闹鬼似的嬉戏游逛，郁郁寡欢的花香便被惊扰得四处流窜满天漂泊一阵，干枯的花蕊借机脱离花盘，细密如雨，灌进B的衣领。我父母是不是在那儿？不，不在，他们没在那儿。他们在哪儿？爷爷从来没打算骗你，爷爷也不知道他们这会儿在哪儿。你跟着爷爷不好吗？可咱们到那儿去找谁？咱们就住在你姑家，还有你姑父，还有你的表妹和表弟。他们认识我？你姑和你姑父见过你，那时你生下来才几天你还不记事呢。

爷孙俩走了一个上午，还是没走出向日葵林。然后他们搭上了汽车，汽车开了一个下午，仍然随处可见盛开的向日葵花。直到第二天他们上了火车，B的注意力让火车里面的事物吸引了整整一个白天，那些向日葵才梦幻一般地消失了。当他又想起向日葵时，车窗外已是茫茫黑夜。姑知道我父母上哪儿去了吗？不，你姑也不知道。问过她了？问过了。他们是不是也坐火车走的？别再想这件事了，不再想这事了好吗？你说爷爷好不好？也许姑父会知道吧？咱们不说这事了，你该睡了，我担心这两天你要累病了呢，躺在爷爷腿上，对，睡吧。您没问问姑父？记住，以后不管谁问你，你就说，爷爷也不知道他们到哪儿去了。记住了吗？窗外夜黑如墨。在随后的梦里，B仍没能勾画出父母的模样，而是整宿都在绵延不断的凄艳的向日葵花中间徘徊。

B醒来火车已进入城市。就是我在其中出生、长大，并一直活到现在的这座城市。B的姑姑家离我家不算太远。从我家往东再往北，再往东再往北，走过大约四五条街，有一座教堂，B的姑姑家就住在那座教堂旁，在教堂东约三四十米的地方。B在那儿住了差不多七年，不过那时我们并不相识。

“但那时说不定我们迎面相遇过。”B说。很多年后B故地重游，在我家附近的一个冷饮店里，我们俩从午后一直坐到天黑。我说：“这很可能。”他说：“只不过我们不知道而已，结果我们就不把它算在内。”我说：“算在什么内？”他说：“你绝对数不清都是哪些事在对一个人的命运起作用。你不觉得生命中有很多神秘的事？”我点点头，不过说老实话我没太懂B的意思，我不知道他指的是什么。天气燥热，报纸上说已经连续九十几天没有降水了。我和B坐在冷饮店里一杯接一杯地喝着啤酒。太阳在外头隆隆作响，把路面烤变了形，树叶和纸屑被踩进黑亮刺目的沥青里去。B说：“你还记得那座教堂？”我说：“我光是听说过它。不过我记得它的钟声。”他说：“让我想。哦，你可能没见过它，你可能对那教堂还没什么印象那教堂就已经没了。”我说：“可我朦朦胧胧记得一种钟声，后来我长大了相信那肯定是一种钟声。那教堂是不是有钟声？”“要是你相信你听到的是钟声，那肯定就是它的钟声。有，它有钟声，它一天当中要敲响好几遍钟声。”“那声音缥缥缈缈，那声音至今给我一种安详的感觉。”“你不觉得那声音很神秘吗？”“你指什么？”“同样的钟声，在清晨你会觉得那就是清晨的声音，在午后你会觉得那就是午后的声音，在黄昏你又觉得那就是黄昏本身所固有的声音了。别的任何声音都不可能这样。”我慢慢去回忆那钟声，一边喝着啤酒；而我觉得那是襁褓中一梦醒来时所固有的声音，是忽然展现的一片光亮和模糊景物（屋顶、窗口、窗外的树和我老祖母慈祥的面容）所随身携带的声音，是生命之初的声音。我没有见过那座教堂。在那教堂的遗址上后来盖起了一座红色的居民大楼。我问B：“你到那教堂里去过吗？”“当然，”B说，“我姑父就是那儿的最后一任主讲牧师。”

姑父身材颀长，坐在一张很旧但是雕花的靠背椅上，坐在幽暗的排列如墙一般的书柜前面，白皙的脸和白皙的手臂又鲜明又沉寂，如同一幅悬挂于空室之中的古典派肖像。这印象的由来还在于，就在那一刻B平生第一次听见了那座教堂的钟声。那是晚祷的钟声。

当然这些是后来B才知道的，包括知道什么是古典派肖像。还包括知道，在那个斯文而和蔼的姑父的身体里面并不乏火一样的热情。

姑站着刚好同姑父坐在椅子上一样高。姑蹲下来把B搂在怀里，一边说：唉唉，那时候你生下来才一个月，那回我们去看你正是你满月的那天，那天我们去得正巧，约莫你该满月了结果正巧就是那天。今年都三岁了吧？五岁。五岁？唉，可不是么。姑的怀里非常温柔，像早秋向日葵地里的风。姑身上有种B从没闻见过的味儿，跟爷爷身上的味儿完全不同，这味儿让B有点儿羡慕和惊慌。五岁啦，爷爷说，得上学啦。爷爷的目光在姑父脸上晃了一下，又定在B身上。镇子上没有学校，县城里的学校又远又不像个样子，想了又想，幸亏还有你这么个亲姑姑，和他的亲姑父，他得上学了。于是姑就流泪：上学，当然得上学，你就住在姑姑这儿上学。那爷爷呢？爷爷也不回去了，都在这儿，咱们在一块儿，咱们是一家人。爷爷叹了口气。姑站起身，后退两步坐在爷爷身旁，像端详一幅画那样端详B：天哪可真像！鼻子以上像他妈，鼻子以下像他爸。他们还是没有消息吗？没有，一点儿音信也没有。唉唉，姑就又流泪。一时屋子里很静，那座教堂的钟声也已停歇。过了好一会儿，B忽然听见一个异常纯净圆柔的声音缓缓地说：他们本来不必走，他们根本不该走，他们真像那一对误入歧途失去了乐园的人。B没料到姑父的嗓音那么好听，以至竟在屋子里寻找了一会儿，才相信那声音确是出自幽暗中那白皙的身影。随后姑父站起来走到屋子中间，说：看看这是多么可爱的家园！姑父就像在教堂里布道那样：上帝所应许的那个乐园正在实现，一个没有人奴役人，没有人挨饿，没有贫穷，没有战争、罪恶、暴行，甚至没有仇恨和自私的乐园就要实现了。姑父神采焕发白皙的脸上泛起红光，语调抑扬顿挫就像唱歌：他把这样的乐园最先赐予了我们，上帝把全世界梦寐以求的、把全人类自古以来梦寐以求的那个人间天堂最先给了我们的祖国。姑父停顿了一会儿，激动地在屋子里来来回回地走，然后猛地站住，痛心疾首地说：我真不懂得他们为什么一定要走？他们不该走实在是不该走呀！（后来，当B在学校里学到“痛心疾首”这个词的时候，立刻想起了姑父那时的样子，于是一点儿没费劲儿就理解了这个词的含义。）但当时B只是想：姑父可能知道父母到哪儿去了。

这都是很多年以后的那个下午B跟我说的，像是说着一个流传至今的故事。他说：“那天晚上姑父越说越兴奋越说越激动，直到爷爷靠在沙发上响起了鼾声，姑也不住地打哈欠。”他说：“都说了些什么我记不住了，那时我才五岁。但肯定说的是一个乐园就要实现了什么的，他一辈子都在说这件事。”B说，只有他却一直听着，他以为姑父最后一定会说到他的父母去了哪儿。

B和爷爷住一间屋，姑和表妹、表弟住一间屋，姑父一个人住一间屋。表妹和表弟都还太小，一个才两岁，另一个还不到一岁，他们似乎整天都在睡觉。夏日漫长的白昼寂寞无比。在B的印象里那些天表妹和表弟整天都在睡觉，他趴在他们身边久久地看着等着，希望他们能醒来跟他玩一会儿。教堂的钟声一遍遍响过，孤独又惆怅。姑偶尔走来，对B说：你像他们这么大的时候也是总在睡觉。姑父有时来和B说一会儿话。他很想问问姑父他的父母到底去了哪儿，但又不敢。姑父便又给他讲关于那个乐园的事：在那儿所有的孩子都是好孩子，都非常喜欢读书。B终于问：我就是像表弟这样睡着觉的时候，我的父母没叫醒我就走了吧？姑父半天没有回答，然后摸摸B的头说：表弟表妹和你一样，都是我们的孩子，你说是吗？B发现姑父一点儿都不可怕。

不久，姑带B到一所小学校去考试。那原是一座庙。院中有两棵参天的老柏树，浓荫洒满一地。很多孩子都由父母带着来考试。姑带B走进一间教室。教室是由荒残的殿堂改造而成，门窗上镶了玻璃并且涂了绿色的油漆。B走到一个中年女人面前，姑让B管她叫老师。老师就问他：你刚从农村来吧？B很奇怪为什么老师会知道。老师又问他几岁了、叫什么名字、住在哪儿、家里都有什么人、父母叫什么名字，然后老师又问：你父母在哪儿工作？这一问B没能马上回答，但他很快想起了爷爷教他的话：爷爷也不知道他们到哪儿去了。老师好像没注意到他的回答，跟姑走到教室外面去了。B独自在那儿站了一会儿，出神地看那黑板和一排排桌椅。姑还不回来，他就去找。姑和老师站在树荫里谈话。他听见姑说：是的是的，父母在他出生后不久就都去世了。老师叹了口气：这么说，他就只有你了？姑点点头又赶紧摇头：不不，他还有爷爷，他一直跟着爷爷。这时候他们看见了B，就都不再说话。后来老师摸摸B的头，说：来吧，开学就来吧，我看你准是个聪明的孩子。

那天夜里B又梦见了向日葵。向日葵被成片成片地砍倒，素朴而灿烂的花朵散落得漫山遍野到处都是，不知是因为害怕还是悲伤，他又哭起来。爷爷被惊醒了：怎么了？做什么噩梦了吧？我梦见了向日葵。啊，向日葵，向日葵有什么好怕的？睡吧，快睡吧。爷爷，您也会死吗？爷爷好半天没有回答，然后猛地翻身坐了起来：干吗问这个？你怎么想起来问这个？死了是不是就到谁也不知道的地方去了？死了是不是就再也回不来了？黑暗中，爷爷一声不吭一动不动。他们是什么时候死的，您干吗不告诉我？那个老师很有眼力，B是个过于聪明的孩子。姑走了进来。我父母是不是死了，爷爷您干吗不说话？爷爷开了灯，愣愣地看着姑。姑父也来了。姑，是不是我父母在我生下来不久就死了？姑看看爷爷，爷爷低着头谁也不看也不说话。姑又看姑父，姑父没好气地说：我早说过，简直是多此一举。姑瞪了姑父一眼，走过来坐在B身边：爷爷没告诉你是因为你还太小。姑只说了这一句就又流起泪来。他们是怎么死的？病，姑说。他们一下子都得了病？姑的眼泪甚至也惊呆了流不动了。全家人不知所措地看着这个五岁的孩子。有一年所有的向日葵就一下子都病了，都死了，是不是爷爷？姑推了一下爷爷，爷爷像得了救似的：是，是，可不是吗，是。姑把B搂在怀里，什么也不说，很久很久，光是流泪光是一个劲儿叹气。姑父气哼哼地在屋里来回踱步，说：我不懂有什么必要这样。姑说：你出去。姑说：你快出去。姑对姑父说：你快走吧，这件事不能听你的。姑父一甩手走了出去。好了睡吧，姑说。这时教堂的晨钟响了。姑说，再睡一会儿吧。

“他们还是把我低估了。”B说。“五岁已经能从别人的神态中感觉出些问题了，我看出姑父是说不了谎的人。”他说。我们喝着啤酒，那天下午真是热极了，没有风，大约短时期内仍然下不了雨。B说：“我注意到了姑父说的话。我想我的父母可能没死，我以为爷爷骗我只是为了不让我再说这件事。”他说：“我就不再说这件事。但我想什么时候我一定得问问姑父。”

有一天B瞒着爷爷和姑姑独自去找姑父。他寻着钟声走，走进了一座很大很大的园子。推开沉重的铁栅栏门，是一片小树林，阳光星星点点在一条石子小路上跳耀。钟声停了，四处静悄悄，B听见自己孤单的脚步，随后又听见了轻缓如自己脚步一般的风琴声。矮的也许是丁香和连翘，早已谢了花。高的后来B知道那是枫树，叶子正红，默默地仿佛心甘情愿燃烧。他朝那琴声走，琴声中又加进了悠然清朗的歌唱。出了小树林，B看见了那座教堂。它很小，有一个很高的尖顶和几间爬满了斑斓叶子的矮房；周围环绕着大片大片开放着野花的草地。琴声和歌声就是从那矮房中散漫出来，荡漾在草地上又飘流进枫林中。教堂尖顶的影子从草地上向B伸来，像一座桥，像一条空灵的路。教堂的门开着，一个白发老人问他：你找什么，孩子？B不吭声。等到歌声停了，等到琴声也停了，B听见了姑父的声音，他没有看见姑父但他听见了那纯净圆柔的声音，那声音不是谁都能有的。姑父说要退出教会。姑父说要放弃圣职。姑父说他的信仰已无可挽回地改变：我们为什么要向这虚幻的天空呼吁？我们为什么要相信并感恩于那并不存在的上帝？我们千百年来祈望于他的他都置若罔闻。B循声走进正堂，躲在一个老太太背后。姑父站在讲台上，比那天晚上还要激动：现在，并不靠上帝的垂怜和恩赐，一个实实在在的乐园就要建成了！一个没有贫富贵贱之分的社会已经到来，所有的人都将丰衣足食，大家都是兄弟姐妹，我们千百年来的梦想已经实现！姑父低头沉思片刻，和蔼的微笑又回到他脸上：让那个无用的上帝安息吧。然后他走下讲台，穿过走廊，走出鸦雀无声的教堂。B看见他迈着长腿大义凛然地走在落日映照的草地上，看见那鲜明而沉寂的身影最后消失在火红的枫林中。（后来在学校，老师让B用“大义凛然”这个词造句时B便写道：那天我看见姑父大义凛然地走出了教堂。）

这些都是B亲口对我说的，在那个下午。而我当时总感觉是在听一个过于古老的传说。

那天B没找到机会向姑父问问自己的事。以后很多天他都没找到这样的机会。姑父总是很忙，白天不在家，晚上又有很多人来找他翻来覆去地摆弄一堆图纸。那些图纸有些是姑父画的，姑说他上大学时就是学的建筑，姑说他本来就不该改行。

有一天夜里，B又梦见了向日葵，梦见那些金黄的花朵像灿烂的液体一般，顺着岩石的缝隙洇开，顺着土地的裂纹洇开，顺着山峦间的沟壑和平原上的河谷洇开，就像正午的太阳融化着一切阴影，很快到处都是一派耀眼的辉煌了；从始至终便有一支迷迷欲醉的歌曲在花间游荡。B醒了。他看见姑父的书房里仍亮着灯并且听见姑父在轻声地哼唱。他没有惊动爷爷，便下床走到姑父的书房去。姑父喝着茶，闭目坐在那张很旧但是雕花的靠背椅上，面带微笑哼着一支令人睡意全光的歌；书桌上仍堆满了图纸。姑父的嗓音仍是那么圆润清朗与众不同。您画的这是什么呀？哦嗬，你问这个？这是一座大楼。这是一座真正的乐园。就是您常说的那个？差不多就是。姑父抽出一张最大的图纸，桌上铺不开就铺在地上。姑父好像把时间记错了，好像这不是深夜，好像他正盼着有人来听他讲讲关于这些图纸的事。你看，要有上万的人住在这楼里。你看这是公共食堂，这是公共浴室，这是公共娱乐厅和阅览室，这是公共电话间。那夜姑父的谈兴很高。什么是“公共”？噢，公共就是大家，公共的就是大家的。是我的么？不，不分你我；公共的财产不属于任何一个人但是属于所有的人。这座楼？对，这座楼里的一切都不分你我，都是大家的。您知道我父母到哪儿去了么？姑父被这突如其来的问题弄愣了，看看B又看看那张图纸，好像那图纸中有一个灾难性的错误让这孩子给看出来了。B一直望着姑父的眼睛等着回答。姑父走开，又走回来，B还望着他的眼睛。姑父再走开再走回来，B仍然望着他的眼睛。姑父在B跟前蹲下，不看他，光看着那张图纸。听我说，你听我跟你说，你要相信我你就别害怕也别难过，在那个我给你讲过的乐园里，连所有的孩子也都是大家的孩子，连所有的父母也都是大家的父母，所有的欢乐和困难都是大家的欢乐和困难。你听我说，所有的人都尽自己的能力工作，不计较报酬，钱已经没用了，谁需要什么自己去拿好了。你听我说，在那儿所有的孩子都是兄弟姐妹，所有的人都是兄弟姐妹，你要是信得过我你就别担心，那个乐园马上就要实现了，所有的人都是一家人，劳动之余大家就在一起尽情欢乐……多年以后B才想到，那天夜里姑父可能喝的不是茶而是酒。姑父可能就是从那时开始喝酒的。

“你姑父说的就是那座红色的居民大楼吧？”“对。不过那时候还只是一张图纸。”“就是后来在那教堂的遗址上盖起来的那座？”“就是那座。”“怎么，它是你姑父设计的？”“不完全是。但有他一份。不过现在没人承认这个。”

我记得几十年前当听说要盖那座大楼的时候，我家那一带的人们是多么激动。差不多整整一个夏天，人们聚在院子里，聚在大门前，聚在街口的老树下，兴致勃勃地谈论的都是关于那座大楼的事。年轻人给老人们讲，男人们给女人们讲，女人们就给孩子们讲，都讲的是关于那座神奇而美妙的大楼里的事，所讲的和B的姑父讲的大致相同。人们兴奋得寝食难安，嗓子沙哑了眼睛里也都有血丝，一有空闲就到街口的老树下去站着，朝那座大楼将要耸起的方向眺望；从白天到晚上，从日落到天黑，到工地上空光芒万丈把月亮也逼得暗淡下去，那老树下一直人群不断，人声和远处塔吊的轰鸣声片刻不息。我的祖母很高兴，她相信谢天谢地从此不用再围着锅台转了。我也很高兴，因为在那样一座大楼里，孩子们的游戏队伍将无可怀疑地得到壮大。我不知道别人都是为什么而兴奋而激动。但后来又有消息说，那座大楼再大也容不下所有的人，我家所在的那一带的人们并不能住进这座大楼。失望的人们就跑到工地上去看去问，便看出那楼确实容不下所有的人，但又听说像这样的大楼将要永远不断地盖下去直到所有的人都住上，人们这才又充满着希望回来。我跟着祖母也到那工地上去过，但这是后来听我的祖母说的，我自己却没有一点儿印象，这事很怪。

“你也不记得那儿有很多向日葵吗？”“不记得，但这事我听人家说过。”“怎么说？”“据说有天夜里，在一场大暴雨中那教堂倒塌了，之后在它周围就莫名其妙地长出了许多许多向日葵，长得满园子里都是，长得茂盛无比密不透风。”B笑笑：“你说那教堂是因为下雨才倒塌的？”“我不知道。所有的人都这么说。”B再喝光一杯啤酒，然后漫不经意地说：“在下那场雨之前只有我一个人在那园子里。你信吗？是随着那教堂轰隆一声塌下来才开始下起大雨的。”

是B亲口跟我这么说的；这是迄今为止我所听到的，关于那座教堂倒塌之因的唯一的不同说法。我只想说明这一点，并不想判断谁是谁非。况且，那天下午B是不是也把酒喝得过分了，我没有把握。或许是我们俩都多喝了一点儿。我有时候不是很清楚他确凿是在讲着关于谁的故事。那只是一个传说罢了，我想。至于是在那传说之后有了我们有了那个下午我们的喝酒和谈话，还是在我们喝酒谈话之中才有了那个传说，我不敢贸然确定。总之，你一旦出生你就进入了一个传说。

姑父退出教会的第二年冬天，教堂就关闭了。园门紧锁，除了黎明和黄昏时分一群群乌鸦在那儿聒噪着起落，园内终日一无声息。B不仅聪明而且胆大，他能够轻而易举地翻过园墙，独自到园中游逛。雪地上除了乌鸦和麻雀的脚印就是B的脚印。有一天，他弄开一扇窗户钻进教堂，教堂里霉味儿扑鼻，成群的老鼠吱吱叽叽地四散而逃把厚而平坦的灰尘糟蹋得一片狼藉。他爬上钟楼，用木棍敲响锈蚀斑斑的大钟。可惜他的力气还太小。但那微弱的仿佛是风吹响的钟声竟出人意外地温存而忧哀，在空旷的雪地上回旋，在寒冷的阳光里弥漫，飘摇溶解进深远巨大的天空。B已经确信他的父母并没死，他们不过是在很远的地方罢了，但他不懂他们为什么不能回来。B便常常在这种心境袭来之际偷偷到那教堂里去，让钟声按着他的愿望响起来。这件事在附近的居民中引起大大的疑惑，不久便有了很多令人毛骨悚然的谣言到处流传。冬天的末尾来了一群人，把那大钟卸下来装上汽车运走了；据说是为了炼钢铁。B像失去了一位朋友那样难过，很久不再到那园中去。然而令人心神不安的谣言却并不停止反而加剧，而且在春风呼啸的某个夜晚，所有的人都听见从那教堂里发出了像是喘息像是咳嗽像是刀砍斧劈的声音。那声音响得日甚一日，附近的居民便以此吓唬不听话的孩子，吓唬深夜不安心睡觉的孩子。B也很害怕，因为那奇怪的声音确凿无疑。爷爷，那是什么响？甭怕，那是风刮得门窗响。爷爷，那不像是门窗响了那是什么响？那是房檐下的木椽让风刮得响，是老树枝子让风刮得响。爷爷你听你再听，今天比哪天都响得厉害。睡吧这不关你的事，那是老鼠在打架在啃得房梁响。B终于忍不住了要自己去看看。春风和煦的傍晚他又翻墙跳进了园中。教堂尖顶的影子依然向他伸来，像一座桥，像一条荒凉的路。他看见教堂的所有门窗都不翼而飞。他看见它檐下的木椽和梁柱也残损不全。他看见它的桌椅和地板荡然无存，角落里只有几堆风干的粪便。教堂里空空如也，夕阳的黄光中唯有灰尘缓缓地飘浮；他试着喊了两声，回音震落了墙上一块灰皮。一只早来的蜘蛛仓皇而走，又停下来听一阵看一阵，终于再度落荒而逃。

“怎么回事？”“喔，你知道那都是很好的木料。”“那么那些向日葵又是怎么回事呢？你并没说那些向日葵。”“那是个谜。不过我想那肯定是我爷爷种的。如果那是人种的就肯定是我爷爷种的。”“他没告诉你？”“没。就像他到底也没说我的父母去了哪儿。”

一九八九年九月五日

别人

失恋的日子，与平常的日子，没有多少不同。区别也许仅仅在于：它正途经我，尚未到达你。

推开窗。雨，密密匝匝地在树上响作一团。雨必定是一滴一滴地敲响树叶，正如时间一秒一秒地到达。但每一秒，和每一滴雨，都抓不住，雨或者时间响作一团连绵不断。未来总战胜现在，以及现在总败于过去。烟在肺里停留一会儿，在嘴里经过，缓缓飘向雨中，消失。一切无非如此。

雨和烟那样的日子比比皆是，只不过没有一个具体的失恋作为标志。

那标志，必定是在某一滴雨敲响某一片树叶时到达我的，这符合逻辑。我有时想，要是我能阻止那一滴雨敲响那一片树叶，失恋会不会就绕过我，也许就永远放弃了我呢？我知道这不合逻辑。

那标志，可能是一封信："我想我必须告诉你，我已经爱上了别人。"也可能是一个电话："无论如何我总是得告诉你，我已经爱上了，别人。"也可能是面对面，酒杯与酒杯轻轻地相碰之后，那一滴雨敲响了那一片树叶:“我不想骗你也不想骗我自己我已经爱上了别人,不,不为什么,这既是原因也是结果。”但也可能是其他,不必认真于具体方式。可能就这样,也可能是那样,其他的方式。比如别人转达的一个口信:“她已经爱上了别人。”总之,每一个字都很平常。每一个字都早已存在,当某一滴雨敲响某一片树叶之时它们连成了一个意思响作一团。每一个字所具有的声音都不陌生,现在它们以一种不曾有过的次序到达了我,响作一团连绵不断。

电视里正播放一场跳水比赛。十米跳台,背景是炽烈的阳光下的一座城市,浩如烟海的屋顶,层峦叠嶂般的楼群。年轻纤秀的女跳水者,胸部和臀部都还没长大,走上高高的跳台,每一步送掉一段光阴。背景中,阳光飞扬得到处都是,红色的屋顶上,橘黄色和白色的楼墙上,树上,花花绿绿的遮阳棚上,各种颜色都被点燃了似的,烁烁刺目。一排排一摞摞密密麻麻的窗口张开在那儿一动不动一声不响,真假难辨。为什么那肯定不是(比如说舞台上或摄影棚里的)一道布景呢?

若不是一辆列车开过,很难发现那背景中还有一座高架铁路桥。女跳水者沉着地走向跳台前沿时,那铁路桥上正有一辆蓝色的列车与她同向而行。列车飞驰,一个一个车窗在她迈动的双腿后面闪闪而过,因而她就像是在原地踏步,甚至像在后退。但逻辑告诉我,她实际在向前走,实际上她正走向跳台的前沿。因而逻辑又告诉我,那背景是一座真实的城市。列车开出了画面,女跳水者站住,低头看一下,舒一口气,抬起目光。背景中林立错落的建筑,甚至让人想起有一天被太阳晒干了的海底,所有的窗口一如既往,不动不响忧喜不惊的样子。但逻辑告诉我,每一个窗口里都活着一个故事,一排排一摞摞的窗口里，是很多很多种愿望的栖息之地。

从那背景中找一个窗口注意看，随便哪一个，注意看它。它应该有内容，没问题，肯定有。你不知道它里面有一个什么故事，但它里面肯定有一个活生生的故事。

不要管其他的房屋，和其他的窗口，只凝视一个。比如，最远的那座楼房。最远的，对，在它后面再看不到别的房子了，在它上面是一线蓝天，它很远很小（沧海一粟），但能看出那是一座大屋顶的楼房。屋顶是红色的，红得耀眼，看不到它总共有几层，只能看见大屋顶下面的第一排窗口，再往下被它前面的房子挡住了。那排窗口，正中间的那个，看它。一二三四五六七八九，那么是第五个，无论从哪边数都是第五个，那窗口里必定有一些什么事在进行，必定有一个什么故事正在发展。它的左边是一座更大的楼房，楼墙又宽又高仿佛一面悬崖峭壁，在它右边不远有一根不算太高的烟囱。

等以后再想其他。再联想一切房屋和一切窗口里的故事。

现在只看选定的那一个，其他的故事都不存在，其他的屋顶、墙壁和窗口都只是形状和色彩。

只看那一个。它不会是平白无故地待在那儿，里面必定有一些事（一些由欲望发动的快乐或者痛苦，一些由快乐和痛苦连接起来的时间），除非它是布景。那屋顶，处在那跳水者的额前。跳水者很年轻，沉稳一下，展臂，屈膝，腾空，那灿烂的屋顶降落在她身下，那窗口只是一方阴影但此时此刻其中必有什么事情发生，有什么事在进行，有什么事情临近和有什么事情已经过去了。

遥远的一些树上，遥远的不为人知的山里、旷野里、树上，雨也在响。此时此刻，逻辑告诉我这颗星球上不可能只是我的窗外有雨，这肯定。

此时此刻，那窗口里：阳光爬上桌面。一束花，寂静地开放，其中的一朵正扑啦一下展开。

可能。

或者：一对恋人在亲吻，翻来覆去，正欢畅地相互依偎、呼唤、爱抚。

完全可能。

或者：正做爱。

为什么不可能？可能。

但也许是：一次谋杀。一桩谋杀案正在发生，筹划多年的复仇正在实现。

可能性小些，或者很小，但不是不可能。

也许是：自杀。自杀者正越过可以被抢救的极限，灵魂正从肉体脱离，扑啦一下猝不及防的变化，就像那朵花的开放。

也许非常非常地和平：两三个孩子在游戏。“锤子、剪子、布——！”在阳光和蝉声里，从这屋跑到那屋，从床上滚到地上。“锤子、剪子、布——！锤子、剪子、布——！”在阳光的安静和城市的喧嚣里，再从那屋跑到这屋，从椅子上跳到桌子上，“锤子、剪子、布……”

或者：一个刚刚出生不久的婴儿正被命名。他（她）的父母正从几个名字之中为他（她）选定了一个。

都可能。都是可能的：一个老人在看报，看见一条消息，看见一个似乎熟悉的名字，报纸在手里簌簌地抖，再看一遍，猜疑那是他少年时的朋友。

少女，在寝室里化妆。第一次化妆，掌握不好唇膏的用量。尤其是腕上的一只小巧的表在催促她，更让她发慌。

少年在沙发上做梦。梦中第一次有了男人的体验，在挺不起眼的那张沙发上没想到做了那样一场好梦。

都是可能的。

也可能没人，并没有人。一间空屋，偶尔讲述老鼠的故事。

也可能门开了，主人重归故里，在门前伫望，孤身一人或结伴还乡。屋中的一切都没有变，但陌生，但又熟悉。轻轻拈一下镜面上的尘灰，自己的面容也是又熟悉又陌生。“这儿？”“对，就这儿。”

也可能是破裂，分道扬镳。男人走了，或者女人走了。门关上。四壁和门窗之间，男人或者女人，独自留在那儿。

什么都可能，但只是一种。

女跳水者转体两周翻腾三周半，降落，降落，降落，屋顶呀阳光呀窗口呀那背景像一张卡片从上方被抽走。又换上一张：湛蓝的水面撞开浪花。又换上一张：女跳水者像一只鱼鹰扎向水底，身后搅起丰富的气泡。女跳水者从池底浮升、浮升、浮升，这一回卡片从下面被抽走。再换上一张：女跳水者爬上岸，向观众鞠躬，转身走过一道玻璃门，走过一道道玻璃门，很多从未见过（而且从此以后再不会见到）的面孔转向她、注视她，她穿过人群走进摄像机追拍不到的地方。很可能，她将就此永远在我的世界里消失。从理论上讲，她存在于别处。从理论上讲，还会有一些星球上有空气，有氧和氢，有水，有生命。从理论上讲，宇宙中应该有一些黑洞。从理论上讲，在我出生之前这个世界已经存在亿万年，在我死亡之后这个世界还要存在亿万年。从实际讲，理论是逻辑体操不过是逻辑体操。

日子总在过去，成为一张张作废的卡片。失恋，是一团烟雨，心灵的一道陌生又熟悉的布景。

如果那山峦一样的房屋也是一道巨大的布景，那些窗口实际是一道布景上的一块块油彩，情况又有什么不同？是，或者不是，有什么不同呢对逻辑体操来说？那布景上的油彩抑或那楼壁上的窗口，对凝望来说以及对猜想来说有什么不同呢？对它们的猜想并不为过，并不见得比以往更愚蠢。

雨停了，走出房间，走到楼下，走出楼门。

楼群之中，月色降临。

楼很高，看不见月亮在哪儿，从高楼的影子判断月亮的存在。又是逻辑。从一面面楼墙上那光辉的宁静、均匀与辽阔判断，从影子的角度之一致上判断，

月在东天。

因而舞台设计者掌握一些技术（最先进的科学技术），在人的视觉上造成（模仿）同样的效果，惟妙惟肖。舞台设计者并不出面，导演、美工、灯光师和音响师（上帝，造物主）并不出面。逻辑出面。

人都藏在哪儿？从理论上讲有千百万人，正共度这雨后凉爽的月夜。树丛中有虫鸣，不止一处，此起彼落。偶尔的人语。间断的顽童的笑闹，笑声朗朗……人都在哪儿？在哪儿，在干什么？婴儿啼哭。远处建筑工地上的哨子。什么地方一声急刹车，司机必是吓了一跳，有人嚷，嚷了好一会儿，渐渐安静下来。时隐时现地有一把萨克斯吹着，有一条沙哑的嗓子唱着，唱着远方或者唱着从前……为什么不相信这是录音师的作为呢？为什么这一切肯定不是导演、美工、灯光师和音响师的作为呢？

因为没有一排排椅子，没有帷幕，不见舞台。因为，伸出手就可以摸到路边的丁香和月季的枝叶，手指上获得凉凉的被称为夜露

的东西所传达的概念。逻辑出面：这不是戏剧，这是真实的日子。逻辑出面：不是夜露，那还是白天的雨。逻辑继续出面：那封信或者那个电话，是真的。

是真的。因而是真的有千百万人正共度这雨后凉爽的月夜。

但真的，是指什么？“真的”二字，说的是什么？

一大片厚厚的乌云涌来，遮住了月亮。有一种观点，说“你没有看到月亮的时候，月亮就不存在”。这似乎不合逻辑。那是因为你看见过它，人类早已发现了月亮，因而当它隐藏进乌云之时，逻辑告诉你它依然存在，它在乌云后面一如刚才，一如它平素的明朗、安详、盈亏反复在离我们三十六万三千至四十万六千公里的地方走着它从古到今的路。但是如果我们没有发现它呢？如果人类从未发现它呢我们怎么说？我们就会说它不存在。在人类发现冥王星之前，太阳只有八颗行星，不存在第九颗。现在如果有人说太阳有十颗行星，你就会告诉他说“错了先生，只有九颗，没有第十颗”。现在，不存在太阳的第十颗行星，正如一九三〇年以前不存在冥王星。那么我们通常所说的“不存在”是指什么？是指“未发现”而已。因而未发现的，即是不存在的（否则，便无“不存在”可言），这道理其实多么简单。复杂的问题是：那个藏进乌云的月亮，真的是一如既往么？（失恋中的你和热恋着的你是同一个人么？）不，记忆中的那个月亮与藏在乌云中的那个月亮并不是同一个月亮，它已经变化，原来的那个已经死去，新生的这一个未被发现。更为复杂的问题是：什么是发现？仅仅是看到？是听说？是逻辑和猜想？那么什么是幻景呢？

再伸手到高处，摸摸夜合欢的叶子吧，摸摸它的树干，摸摸它的枝杈。叶子合拢着，枝干都是坚实的。那是真的。最能证明真实的是触觉。(现代人有能力制造乱真的假象，立体音响，立体电影，还有全息摄影，等等。全息摄影是真正的幻景，你能够穿过一堵墙，穿过一棵树或一个人；比如说你能够看到一张床真真确确近在咫尺但你不能摸到它，如果你扑向它你就会穿过它像个傻瓜一样扑倒在冰冷的地上如梦方醒。现代的科学技术能够做到这一点。)别无他法，唯一能够证明那不是布景不是幻景的，是触觉。也许这就是人们渴望接触，渴望亲吻、肌肤相依、抚摸和渴望做爱的原因吧？渴望证明：那不是幻景，那是真的。

对面七层楼上的一个窗口，因而也能被证明是真的吗？

那窗口通宵通宵地亮着灯，一直这样，夜夜如此。夜里，醒了，就看见它亮着。零点、零点四十三、一点一刻、一点五十四，醒来就看见它亮着。三点，月光已经转移，那窗口还亮着。在干吗？夜夜如此，通宵达旦，不大像是做爱。

做爱，这个词很好。那意思是：并非一定为了繁殖。

最能证明真实的是触觉，是起伏和陷落的肌肤，是有弹性有温度甚至某一处有着疤痕的肌肤，是肌肤下滑动的骨尖儿，是呼吸，一刻不停如暴风般吹拂的呼吸，是茂密泼洒、柔软或挺拔的毛发，是热热的泪水是随着睫毛的眨动而滴落而破碎的泪珠，是身体全部地袒露、赐予、贴紧、颤抖……那才能表明另一个灵魂的确凿，呼唤和诉说的确凿，不是布景不是幻景。不因为别的，因为其他都可以模仿。

天光大亮忽然七点。那窗口和其他窗口一样，在明媚的朝阳里不露声色。灯光不知什么时候熄灭的。

看来，昨夜里有一个人死了。早晨，楼群中的小路上停着一辆蒙了黑纱的汽车。从一个楼门里出来七八个人左臂都戴着黑纱，楼门前站着四五个人左臂都戴着黑纱，那汽车里还坐着几个人左臂也都戴了黑纱。就是说，有一个男人死了。有个小伙子左臂戴着黑纱，黑纱上缀了一个小红布球。所以肯定，那楼里的一个老年男人死了。

昨夜，有很多人死了。现在也一样，有很多人正在死去。过一会儿也一样，有很多人将要死去。

两个左臂戴着黑纱的人把一只花圈送上汽车，花圈的一条缎带上写着：金水先生千古。这个叫金水的男人，从出生，到恋爱，到失恋，到结婚，到快乐和到哭泣，到死，都在别处。直到他死了我才知道他，知道他曾经存在。我也许见过他，在市场上，在公共汽车上，路上，街头，在剧场里或者在舞台上，我也许见过他。我见过很多人，其中可能有他。我见过的人里，有些已经死了，有些还活着但不知活得怎样活在何方。

我很想现在去看看这位死者，这位名叫金水的人。但这是不合逻辑不合情理的，那些左臂上戴了黑纱的人会问我："你是谁？你是他的什么人？和他有什么关系？"我说："因为我也是一个人，我曾出生、恋爱、失恋、快乐和哭泣，有一天也会死。"但那样的话他们会把我当成一个疯子把我赶走，或者喊警察来把我送去疯人院。

我问自己：我敢不敢被人当成一个疯子？我回答自己：不。我见过疯人院，见过疯人院里的疯子，一群男人坐在太阳底下一动不动一声不响看着自己的手指或看着很远很远的天空，一个女人旁若无人脱得一丝不挂一刻不停地跟自己说话……

我走出楼群时才想起我为什么要离开家——我想去找到那座跳

台，对，昨天举行过跳水比赛的那座游泳场里的那座跳台。我不是要去找那个女跳水者（当然如果她还在那儿我愿意顺便看看她），我是要找那跳台背景中的那座大屋顶的楼房，找最上一层正中间的那个窗口，我要找到当时摄影机所在的那个位置，从那个角度看看那座楼房和那个窗口的方位。我想确定一下那背景不是布景不是幻景而是真实地存在，我想到那座楼里去看看，可能的话也许我就敲敲最上一层正中间的那个门，证实在我认为其中必有一个故事的时候，里面果真有一个故事。我不把自己当疯子就行了。我不把这想法对别人说，而我自己又不把自己当疯子。我只是想证实我多年来的一种猜想，解除我多年来的一种疑虑。

这样的话我就应该先去电视台是吧？先去问问，昨天举行跳水比赛的那座游泳馆在哪儿，是哪个城市。

出了楼群，路面渐渐降低，因而可以看出很远去。上班的人流浩浩荡荡行色匆匆。昨夜他们都在哪儿呢，现在都钻出来了？那把萨克斯是谁吹的那沙哑的歌喉是谁（“远方啊……在从前……”）？

在车站上我问一个老头：“去电视台，怎么坐车？”老头说：“电视台在哪儿？”我摇摇头说不知道。另一个等车的人告诉我：“电视台吗？在太平桥。不能坐这趟车，你得到前边去坐 3 路，换 7 路再换 9 路。”那个老头拿出地图给我看（他做得对，这城市太大了而且日新月异，出门应该带上地图），食指在图面上走：“看，这儿，3 路，这儿，这儿，这儿 7 路，9 路呢……”那食指看上去十分真实，皱纹一圈圈缠绕在上面，内侧被烟熏得焦黄，“9 路，看这不是 9 路？”那食指继续擦着图面走，投下无可置疑的影子，“看，看，看，哦太平桥！”指尖在某一平方厘米的图面上戳点，哗哗地把纸戳得直响，“就这儿，到那儿再打听吧。”“谢谢，谢谢您。”“谢什么？甭谢。”老头又点上一支烟。

我站在那儿半天没动。太平桥，是我出生的地方。那儿的一条小巷里有一家不大但是很老的医院，我记得它有高高的拱门，青砖的墙上爬满枝藤，院子里有几棵老槐树，三层的小楼，楼道里昏昏暗暗永远开着灯，楼梯是木制的，很窄很陡踏上去发出嗵嗵的响声。将近三十年前我就落生在那儿。奶奶曾指着老槐树下的一个窗口对我说：“看，就是这儿，就这里面，你就是在这间屋子里出生的。”“您怎么知道？”“我怎么知道？那时我就站在这棵树下等着你，听着，听你是不是来了。”“然后呢？”“然后你就来了，哇的一声，你就来了。”“从哪儿来的？”奶奶笑笑：“你不知道吗？”我摇摇头。“那，谁还能知道？”

“怎么还不去呀，小伙子？”那老头说，幸福地抽着烟。

“谢谢您啦。”

“快去吧错不了，这地图才买的。”

电视台的一个中年妇女说，昨天没有转播体育比赛。

“跳水，”我说，“跳台跳水。”

她问：“你到底想知道什么？”

“那场比赛是在哪儿进行的。就是说，是哪个城市的哪个游泳场？”

“你要知道这个干吗？公安局的吗？”

“不不。嗯……是这样，噢对了，我从那场实况转播的画面上认出了一个人，我的一个老朋友，失散多年的老朋友。”

“那，你找到那个游泳场就能找到他了吗？比赛不是已经结束了吗？”

说得有理。我稍微想了一下。“哦，是这样，我见他和一个女跳水者在一起，那个女跳水者想必应该知道他现在在哪儿。”

“什么，女跳水者？你是说一个女运动员是吗？”

“对，对对，女运动员，我想……”

“我看你不如到体委去打听，游泳场的人也未必知道她们都住在哪儿呀。”

这话更有道理。但是我想知道的只是那个游泳场在哪儿，在哪个城市，从其某个角度是不是真的可以看到那座大屋顶的楼房，和它的最上面的一排窗口。也许就再跑一趟体委？

这时过来一个年轻小伙子：“什么事？”

“他问昨天转播的那场跳水比赛是在哪儿举行的。”

“昨天？”

“对，”我赶忙说，“昨天，昨天下午。”

“下雨的时候？”

“对对对，雨还没停，差不多三点，要不四点。”

“噢，那不是实况转播，是录像，重播。”

“在哪儿？请问，是在哪个城市？”

“你现在在哪个城市？对，就这儿。你问这个干吗？”

“他在电视里看见了一个失散多年的朋友，”那个中年妇女显出同情的样子，“我说他不如到体委去问问。”

“在哪个游泳场？”

“你问体委？”

“他没问体委。是我让他不如到体委问问。”

“怎么这么乱。那个游泳场是吗？就那么一个游泳场。露天的，有看台，对不对？就那么一个。”

我谢过他们。

离那家小医院已经很近了，我想先去看看它，看看我的出生地。

很久没来这儿了。太平桥是两条横竖交叉的大街（并没有桥，据说很久以前是有的），从前很冷清，现在很热闹。若非很多商店的标牌上都写着太平桥（“太平桥副食品商场”“太平桥商业大厦”“太平桥饭店”“××综合开发总公司太平桥分公司”等等），我会以为自己是在另一座城市的随便哪一条繁华的街道上。街上的人几乎是排着队走，像是游行，当然并不喊口号。只有警察一个人喊：“嘿，你干吗呢你？对，就是你！甭看别人，说的就是你！”但至少有好几十人都左顾右盼地看别人。阳光飘浮在人群上，跳动在形形色色的头上、背上和汗上。我先后踩掉了两个人的鞋，一个是布鞋，一个是凉鞋，布鞋冲我嚷“你瞎啦是怎的”，凉鞋却对我说“哟哟，对不起”，仿佛是布鞋和凉鞋之间的事与我无关。随后我遭了报应，一只漂亮的白色高跟鞋踩了我的凉鞋，钉子一样的高跟险些钉进了我的脚背，在我尚未想好是说“你瞎啦”还是说“对不起”的当儿，我听见那高跟鞋“咯咯咯”地一路笑着藏进了人群。我在一只果皮箱上靠着揉脚，唯一的想法是：那漂亮的白色高跟鞋是真的（这么硬这么尖锐），昨夜的月光曾照耀它，它并拢着摆在一张床下静静地等待，几个或十几个小时之后它出了门，咯咯咯地下了台阶，咯咯咯咯，很漂亮地走了很远的路来踩到了我。

在两座装饰华丽的餐馆之间找到了那条小巷。小巷里也比过去喧闹。从前在这个时间（上午十点多）它总是非常非常安静，很少行人，阳光在它的地上，在它的墙上、屋檐上，在它非常非常安静的风里，阳光中有我的哭声和奶奶的哄劝声——“不哭啦不哭啦，不哭，不，不打针，光是让大夫瞧瞧，瞧瞧我们是不是已经好了，要是好了我们就再也不来啦。”小巷几乎没变什么样子，但那哭声和哄劝声已经消失。那时我总生病，奶奶抱着我或领着我，常在这小巷里走，走去又走来；作为挨一针的酬劳，奶奶在一个小摊上给我买两支棒棒糖。那祖孙俩哪儿去了呢？不存在了吗？太阳曾经照耀着那祖孙俩，因而你能看见他们。阳光投在他们身上反射过来，他们的影像反射到你眼睛里（视网膜上），因而你看见了他们（发现了他们），因而他们存在（就像月亮）。然后，那影像以每秒钟三十万公里的速度飞离，飞向无边的太空，他们便不见了，他们便不存在了。可是不，不，那影像还在（否则我们怎么能看到星星呢），实际上他们只是离开了，以每秒钟三十万公里的速度离开了，存在于离我们二十多光年的地方。设若我能到那儿去（从理论上讲），并且有一架倍数足够大的望远镜，二十多年前的那情景（那影像）就又能反射到我眼睛里（映在我的视网膜上），那祖孙俩就依然存在，依然在小巷中走着，我就又能看见奶奶了，像我当年隔着一米的距离看她一样，又能看见她把两支棒棒糖递到我手里了。是的是的，太阳其实是十分钟前的太阳，星星其实是许多年前的星星，一米的距离和二十多光年的距离是一样的，对凝望而言是一样的。就凝望而言，一米和两米有什么不同？一米和一公里（加上望远镜）有什么不同？一米和二十多光年（加上天文望远镜）有什么不同呢？唯一的不同是：隔着二十多光年我不能一伸手就摸到奶奶，不能一张开双臂就扑进她的怀里了。因而一种叫作真实，一种形同幻景。最后判定真实的，是触觉。（宇宙飞船就是因此而出发的吧？去触摸月亮和星星。）那么我们不能触到的东西我们怎么能够最后判定它们是真的呢？

我不认为我是疯子，但有可能是个傻瓜，全世界第一傻。

那家小医院还在，但那座三层的小楼已无影无踪，代之以一座雪白耀眼的五层新楼。那几棵老槐树也还在。奶奶的声音（画外音）：“看，就是这儿，就在这里面，你就是在这间屋子里出生的。”我找到了那棵老槐树和离它最近的那个窗口，但那儿已经不是产房，也不是诊室了，那儿出售鲜花。

我走上楼，找到产科，在一群年轻的（紧张又兴奋的）准父亲之中坐了一会儿。一个准父亲问我：“怎么样，还正常吧？”我吓了一跳，以为他是在说我（“你精神还正常吧？”），我赶紧说：“还行。你呢，男孩儿还是女孩儿？”所有的准父亲都看我（天哪，他们等的就是这个），我赶忙改口：“我是说您希望是个男孩儿还是……”这时候护士出来喊了一个名字（想必是里面那位刚刚转正的母亲的名字），对一位慌慌地起立的马上就要转正的父亲说：“你的，儿子！”（奶奶当年就是这样听说我来了的吧——“您的，孙子！”）我很想等着看看那个孩子，想真诚地吻他一下，但是我知道这儿很方便说不定会马上把我拉到一个地方给我打一针镇静剂。

我下了楼，在那鲜花店里买了一束玫瑰。“白的还是红的？”“都要。”我把它放在奶奶曾站在那儿等我来的那棵老槐树下，献给我的出生地。一个幼稚的童声（画外音）：“我是从哪儿来的？”奶奶的声音（画外音）：“你自己也不知道吗？那，谁还能知道？”

游泳场里有几个少女在训练，一个漂亮的女教练坐在看台上不断地朝少女们喊。

我爬到看台的最高处，绕着看台走了两圈。十米跳台的背景中，炽烈的阳光飞扬得到处都是，红色的屋顶上，橘黄色和白色的楼墙上，树上，花花绿绿的遮阳棚上，各种颜色都被点燃了似的烁烁刺目。一排排一摞摞密密麻麻的窗口张开在那儿一动不动忧喜不惊。但，还有什么理由怀疑那是布景呢？除非我是疯子（精神病患者）。那座高架铁路桥帮了我的忙，以它作为一个标度，我终于找到了那个角度。这时候没有列车开过。少女们一个个走上跳台，每一步送掉一段光阴。我的目光与她们的腿和那座铁路桥排成一条直线（三点呈一线像射击那样，我开过枪，真枪），然后从她们额头的背景中找那座大屋顶的楼房。

一个清洁工老大妈走过来："你是哪儿的？"

我指指下面漂亮的女教练，又指指自己的胸脯："朋友。"

"你这是？"

"啊，您看，"我指着远处那座大屋顶的楼房问，"那儿是哪儿？"

"嗬，你这一指半拉城，到底是哪儿呀？"

"在那个小姑娘脑门儿后面，最远的那座楼房。最远的，对，在它后面再看不到别的房子了，在它上面是一线蓝天，对，很远很小，但能看出那是一座大屋顶的楼房。屋顶是红色的，看见了吗？看不到它总共有几层，只能看见大屋顶下面的第一排窗口，再往下就被它前面的房子挡住了。那排窗口，一二三四五六七八九，对，九个窗口，看清了吗？不要管它多少个窗口了吧……对，对对，它左边是一座更大的楼房，右边不远有一根不算太高的烟囱。"

"那谁说得准？总归是城西，偏北。问这干吗？"

"嗯……我的一个朋友就住在那儿。"

"你的朋友可不算少。"老大妈划动着帚把走开。她心里肯定有一句话没说出来——"半疯儿！"

我走下看台，站在漂亮的女教练背后看女孩子们跳水。坦白说，我的目光更多地是在漂亮的女教练身上。她穿着泳装。她真是漂亮，也纤秀，又丰满，被阳光晒成褐色的背上有一颗黑痦子。

她发觉了我，扭转头来问："你，有事吗？"

"不，看看，我喜欢跳水。"

"你是哪儿的？"（画外音："我是从哪儿来的？""你也不知道吗？那谁还能知道？"）

我指指远处那位清洁工老大妈，又指指自己的胸口说："朋友。"

漂亮的女教练扭转头去，看样子对我以及对那位清洁工老大妈都很不满。

少女们一个个往下跳。展臂，屈体，起跳，转体两周翻腾三周半，入水。"好极了！"漂亮的女教练喊，站起来又坐回去，泳装的边缝里闪出一缕动人的雪白，那是太阳照不到的领域。我离她只有一米，从理论上讲我一伸手就能摸到她，就可以感到她的起伏和陷落，感到她的弹性和温度，证明那美丽肌肤的真实，证明那是一个确凿的灵魂。但必然的逻辑是：她马上会喊起来，要不了多久我就以流氓的身份在公安局的某张桌子上签名画押了。不敢和不能和不可能，完全等效。所以一米的距离与二十多光年的距离没什么两样（我不能一伸手就摸到星星，以及我不敢一伸手就摸到这个漂亮的女教练）。

我走出游泳场的时候，清洁工老大妈和漂亮的女教练在一起。我远远地听她们说："他不是你的朋友吗？""怎么成了我的，他说是你的呀。""哟，那他到底是哪儿来的是什么人？"

我朝城西走，稍稍偏北的方向。迎着夕阳，朝那座大屋顶的楼房走，以它左边的那座更高更大的楼房和它右边不远处的那根烟囱为标志。那窗口看来是真的，但它真的是真的么？里面果真有一个故事么？太阳正在那根大烟囱顶上，差不多五点多钟。

太阳掉到那烟囱右面半腰上时，路面渐渐升高，爬坡。我没乘车，怕错了方向。下班的人流像是游行归来，队伍有些疲惫，或者是有些松懈，骑车的和走路的头上都是汗，但对不久就要到来的夜晚抱着期望。没人能想到我这是要去哪儿，我敢说没有谁能想到这人流中有一个看样子挺正常的家伙是要去证实某一个窗口的确凿，证实那里面确凿有一个故事。我也不知道别人都是要到哪儿去，总之等到天完全黑了的时候，等到午夜，大家就都不见了，都不知道藏到什么地方去了。那时就只有逻辑出面：他们在那一排排一摞摞的窗口里面，在床上，做爱，或做梦。我注视着迎面而来以及背身而往的一张张脸和一个个头，不同的表情和不同的姿势，那里面有不同的故事。每一个人就像每一个窗口，里面肯定有一个故事，不知道是什么，但肯定有。肯定，毫无疑问。就是说，街上走着很多故事。我只知道我自己的故事（其中一个片段是，昨天，当这世界上的某一滴雨敲响某一片树叶的时候，失恋不期而至）。我很想随便抓过一个人来，听听他（她）的故事，握住他（她）的手感觉到他（她）的真实并且听听他（她）的故事。我也很想随便抓过一个人来向他（她）说说我的故事，握住他（她）的手甚至张开双臂扑在他（她）怀里感觉到他（她）是真的，感到他（她）真的在听我的故事。可我既不敢被人叫作疯子，又敢被人称为流氓。所以，我与别人与所有的别人的距离，应以光年计算。把各自的阳光反射到对方的视网膜上，但中间隔着若干光年。

道路渐渐地有些熟悉。楼群中的小路旁，丁香早已无花，月季开得正旺，夜合欢的叶子正合并起来。我或者是疯子，或者是全世界第一傻（失恋者总归是这样吧），直到走到那座大屋顶的楼房前我还没认出这其实是我的家。

直到我爬上楼我还没认出其实这是我的家。

直到我（一二三四五）找到中间的那个门时还没认出其实这是我的家。

我敲敲门，没人应。我想一个找错门的客人不应该被认为是疯子或者流氓。再敲一敲，还是没人应。

过来一个人问我："怎么着哥们儿，钥匙丢啦？"

这样我才恍然大悟，这就是我的家。

我站在门旁向屋里看了一会儿，仿佛重归故里（是孤身一人不是结伴还乡，因为那滴雨敲响了那片叶子）。屋里和我离开时一样：一张床，一张书桌，两只书柜，一只小衣柜，小衣柜上有一台电视，书桌上有一束花，红色的和白色的玫瑰在我离开的时候绽开了一朵（扑啦一下猝不及防肯定是那样）。

我在桌前坐下，想，那场跳水比赛是在哪一天进行的呢？那时这个窗口里正有一个什么故事呢？总之，那时，这个窗口里，失恋尚未到达，那时失恋正途经别人尚未到达我。坐了一会儿，但月光从窗外照进来照耀着桌上那束花，所以（逻辑告诉我）实际上我已经在那儿枯坐了很久。远处那把萨克斯又吹响了，沙哑的歌喉唱着远方唱着从前。我抚摸那束花，红色的和白色的玫瑰，我能够抚摸它，它不认为我是疯子或者流氓。我祈祷，人间的科学技术千万不要有一天发展到也能够模仿触觉。

一九九三年七月十二日

老屋小记

/一　年龄的算术/

年龄的算术，通常用加法，自落生之日计，逾年加一；这样算我今年是四十五岁。不过这其实也就是减法，活一年扣除一年，无论长寿或短命，总归是标记着接近终点；据我的情况看，扣除的一定是多于保留的了。孩子仰望，是因为生命之囤满得冒着尖；老人弯腰，是看囤中已经见底。也可以用除法，记不清是哪位先哲说过：人为什么会觉得一年比一年过得快呢？是因为，比如说，一岁之年是你生命的全部，而第四十五年只是你生命的四十五分之一。还可以是乘法，你走过的每一年都存在于你此后所有的日子里，在那儿不断地被重新发现、重新理解，不断地改变模样，比如二十三岁，你对它有多少新的发现和理解你就有多少个二十三岁。

二十三岁时我曾到一家街道生产组去做工，做了七年。——这话没有什么毛病：我是我，生产组是生产组，我走进那儿，做工，七年。但这是加法或减法。若用除法乘法呢，就不一样。我更迷恋乘法，于是便划不清哪是我，哪是那个生产组，就像划不清哪是我哪是我的心情。那个小小的生产组已经没有了，那七年也已消逝，留下来的是我逐年改变着的心情，和由此而不断再生的那几间老屋，那些年月以及那些人和事。

/二　到老屋去/

那是两间破旧的老屋，和后来用碎砖垒成的几间新房，挤在密如罗网的小巷深处，与条条小巷的颜色一致，芜杂灰暗，使天空显得更蓝，使得飞起来的鸽子更洁白。那儿曾处老城边缘，荒寂的护城河水在那儿从东拐向南流；如今，城市不断扩大，那儿差不多是市中心了。总之，那个地方，在这辽阔的球面上必定有其准确的经纬度，但这不重要，它只是在我的心情里存在、生长，一个很大的世界对它和对我都不过是一个悠久的传说。

我想去那儿，是因为我想回到那个很大的世界里去。那时我刚在轮椅上坐了一年多，二十三岁，要是活下去的话，料必还是有很长久的岁月等着我。V告诉我有那么个地方，我说我想去。V和我在一条街上住，也是刚从插队的地方转回来，想等一份称心的工作，暂时在那生产组干着。我说我去，就怕人家不要。V说不会，又不是什么正式工厂，再说那儿的老太太们心眼儿都挺好。父亲不大乐意我去，但闷闷地说不出什么，那意思我懂：他宁可养我一辈子。但是“一辈子”这种东西，是要自己养的，就像一条狗，给别人养了就是别人的。所有正式的招工单位见了我的轮椅都害怕，我想万万不可就这么关在家里并且活着。

我摇着轮椅，V 领我在小巷里东拐西弯，印象中，街上的人比现在少十分之九，鸽哨声在天上时紧时慢让人心神不定。每一条小巷都熟悉，是我上小学时常走的路，后来上了中学，后来又去“串联”又去“插队”又去住医院……不走这些路已经很久。过了一棵半朽的老槐树是一家有汽车房的大宅院，过了大宅院是一个小煤厂，过了小煤厂是一个杂货店，过了杂货店是一座老庙，很长很长的红墙，跟着红墙再往前去，我记得有一所著名的监狱。V 停了步，说到了。

我便头一回看见那两间老屋：尘灰满面。屋门前有一块不大的空场，就是日后盖起那几间新房的地方，秋光明媚，满地落叶金黄，一群老太太正在屋前的太阳地里劳作，她们大约很盼望发生点儿什么格外的事，纷纷停了手里的活儿，直起腰，从老花镜的上缘挑起眼睛看我。V“大妈，大婶”地叫了一圈儿，又仰头叫了一声“B 大爷”。房顶上还蹲着一个老头，正在给漏雨的屋顶铺沥青。

“怎么着爷们儿？来吧！甭老一个人在家里憋闷着……”B 大爷笑着说，露出一嘴残牙。他是说我。

/三 D的歌/

应该有一首平缓、深稳又简单的曲子，来配那两间老屋里的时光，来配它终日沉暗的光线，来配它时而的喧闹与时而的疲倦。或者也可以有一句歌词，一句最为平白的话，不紧不慢地唱，反反复复地唱，便可呈现那老屋里的生活，闻见它清晨的煤烟味，听见它傍晚关灯和锁门的轻响。

我们七八个年轻人占住老屋的一角，常常一边干活儿一边唱歌。七年中都唱过些什么，记不住也数不清。如今回想，会唱的歌中，却找不出哪一句能与我印象中那老屋里缓缓流动的情绪符合。能够符合它的只应当是一句平白的话，平白得甚至不要有起伏，唯颤动的一条直线，短短的，不断地连续。这样一句话似乎就在我耳边，或者心里，可一旦去找它却又飘散。

到这儿来的年轻人，有些是像V那样等着分配更好的工作的，有些则跟我一样，或轻或重地有着一份残疾。健康的一拨一拨地来了又一拨一拨地走了，残疾的每次招工都报名，但报名与落榜的次数相等。

D的嗓音并不亮，但音域宽，乐感好，唱什么是什么。D只是一条腿有点儿瘸，但除了跑不快，上树上房都不慢。“文革”已到后期，电影院里开始放映一些外国影片了，那里面的音乐和插曲让D着迷。《桥》哇，《流浪者》呀，《瓦尔特保卫萨拉热窝》，还有后来的《追捕》《人证》，D一律都看八九遍。《拉兹之歌》《丽达之歌》《草帽歌》，D都能用“外语”唱，嘀里嘟噜咿咿呜呜——D说：保证没错儿，不信咱再去看一遍。小T就笑。小T一边梳辫子一边说：“哇老天，您这可是哪国语呀，什么意思知道不？”D一脸不屑：“操心操心，你管它什么意思干吗？”小T说：“不知道什么意思就瞎唱！”D故作惊讶状：“嘿，我说小T，你平时可不笨，长得也挺好，咋不懂音乐呢？音乐！用不着他妈的什么意思。”小T红了脸：“音乐就音乐，你管我长得好不好呢。”小T的话里露出几分满足。

小T长得漂亮，自己知道，也知道别人知道。小T也爱打扮，不过在那年月里也真可谓“英雄无用武之地”，无非是把毛衣拆了织、织了拆，变出些大同小异的花样，或者刻意让衬衫的领子从工作服上面鲜艳夺目地翻出来。但那在翻滚着灰色和蓝色的老屋里和小街上，毕竟是一点儿新意。

D不光能唱，那些外国电影中的台词他差不多都能背诵。碰上哪天心里不痛快，早晨一来他就开戏，谁也不理，从台词到音乐一直到声响效果，全本儿的戏，不定哪一出。“空气在颤抖，仿佛天空在燃烧……”（语出《瓦尔特保卫萨拉热窝》）“看呀，天空多么蓝啊，往前走，对，往前走不要朝两边看……”（语出《追捕》）“那儿就你一个人吗？”“不，还有它。”“谁？”“死神。”（语出《爆炸》）“俄罗斯是农民的国家，没有城市也能活……”“啊，你描绘了一幅多么可怕的图画……”（语出《列宁在一九一八》）可惜我记不住那么多了。

组长L大妈冲D喊：“你整天这么演电影儿可不行，还干活儿不干？”

“你瞧我手底下闲着了吗？革命生产两不误嘛。”

“你影响别人！”

“谁？死神吗？”

“滚，没人跟你贫嘴！想干就干，不想干回家！”

“啊，您描绘了一幅多么可怕的图画……”D把画笔往L大妈跟前一拍，“中国是人民的国家，不画这些臭画儿也能活！”

“好小子，有种的你走！你怎么不走呀？”

D跷起二郎腿，闭起眼睛唱歌：“妈妈～，杜哟瑞曼巴～得噢斯绰哈特～哟～给喂突密～？”（Mama, do you remember, the old straw hat you gave to me？）

L大妈冲大伙儿喊：“都干活儿，谁也甭理他！”

老屋里静下来，只有D的歌声“……我看这世界像沙漠，四处空旷无人烟，我和任何人都没来往，都没来往……”轻轻地有些窃笑。有几个老太太忍不住笑出声，劝 D：“算了吧，别怄气，都挺不容易的，干吗呀这是？快，快干活儿。”D 说一声“别打岔”，歌声依旧，一首又一首唱得陶醉，仿佛是他的独唱音乐会。L 大妈脸上红一阵白一阵。天窗上漏下一道阳光，在昏暗的老屋里变换着角度走，灿烂的光柱里飘动着浮尘和 D 悠缓的歌声……阳光渐渐移在 D 的身上，柔和宁静，仿佛舞台灯光，应该再有一阵阵掌声才像话。

近午歌声才停。D 走到 L 大妈跟前，拿过画笔，坐回到自己桌前干活。

L 大妈追过来：“这就完啦？你算人不算？”D 不抬头：“好男不跟女斗。”

“什么？小兔崽子，你说什么？！”L 大妈气昏。

D 慌忙起立，赔笑道：“不不不，我是说，法律不承认良心，良心也不承认法律。”（《流浪者》台词）

L 大妈把画笔摔得满地，坐在门槛上一把鼻涕一把泪地哭诉，说她这可是图的什么，每月总共多拿两块钱，操心劳神还挨骂，可真是犯不上。如是等等。“是我不愿意你们青年人都分配上个好工作吗？跟我闹脾气顶他娘个屁用！不信你们就问问去，哪回招工的来了我不是挨个儿给你们说好话……”

/四　外汇/

老太太们盼望着这个小生产组能够发达，发展成正式工厂，有公费医疗，一旦干不动了也能算退休，儿孙成群终不如自己有一份退休金可靠。她们大多不识字，五六十岁才出家门，大半辈子都在家里侍候丈夫和儿女。

我们干的活倒很文雅：在仿古的大漆家具上描绘仕女佳人、花鸟树木、山水亭台……然后在漆面上雕刻出它们的轮廓、衣纹、发丝、叶脉……再上金打蜡，金碧辉煌地送去出口，换外汇。

“要人家外国钱干吗呢，能用？”A老太太很有些明知故问的意思，扫视一周，等待呼应。

“给你没用，国家有用。”G大婶搭腔，“想买外国东西，就得用外国钱。”

“外国钱就外国钱吧，怎么叫外汇？”

“干你的活儿呗老太太——！知道那么多再累着。”

“我划算，外汇真要是那么难得，国家兴许能接收咱这厂子……”

老太太们沉默一会儿，料必心神都被吸引到极乐世界般的一幅图景中去了。

“哎，对了，U师傅，您应当见过外汇？”

于是，最安静的一个角落里响起一个轻柔的声音：“外汇是吗？哦，那可有很多种哪，美元、日元、英镑、法郎、马克……我也并不都见过。”这声音一板一眼字正腔圆，在简陋的老屋里优雅地漂浮，怪怪的，很不和谐，就像芜杂的窄巷中忽然闪现一座精致的洋房，连灰尘都要退避。“对呀对呀，纸币，跟人民币差不多……对呀，是很难得，国家需要外汇。”

这回沉默的时间要长些，希望和信心都在增长。

可是A老太太又琢磨出问题了：“咱们买外国东西用外国钱，外国买咱的东西不是也得用中国钱吗？那您说，咱这东西可怎么换回外汇来呢？”

“不，”U 师傅细声地笑一下，“外国人买咱们的东西要付外汇。”

“那就不对了，都用他们的钱，合着咱的钱没用？”

U 师傅光是笑，不再言语。

很多年以后，我在一家五星级饭店里看见了那样几件大漆的仿古陈设：一张条案、几只绣墩、一堂四扇屏风。它们摆布在幽静的厅廊里，几株花草围伴，很少有人在它们跟前驻足，唯独我一阵他乡遇故知般的欣喜。走近细看，不错，正是那朴拙的彩绘和雕刻，一刀一笔都似认得。我左顾右盼，很想对谁讲讲它们，但马上明白，这儿不会有人懂得它们，不会有人关心它们的来历，不会再有谁能听见那一刀一笔中的希望与岑寂。我摸摸那屏风纤尘不染的漆面，心想它们未必就是出自那两间老屋，但谁知道呢，也许这正是我们当年的作品。

/五　三子/

冬天的末尾。冻土融化，变得温润松软时，B 大爷在门前那块空场上画好一条条白线，砖瓦木料也都预备齐全，老屋里洋溢着欢快的气氛。但阵阵笑声不单是因为新屋就要破土动工，还因为 B 大爷带来的“基建队”中有个傻子。

“嘿，三子，什么风把你刮来了？”

“你们这儿不是要盖房吗？”

“嗬，几天不见长出息了怎的，你能盖得了房？”

三子愧怍地笑笑：“这不是有 B 大爷吗？”

三子？这名儿好耳熟。我正这么想着，他已经站到我跟前，并且叫着我的名字了。“喂，还认得我吗？”他的目光迟滞又迷离。

“噢……”我想起来了，这是我的小学同学，可怎么这样老了呢？驼背，而且满脸皱纹。“你是王……”

“王……王……王海龙。”他一脸严肃，甚至是紧张。

又有人笑他了：“就说‘三子’多省事！方圆十里八里的谁不知道三子？未必有谁能懂得‘王海龙’是什么东西。”

三子的脸红到耳根，有些喘，想争辩，但终于还是笑，一脸严肃又变成一脸愧怍，笑声只在喉咙里“哼哼”地闷响。

我连忙打岔：“多少年了呀，你还记得我？”

“那我还能不记得？你是咱班功课最棒的。”

众人又插嘴说：“那，最孬的是谁呢？”“小学上了十一年也没毕业的，是谁呢？”“俩腿穿到一条裤腿里满教室跳，把新来的女老师吓得不敢进门，是谁？”

“我——！妈了个 X 的”，三子猛喊一声，但怒容只一闪，便又在脸上化作歉疚的笑，随即举臂护头做招架的姿势。

果然有巴掌打来，虚虚实实落在三子头上。

“能耐你不长，骂人你倒学得快！”

“这儿都是你大妈大婶，轮得上你骂人？”

“三子，对象又见了几个啦？”

“几个哪儿够，几打了吧？”

“不行。”三子说。

“喂喂——说明白了，人家不行还是咱们不行？”

“三子！”B 大爷喊，“还不快跟我干活儿去？这群老‘半边天’一个顶一个精，你惹得起谁？”

B 大爷领着三子走了，甩下老屋里的一片笑骂。

B 大爷领着三子和 V 去挖地基，还有个叫老 E 的四十多岁的男人。三子一边挖土一边念念叨叨地为我叹息："谁承想他会瘫了呢？唉，这下他不是也完了？这辈子我跟他都算完了……" V 听了就呲嘚三子："你他妈完了就完了吧，人家怎么完了？再胡说留神我抽你！"三子便半天不吭声，拄着锹把低头站着。B 大爷叫他，他也不动，B 大爷去拽他，他慌忙抹了一把泪，脸上还是歉意的笑。——这些都是后来 B 大爷告诉我的。

/六　春天/

三子的话刺痛了我。

那个二十三岁、两腿残废的男人，正在恋爱。他爱上了一个健康、漂亮又善良的姑娘。健康，漂亮，善良——这几个词太陈旧，也太普通了，但我没有别的词给她。别的词对于她都嫌雕琢。别的词，矫饰、浮华，难免在长久的时光中一点点磨损掉。而健康，漂亮，善良，这几个词经历了千百年。

属于那个年轻的恋爱者的，只有一个词：折磨。

残疾已无法更改，他相信他不应该爱上她，但是却爱上了，不可抗拒，也无法逃避，就像头上的天空和脚下的土地。因而就只有这一个词属于他：折磨。并不仅因为痛苦，更因为幸福，否则也就没有痛苦也就没有折磨。正是这爱情的到来，让他想活下去，想走进很大的那个世界去活上一百年。

他坐在轮椅上吻了她，她允许了，上帝也允许了。他感到了活下去的必要，就这样就这样，就这样一百年也还是短。那时他想，必须努力去做些事，那样，或许有一天就能配得上她，无愧于上帝的允许。偷偷地但是热烈地亲吻，在很多晴朗或阴郁的时刻如同团聚，折磨得到了报答，哪怕再多点儿折磨这报答也是够的。

但是总有一块巨大的阴影，抑或巨大的黑洞——看不清它在哪儿，但必定等在未来。

三子的话，又在我心里灌满了惶恐和绝望。一个傻人的话最可能是真的。

杨树的枝条枯长、弯曲，在春天最先吐出了花穗，摇摇荡荡在灰白的天上。我摇着轮椅，毫无目的地走。街上车水马龙人流如潮，却没有声音——我茫然而听不到任何声音，耳边和心里都是空荒的岑寂。我常常一个人这样走，一无所思，让路途填塞时间。劳累有时候能让心里舒畅、平静，或者是麻木。这一天，我沿着一条大道不停地摇着轮椅，不停地摇着，不管去向何方，也许我想看看我到底有多少力气，也许我想知道，就这么摇下去究竟会走到哪儿。

夕阳西坠时，看见了农田，看见了河渠、荒冈和远山，看见了旷野上的农舍炊烟。这是我两腿瘫痪后第一次到了城市的边缘。绿色还很少，很薄，裸露的泥土占了太重的比例，落霞把料峭的春风也浸染成金黄，空幻而辽阔地吹拂。我停下车，喝口水，歇一会儿。闭上眼睛，世界慢慢才有了声音：鸟儿此起彼落的啼鸣……

农家少年的叫喊或者是歌唱……远行的列车偶尔的汽笛声……身后的城市“隆隆”地轰响着，和近处无比的寂静……但是，我完了吗？如果连三子都这样说，如果爱情就被这身后的喧嚣湮灭，就被这近前的寂静囚禁，这个世界又与你何干？

睁开眼，风还是风，不知所来与所去，浪人一样居无定所。身上的汗凉了，有些冷。我继续往前摇，也许我想：摇死吧，看看能不能走出这个很大的世界……

然后，暮色苍茫中，我碰上了一个年轻的长跑者。

一个天才的长跑家——K。K在我身旁收住脚步，愕然地看着我，问我这是要到哪儿去。我说回家。他说，你干吗去了？我说随便走走。他说你可知道这是哪儿吗？我摇摇头。他便推起我，默默地跑，朝着那座“隆隆”轰响的城市，那团灯火密聚的方向……

/七　长跑者/

想起未开放的年代，一定会想起K，想起他在喧嚣或寂静的街道上默默奔跑的形象。也许是因为，那个年代，恰可以这孤独的长跑为象征、为记忆、为诉说吧。

K因为在“文革”中出言不慎，未及成年就被送去劳改，三年后改造好了回来，却总不能像其他同龄人一样有一份正式工作。所谓“改造好了”，不过是标明“那是被改造过的”（就像是“盗版”的），以免与“从来就好的”相混淆。这样，K就在街道生产组蹬板车。蹬板车之所得，刚刚填平蹬板车之所需。力气变成钱，钱变成粮食，粮食再变成力气，这样周而复始。我和K都曾怀疑上帝这是什么意图。K便开始了长跑，以期那严密而简单的循环能有一个漏洞，给梦想留下一点儿可能。K以为只要跑出好成绩，他就可以真正与别人平等，或者得一份正式工作，或者再奢侈些——被哪个专业田径队选中。

K推着我跑，灯火越来越密，车辆行人越来越多……K推着我跑，屋顶上的月亮越来越高，越来越小，星光越来越亮越来越辽阔……K 推着我跑，"隆隆"的喧嚣慢慢平息着，城市一会儿比一会儿安静……万籁俱寂，只有 K 的脚步声和我的车轮声如同空谷回音……K 推着我跑，在我的印象中一直就没有停下，一直就那样沉默着跑，夜风扑面，四周的景物如鬼影幢幢……也许，恰恰我俩是鬼（没有"版权"而擅自"出版"了），穿游在午夜的城市，穿游在这午夜的千万种梦境里……

K 是个天才长跑家。他从未受过正规训练，只靠两样天赋的东西去跑：身体和梦想。他每天都跑两三万米，每天还要拉上六七百斤的货物蹬几十公里路，其间分三次吃掉两斤粮食而已。生产组的人都把多余的粮票送给他。谈不上什么营养，只临近大赛的那一个月，他才每天喝一瓶牛奶，然后便去与众多营养充足、训练有素的专业运动员比赛。年年的"春节环城赛"我都摇着轮椅去看他跑。年年他都捧一个奖杯或奖状回来，但仅此而已，梦想还是梦想。多少年后我和 K 才懂了那未必不是上帝的好意相告：梦想就是梦想，不是别的。

有个十三四岁的男孩要跟 K 学长跑，从未得到过任何教练指点的 K 便当起了教练。

后来，这男孩的姐姐认识了 K，爱上了 K，并且成了 K 的妻子——那时 K 仍然在拉板车，在跑，在盼望得到一份正式工作，或被哪个专业田径队选中。

热恋中的 K 曾对我说过一句话。他说他很久以来就想跟我说这句话了。他说："你也应该有爱情，你为什么不应该有呢？"我不回答，也不想让他说下去。但是他又说："这么多年，我最想跟你说的就是这句话了。"我很想告诉他我有，我有爱情，但我还是没有告诉他，我很怕去看这爱情的未来。那时候我还没能听懂上帝的那一项启示：梦想如果终于还是梦想，那也是好的，正如爱情只要还是爱情，便是你的福。

/八　U师傅/

U 师傅有什么梦想吗？ U 师傅会有怎样的梦想呢？

U 师傅的脚落在地上从来没有声音，走在深深的小巷里形单影只，从不结群。U 师傅走进老屋里来工作，就像一个影子，几乎不被人发现。“U 师傅来了吗？”——如果有人问起，大家才往她的座位上望，看见一个满头乌发身材颀长的老女人，跟着听见一声如少女般细声细气的回答——“来了呀。”

我初来老屋之时，听说她已经有五十岁——除非细看其容颜，否则绝不能信。她的身段保持得很好，举手投足之间会令人去想：她必相信可以留住往昔，或者不信不能守望住流去的岁月。无论冬夏，她都套一身工作服，领口和袖口的扣子都扣紧。她绝不在公用的水盆中洗手，从不把早点拿来老屋吃。她来了，干活；下班了，她走。实在可笑的事她轻声地笑，问到她头上的话她轻声回答，回答不了的她说“真抱歉，我也说不好”，令她惊讶的事物她也只说一声“哟，是吗”。

“U 师傅，您给大伙儿说两句外国话听听行不行？”

“不行呀，”她说，“都快忘光了。”

小 T 说：“U 师傅，您听 D 唱的那些嘀里嘟噜的是外语吗？”

她笑笑，说：“我听不懂那是什么语。”

小 T 便喊 D：“嘿，你听见没有，连 U 师傅都听不懂，你那叫外语呀？”

D 走到 U 师傅跟前，客客气气地躬身道：“有阿尔巴尼亚语，有南斯拉夫语，有朝鲜语，还有印度语。”

“哟，是吗？”U 师傅笑。

“U 师傅，我早就想请教您了，您说‘杜哟瑞曼巴’是什么意思？”

“你说的大概是 do you remember，意思是，‘你还记得吗’？”

“哎哟喂，神了。”D 挠挠头，再问，“那‘得噢斯绰哈特’呢？”

U 师傅认真地听，但是摇头。

“一个草帽，是吗？”

“草帽？噢，大概是 the old straw hat，‘那个旧草帽’，是吗？”

“‘哟给喂突密’呢？”

“You gave to me，就是‘你给我’。哦，这整句话的意思应该是，‘妈妈，你还记不记得你给我的那个旧草帽。’”

D 点头咂舌，跷着大拇指在老屋里走一圈，回到自己的座位上去。

小 T 快乐得手舞足蹈：“哇，老天，D 哥们儿这回栽了吧？”

D 不理小 T，说：“U 师傅，我真不明白，您这么大学问可跟我们一块儿混什么？”

L 大妈的目光敏觉地投向 U 师傅，在那张阻挡不住地要走向老年的脸上停留一下，又及时移开：“D，干你的活儿吧，说话别这么没大没小的！”

听说 U 师傅毕业于一所名牌大学的西语系，听说 U 师傅曾经有过很好的工作，后来生了一场大病，病了很多年工作也就没了。听说 U 师傅没结过婚，听说不管谁给她介绍对象她都婉言谢绝。

U师傅绝对是一个谜。老屋里寂寞的时刻，我偶尔偷眼望她，不经意地猜想一回她的故事。我想，在那五十几年的生命里面必定埋藏着一个非凡的梦想，在那优雅、平静的音容后面必定有一个牵魂动魄的故事。但是她的故事守口如瓶，就连老屋里的大妈大婶们也分毫不知，否则肯定会传扬开去。

应该是一个爱情故事，一个悲剧。应该是一份不能随风消散、不能任岁月冲淡的梦想，否则也就谈不上悲剧。应该并不只是对于一个离去的人，而是对于一份不容轻掷的心血，否则那个人已经离开了你，你又是甘心地守望着什么呢？等待他回来？我宁愿不是这样一个通俗的故事。如果他不回来（或不可能再回来），守望，就一定是荒唐的吗？不应该单单去猜测一种现实——何况她已经优雅而平静地接受了别人无法剥夺的：爱情本身。她优雅、平静但却不能接受的是：往日的随风消散。是呀，那是你的不能消散的心的重量，不能删减的魂的复杂，不能诉说的语言绝境，不能忘记的梦之神坛或大道。

到底是怎样一个故事并不重要。

有一次小T去U师傅家回来（小T是老屋唯一去过U师傅家的人），跟我们说："哇，老天！告诉你们都不信，U师傅家真叫讲究喂，净是老东西。"

D说："有比L大妈还老的东西？"

小T说："我是说艺术品，字画，瓷器，还有太师椅呢。"

D说："太湿，怎么坐？"

小T说："你们猜U师傅在家里穿什么？旗袍！哇，老天，缎子的，漂亮死了！头发挽成髻，旗袍外面套一件开身绣花的毛坎肩，哇，老天，她可真敢穿！屋里屋外还养了好多好多花……"U师傅的梦想具体是什么，也不重要。

/九　B大爷/

B 大爷七十多岁了。砌砖和泥、立柱架梁、攀墙上房，他都还做得。察领导之言、观同僚之色，他都老练。审潮流之时、度朝政之势，他都自信有过人之见——无非是“女人祸国”的歪论、“君侧当清”的老调。B 大爷当过兵打过仗，枪林弹雨里走过来，竟奇迹般没留下一点儿伤残。不过他当的既非红军，亦非八路，也不是解放军。他说他跟“毛先生”打过仗。

“哪个毛先生？”

“毛主席呀，怎么了？”

“哎哟喂 B 大爷子！毛主席就是毛主席，能瞎叫别的？”

“不懂装懂不是？‘先生’是尊称，我服气他才这么叫他。当年我们追得毛先生满山跑，好家伙，陈诚的总指挥，飞机大炮的那叫狂，可追来追去谁知道追的是师傅哇？论打仗，毛先生是师傅，教你们几招人家还未准有工夫呢，你们倒他妈不依不饶地追着人家打？作死！师傅就是先生，‘先生’是尊称，懂不？”

“满山跑？什么山？”

“井冈山呀？怎么着，这你们又比我懂？”

“哪里哪里，你是师傅，啊不，先生。”

“噢嗬，不敢当，不敢当。”B 大爷露出一嘴残牙笑。

他当过段祺瑞的兵，当过阎锡山的兵，当过傅作义的兵，当过陈诚的兵。

“那会儿不懂不是？”B 大爷说，“心想当兵吃粮呗，给谁当还不一样？就看枪子儿找不找你的麻烦。饥荒来了，就出去当两天兵，还能帮助家里几个钱。年景好了就溜回来，种地，家里还有老娘在呢。唉，早要是明白不就去当红军了？”

“您当兵，也抢过老百姓？”

“苍天在上，可不敢。冲锋陷阵，闹着玩的？缺德一点儿枪子儿也找你。都说枪子儿不长眼，瞎说，枪子儿可是长眼。当官儿的后头督着，让你冲，你他妈还能想什么？你就得想咱一点儿昧良心的事儿没有，冲吧您哪。不亏心，没事儿，也甭躲，枪子儿知道朝哪儿走。电影里那都是瞎说。要是心虚，躲枪子儿，哪能躲得过来？咣当，挺壮实的一条汉子转眼就完了。我四周躺下过多少呀！当了几回兵，哪回我娘也没料着我能囫囵着回来。我说，娘，你就信吧，人把心眼儿搁正了，枪子儿绕着你走。”

“B 先生，枪子儿会拐弯儿吗？”

“会，会拐弯儿。”

你惊讶地看着 B 大爷，想笑。B 大爷平静地看着你，让你无由可笑。B 大爷仿佛在回忆：某个枪子儿是怎样在他眼前漂漂亮亮地拐了弯儿的。

“这辈子我就信这个，许人家对不起你，不许你对不起人家。”

在基建队，B 大爷随时护着三子，不让他受人欺侮。

晚上，三子独自东转西转，无聊了，就还是去 B 大爷那儿坐坐。

生产组的新车间盖好了，B 大爷搬去那两间老屋里住，兼做守卫。木床一张，铺盖一卷，几件换洗的衣裳，最简单的炊具和餐具，一只不离身的小收音机——B 大爷说：“这辈子就挣下这几样儿东西，不信上家里瞅瞅去，就剩一个贼都折腾不动的水缸。”

三子到B大爷那儿去，有时醉醺醺的。B大爷说：“甭喝那玩意儿，什么好东西？”

三子说：“您不也喝？”B大爷说：“我什么时候死都不蚀本儿啦！喝敌敌畏都行。”三子说：“我也想喝敌敌畏。”B大爷喊他：“瞎说，什么日子你也得把它活下来，死也甭愁活也甭怕才叫有种！”三子便愣着，撕手上的老茧，看目光可以到达的地方。

B大爷对旁人说：“三子呀，人可是一点儿不傻，只不过脑子不好使。”

脑子不好使而人并不傻，真是非凡之见。这很可能要涉及艰深的哲学或神学问题。比如说，你演算不出这非凡之见的正确，却能感受到它的美妙。

/十　浪与水/

从老屋往北，再往东，穿过芜杂简陋的大片民居，再向北，就是护城河了。老城尚未大规模扩展的年代，河两岸的土堤上柽柳浓荫、茂草藏人，很是荒芜。河很窄，水流弱小、混浊，河上的小木桥踩上去嘎嘎作响，除去冰封雪冻的季节，总有人耐心地向河心撒网，一网一网下去很少有收获；小桥上的行人驻足观望一阵，笑笑，然后各奔前途。

夏天的傍晚，我把轮椅摇过小桥，沿河“漫步”，看那撒网者的执着。烈日晒了一整天的河水疲乏得几乎不动，没有浪，浪都像是死了。草木的叶子蔫垂着，摸上去也是热的。太阳落进河的尽头。蜻蜓小心地寻找露宿地点，看好一根枝条，叩门似的轻触几回方肯落下，再警惕着听一阵子，翅膀微垂时才是睡了。知了的狂叫连绵不断。我盼望我的恋人这时能来找我——如果她去家里找我不见，她会想到我在这儿。这盼望有时候实现，更多的时候落空，但实现与落空都在意料之内，都在意料之内并不是说都在盼望之中。

若是大雨过后，河水涨大几倍，浪也活了，浪涌浪落，那才更像一条地地道道的河了。

这样的时候，更要到河边去，任心情一如既往有盼望也有意料，但无论盼望还是意料，便都浪一样是活的。

长久地看那一浪推一浪的河水，你会觉得那就是神秘，其中必定有什么启示。“逝者如斯夫”？是，但不全是。“你不能两次踏进同一条河”？也不全是。似乎是这样一个问题：浪与水，它们的区别是什么呢？浪是水，浪消失了水却还在，浪是什么呢？浪是水的形式，是水的信息，是水的欲望和表达。浪活着，是水，浪死了，还是水，水是什么？水是浪的根据，是浪的归宿、是浪的无穷与永恒吧。

那两间老屋便是一个浪，是我的七年之浪。我也是一个浪，谁知道会是光阴之水的几十年之浪？这人间，是多少盼望之浪与意料之浪呢？

就在这样的时候，这样的河边，K 跑来告诉我：三子死了。

“怎么回事？”

“就在这河里。”

雨最大的时候，三子走进了这条河里，——在河的下游。

“不能救了？”

我和 K 默坐河边。

河上正是浪涌浪落，但水是不死的。水知道每一个死去的浪的愿望——因为那是水要它们去做的表达。可惜浪并不知道水的意图，浪不知道水的无穷无尽的梦想与安排。

“你说三子，他要是傻他怎么会去死呢？”

没人知道他怎么想。甚至没有人想到过：一个傻子也会想，也是生命之水的盼望与意料之浪。

也许只有 B 大爷知道：三子，人可不比谁傻，不过是脑子跟众人的不一样。

河上飘缭的暮霭，丝丝缕缕融进晚风，扯断，飞散，那也是水呀。只有知道了水的梦想，浪和云和雾，才可能互相知道吧？

老屋里的歌。应该是这样一句简单的歌词，不紧不慢反反复复地唱：不管浪活着，还是浪死了，都是水的梦想……

一九九六年

死国幻记

黑暗从四周围拢，涌荡，喧哗，甚至嚣张。光明变得朦胧、孱弱，慢慢缩小，像糖在黑色的水中融化。也许是风，把一切都吹起来，四处飘扬，一切都似尘埃。

风中挟裹着啜泣，从何而来？此前似乎还有过一阵阵悲恐的呼叫，叫我吗？

太阳很高，没有一丝云，但是太阳一会儿比一会儿暗淡。这景象前所未有。有点儿像戏幕拉开之前剧场里的灯光缓缓熄灭，随后想必所有的嘈杂都会平息。

果然，风声停了，啜泣或者还有呼叫都随之消失。所有的声音一下子都被吸干了似的，万籁俱寂。同时，很快，快得让人来不及想，寂静中黑暗已经合拢。黑暗漫布得均匀辽阔，无边无际。

光明与黑暗之间几乎没有停顿。不是几乎，是根本没有。朦胧仍然还是光明，就像弥留并不是死。光明与黑暗之间，或者生与死之间，没有过渡，没有哪怕一分一秒的迟疑。但我心里一直很清楚，后来据死灵们说这是一个奇迹。在黑暗中还能记起光明，那些死灵们说这真是一件不可思议的事。“你没有经过忘川？”我想我必是漏网的一个。

我只能把他们叫作死灵，包括我自己，也已经是死灵。“死灵”或者“死命”，姑妄之称。这并不是黑暗中的语言，是因为我记得在光明那边普遍有“生灵”和“生命”这样的表达。

我在黑暗中浮游，任意东西，仿佛乘风飘荡。开始还见些星光，一团团或者一块块，流萤般飞走。慢慢地我飘进深不见底的黑暗，没有一丁点儿光亮，没有阻力，没有颠簸，身轻如流如空完全没有了重量，只剩下思想。黑暗，消弭了方向，消弭了空间，令人昏眩。时间呢？这时我开始想到，那不过是思想的速度，是意义所需的过程……

然后慢下来，开始降落，轻飘飘地飘落，像尘埃……啊不，像思想，像思想终于找到了根据，找到了表达，或者也可以说是灵魂嵌入了另一种存在。

我的死命就这样开始并不阻挡什么，清澈的黑暗，如同深夜。

我夜里依然清晰地思想。山川历历，芳草萋萋，林木葳蕤，流水潺潺——这些形容都是可以用的，这些感受都是有的，但仍不过是姑妄称之。黑暗并不阻挡什么，就像墙壁挡不住思想。

懵懵然之中我听到（不，不是“听”到，是感觉到，或者接收到）一个声音说（也算不上是“声音”和“说”，只是一种消息的传布）：“啊，他来了。”

随之有很多人围拢过来，飘浮在我的四周，嘁嘁喳喳地交谈。不，只是交流，并没有声音。我感觉他们的心情喜忧参半。

然后我周身一阵彻骨的寒冷，是他们之中的一个拥抱了我，拥抱着我为我祈祷："可怜的灵啊，你已经圆满。你来了，在这无苦无忧的世界里，愿魔鬼保佑你，给你足够的耐心去忍受这恒常的寂寞，或者给你欲望，走出这无边的黑暗吧……"

但是忽然他停止了祈祷，放开我，后退，惊讶地喊道："怎么回事？他是温热的！他怎么会是温热的？"

所有在场的人都来触摸我，慌作一团，飘动不已。

"不错，他全身都是温热的！"

"温热的？啊，可从来没有过这样的事！"

"不可能。魔鬼保佑，不是在闹人吧？"

我笑了："闹人？"

这一笑吓得他们纷纷飘离，只剩下刚才为我祈祷的那个家伙还留在我身边。我问他："你们说些什么呀，乱七八糟的？"

他看着我，迷茫地飘动，像夜风中的一面旗。

我坐起来我想坐起来，但其实是飘起来，说："我这是在哪儿？"

飘离的人们又都飘回来，与我保持着一定的距离。他们面面相觑，对我的话仍然没有反应。但我能懂他们的话。他们在互相问："他这是要干什么？"他们在互相说："他这样子可真像是神魂附体呀。"

我便以他们的方式传布（黑暗使我毫不费力地掌握了这种传布的规则）："你们是谁？你们是什么人？"

这一回他们懂了，惊呆了，停止飘动，仿佛风也凝滞了。

他们呆愣了好半天才说："我们不是人呀。"

这一下轮到我被惊呆了。大概我惊恐的样子很令他们同情，他们便又都飘拢过来，冷气袭人地抚摸我，可能是要给我安慰。

我说："那，不是人你们是什么呢？"

"你呢？你是什么？"他们说，声音和飘动都变得无比柔和。"你是什么我们就是什么呀，不是吗？”

好像是这样，可是……我想了好一会儿说：“可是我有点儿糊涂。对不起，你们能不能提醒我一下？这是怎么回事？你们，还有我，都是什么？”

就是这时候，他们说了（传布了）一个词。这个词不能写，这个词没有形象，这个词只能以他们的方式传布，在生之中没有与其对应的声音和文字，这个词的意思大致上就是“死灵”，就是死之中的存在，死之中“灵”的体现。就像人，是生之中“灵”的形态。

他们镶嵌在黑暗里，遍布于无限中。唯思想的呼唤使他们显现。他们的形象略显灰白，近似于光明中的照片底板，但无定形，就像变幻的云，就像深夜的梦，甚至像沉思，像猜想，像忧虑，像意识的流动不可以固定，但可以捕捉。他们随心所欲有着自己的形态，各具风流。

“死灵。”我把那个词翻译成光明那边的语言。

“死灵？”他们模仿着说，不解地看着我。

“因为在那边，”我说，“叫生灵，或者，叫生命。”

“生灵，或者生命。那边？那边是什么？”

“是生。是光明。是人间。”

我感到他们又都有些惊慌。

“怎么了，你们怕什么？”

“你总说‘人’。‘人’是传说中的一种炽热、明朗、恐怖的东西。”

我问：“是不是相当于那边所说的‘鬼’呢？”

“不不，‘鬼’虽然也是传说，但那是我们所崇敬的。魔鬼，冷峻幽暗，可以保佑我们……”

“我懂了，‘鬼’相当于那边所敬仰的‘神’。”

他们又笑起来：“不不不，‘神’是多么平庸！你可不要随便乱说谁是神，那是对死灵的轻蔑。”

我有点儿迷惑，不再说什么。

他们却似乎快活，飘飘荡荡地互相交流。

一个说：“太奇妙了，这真是一件从未有过的事。”

另一个说：“看来真有另一种存在，死之前，灵魂已经存在。”

我心里暗笑：你们可真会说废话。

又一个说：“是的，否则无法解释。也许，死之前，灵魂就已经在一种强大的光明之中了，在那儿也有一个世界。所以……所以他的身体还是温热的。”

一个说：“他从那儿来吗？我们，是不是都曾经在那儿呢？”

另一个说：“会不会就是我们猜测的那种‘白洞’呢？有强大的发散力，使任何东西都不能回归，一切都在发散、扩展、飘离、飞逝，时间在那儿永远朝着一个方向，不可逆返……他会不会就是从那儿来呢？”

他们兴奋得手舞足蹈，在我身边飘来飘去。

“要是那样的话，他，”他们指着我说，“他也许是有欲望的吧？”

他们更加激动了，上下翻飞，浪一样起伏涌动。

很久他们才稍稍平静了些。一个死灵对我说：“你是不是要睡一会儿？”

“是呀，”我说，“你们把我搞得好累呀。”

“他累了。”“他说他累了。”“他说他要睡一会儿了。”“那就是说，他还没有圆满。”“就是说，有可能他还残存着欲望。”……他们好像互相传布着一个可喜可贺的消息，按捺不住心中的惊喜。

“那就让他睡吧，”他们压低声音说，“我们走。”

“好了，你睡吧。”他们轻声对我说。

我很疲惫，很快就睡着了。没有梦，一点儿梦都不来，无知无觉一片空无，什么都没有。

一点儿梦都没有，一点儿感觉都没有，醒来我觉得好像并不曾睡。并不曾睡却又怎么知道是醒来了呢？我坐在那儿呆想，才发现那是因为刚才和现在的感觉衔接不上，当中似有一个间断，有过一段感觉空白，这空白延续了多久呢？无从判断。只有在感觉又恢复了之后，才能推断刚才我是睡了，而那一段空白永远地丢失了。

这有点儿像生和死的逻辑。我记得活着的时候我就想过这个问题：如果我睡了不再醒来，我怎么能知道我是睡了呢？如果我死了就是无穷无尽的虚无，又怎么能证明死是有的呢？我坐在那儿呆呆地想了很久，忽然明白：虚无是由存在证明的，死是由生证明的，就像睡是由醒证明的。

空无渐渐退去，四周随着思想的清晰而清晰起来。我发现我睡的地方一无遮拦，而且我是赤身裸体，没有铺盖也没有衣服。我慌得跳起来，找衣服。这时死灵们又飘来了，我赶紧躲到一棵树后。但是没用，透过树我可以看见他们，他们也一样看见了我——是的，正如墙壁不能遮挡思想。

“喂，你干吗这么一副躲躲藏藏的样子？”他们问，“我们已经认识了，我们已经是朋友了不是吗？”

“可我的衣服，”我说，“我的衣服不见了，找不到了。”

“衣服？衣服是什么？”

“我总不能光着身子呀。”

“不能光着身子？那你要怎样？”

“衣服！衬衫，还有裤子！”我向他们比画，但他们完全不懂。

一个神色更为沉稳的死灵拨开众死灵，飘近我，郑重地问：“你是不是想要遮挡住自己？”

我点点头：“至少我得有一条裤子呀，这么光着算什么？”

“是不是，在那边，赤裸是一件很不得当的事？”

我说是的。我说：“在那边，这也是对别人的不恭敬。”

“就为这个吗？”众死灵大笑起来，“就为这个，他一副失魂落魄的样子！”

神色沉稳的死灵对我说：“别找了，白费力气，在死国你找不到什么东西可以遮挡。在死国没有什么可以遮挡，也没有什么可以被遮挡。”

“你看看我们，”众死灵说，“我们不都是这样吗？”

不错，他们都是一丝不挂。男死灵和女死灵都坦然地赤裸着，纤毫毕露，楚楚动人。

“这又怎样呢？”他们一边说，一边扭动、展示着十分性感的身体，或者说是展示着十分性感的飘动。“我们有什么不一样吗？”“我们应该藏到哪儿去呢？”“是要玩捉迷藏吗？把自己藏起来，再把自己找到，我们就不知道我们是什么样子了吗？把自己藏起？”“真有意思，相互看不见就是相互恭敬吗？”“再说，我们可有什么办法能藏起来吗？”他们轻松地飘转，“哧哧”地笑个不停。

那个神色沉稳的死灵，由于他以后的言行，我觉得他有点儿像牧师，但在死国并没有这样的称谓，所以我暗自叫他作MS。MS对众死灵说：“笑什么笑！别让他太受惊吓。他跟我们不一样，他并未圆满他还保留着欲望！是啊，欲望，这正是我们期待的，这样的机会千载难逢……”

我看见MS望着无边的黑暗，朝向黑暗的极点或源头一动不动，仿佛双手合十，念念有词：“愿魔鬼引领我们走出这寂寞之海。感谢它给我们送来了欲望的使者。”

我看见MS这样念诵之后，死灵们纷纷跪倒，肃然无声。我看见，不知何时，黑暗中聚拢了难以计数的死灵，飘飘漫漫铺天盖地，其实并无天地之分，那无边的黑暗就是由他们组成，他们就是无边的黑暗。

我完全不明白他们为什么要这样，但我记得在光明那边也有类似的情景，所以我在心里把那位神色沉稳的死灵叫作MS，这称呼未必恰当。众死灵跟随MS默默祷告的时候，我只好在他们中间飘来荡去。有一件事让MS说对了，我还保留着欲望，是的，保留着欲望——那些匍匐在地的美妙身体，让我兴奋，兴奋得想入非非……

以后的时光中，我大半和MS在一起，他领我漫游死国。

当然用不着车，也用不着走，用“飘”来形容也很勉强。在死国没有空间和时间之分，空间即是时间，距离不过是思想的过程，距离的长短决定于思想的复杂程度。MS常常要停下来等我，我的思路跟不上他，死国的很多事我都还陌生。MS无所不知，唯光明是他的界线。在黑暗中他轻车熟路毫无阻碍，一不留神就离开了我，让我左顾右盼寻他不见，等他再回头找我时，见我还在原地冥思苦想寸步难移。这很像在光明世界里的考试，愚钝的孩子刚答出一半考题，聪颖的孩子早已交了卷跑去河里游泳了。也像一对谈不拢的夫妻，貌合神离，同床异梦，梦中的两个世界相距何止千里万里！但在死国神貌合一，神离即是形离。

但光明是MS的界线。光明，是死灵思之不及的地方。光明之于死灵，正如死域之于人间吧。

尤其欲望，让MS着迷，让他百思不解。

“总有些事，你想做可一时又做不到吧？”我提醒他。

“想做又做不到？”他愣愣地看我，“什么意思？”

“比如说，你想有很多钱，可你没有……”

“什么是钱？”

“钱可以换来你想要的东西。有了钱，你想要什么就可以买来什么。”

“换？买？什么是东西？”

“比如说你饿了，想吃点儿什么，你怎么办呢？”

“饿是怎么回事？什么是吃？”

“你难道没有饿过？你没有过饿得浑身没有力气的感觉吗？”

“没有。我想你是说补充能量吧？那你补充就是了，只要你有补充能量的意念能量就已经补充了。你到死国这么久了，这一点还没有发现吗？”

是呀，自从我死后我还从未有过饿的感觉。

“可我还是不知道什么是钱，”他说，“什么是换和买，什么是饿。还有，浑身没有力气是怎么回事呢？”

“就像生病了似的。你生过病吗？”

“生病？”他抱歉地笑笑，看着我。

我明白了，死国是不会生病的，病极也就是个死，死当然就再无病可生。

“那好吧，再比如，你们是不是也都想有个家呢？”

“对不起，家？你最好再解释一下。”

“简单说吧，有一处封闭的地方，一座房子，四壁围拢起来的一处空间，你和你的亲人住在里面，其他死灵不得侵犯，不能随便进来，偷听和偷看也都是违法的，在那里面你可以自由自在地生活，做你想做的任何事……怎么，这你还听不懂？你不是有点儿弱智吧？直说了吧，假如你和你妻子做爱，你们总不能在大庭广众面前在众目睽睽之下吧？”

我这话音一落，MS忽然不见。我想过一会儿他会回来找我的，可是等了很久仍不见他的踪影。这时我感觉周围蒙蒙地有些亮色，不知从哪儿又传来风声，传来悲伤的啜泣，有人在叫喊，叫喊着我光明中的名字，有金属器械轻轻地碰响……随着那蒙蒙的亮色越来越大，我感到身体越来越沉重，胸口憋闷，一阵温暖袭来……这感觉很熟悉，这感觉非常熟悉啊——噢，大概那边正有人在抢救我回去吧？但我此时好像并不太想回去，好不容易才摆脱了那份肉体的沉重我真是不想再回去，至少我不应该就这么与MS不辞而别……啊哈我知道了，我懂了，这一回是我飘离了MS！我的思想走到他不能走到的地方了，他不能到这儿来，他不能接近这蒙蒙亮色，正如他不能理解欲望。他还在黑暗深处。可我怎么回去找他呢？在死国，思想的差别就是形体的距离，是呀，一定是我刚才的话把他搞昏了，什么封闭呀，四壁围拢呀，亲人呀，还有侵犯、偷听偷看、违法、大庭广众和众目睽睽……这些他都不可能懂，他一定还在大惑不解中团团转，寸步难移。我必须循着死国的思路，才能回到他身边……这样一想，蒙蒙的亮色渐渐消退。我再想，死国是没有房子的，在死国是无处躲藏的，连山川和树木也都是黑暗透明的，一切都是无遮无拦，当然那也就无所谓自由和不自由……我这样想着，便回到了黑暗深处，看见MS就在近旁。果然不出所料，他还在那儿冥思苦想呆若木鸡。

“请你给我解释一下，众目睽睽到底是什么？”

“就是别的死灵都看着你。”

“他们看着我难道不好吗？”

“我是说，比如当你和你的女死灵交欢的时候。”

“我的女死灵？好吧，就算是我的，那又怎样？不让他们看就是欲望了吗？”

“那倒也不是。可是，那样的时候难道可以让别的死灵看吗？”

“当然，要是他们愿意。再说他们为什么一定要看？”

是呀，为什么？我真是从来没想过这个问题。

“因为那是怕人看的。”我说，“那样子有些丑，虽然丑但还是有很多人想看。也有人说那其实很美，但是说美的人还是要躲藏起来做爱。”

MS 说：“你说——爱！是吗？这个词我知道，这在历史上有过记载，在远古时代的死国曾经存在过爱，可现在早已经没有了。现在的死国，最多也只有交欢。”

“仅仅是为了繁衍吗？”我想到了光明世界中的鹿群，在秋天的山野里，在丰沛的河流两岸，像节日一样聚众交欢。

“不不，那只是为了抵挡一下寂寞，死国并不需要繁衍。死灵据说都是从光明突然来到黑暗，只不过在途经忘川时洗净了一切记忆。”

“我好像不是这样嘛。”

“你是个例外，很可能你躲过了忘川，所以还保留着欲望。这样的事在死国的全部历史上也是寥若晨星。所以我说过这很难得，千载难逢。好了，话说回来，我还要请教：做爱，为什么要害怕众目睽睽呢？”

“很可能…因为…哦，大概是这样，那是一个人最软弱的时候，一个人要求于他人的时候，一个人和另一个人自由敞开心魂的时候，但又绝不是能被所有的人都理解的时候。所以，所以你和你的爱人走进自由的时候你们同时要小心众人的目光。”

“为什么？”

“因为软弱。软弱，多么可笑。”

“可笑？你是说软弱可笑？不不，那是最珍贵的呀，求之不得的。当你感到软弱、孤独，你才能真正体会爱，真正享受到爱，尘封的史书上有过这样的解释，只可惜我们能够读懂，却已无能进入那样的境界了。死国世风日下，一切都已圆满，软弱和孤独一去不再。我们只能到戏剧中去模仿那样的境界。”

我的思路跟不上他，MS 又飘离了。

过了一会儿他回来，神色严峻地对我说：“请跟上我的思路，跟上我——圆满并不意味着无缺。对，这样想，圆满并不是无缺，请你重复我的话。”

瞬间我们来到一处湖边。湖波荡漾，山林环绕，溪流像一匹黑色绸缎蜿蜒林间，潺潺注入湖中。湖岸上，树林里，若干对男女或相拥而卧，或嬉笑追逐……如在光明中的婚床，肆意交欢。他们变幻的形体风雨般任意飘摇，相互融合，相互吸吮，浪一样相互拍打、冲撞……舒腰鼓臀叠胸交股，无拘无束，炫耀其千姿百态，鼓动其万种风情……他们互相并不规避，甚至相互坦然观望。

我想起了光明中的荒野，秋风，和鹿群赴死般的交欢。

“啊，多么自由！”

但 MS 说：“可你没看出什么问题吗？”

“无所顾忌，随心所欲。在光明那边这是无法想象的。”

“啊，我不知道你说的自由是什么，可这仅仅是戏剧。”

“戏剧？”

“是呀，寂寞至极的戏剧。他们只是用形体在模仿那传说中的相互敞开和相互依恋，但其实办不到，无论如何也办不到了。我们已经没有什么可以敞开，形体早已无遮无蔽，心魂也早已没有秘密可言了。”

“为什么？”

“因为死灵们都已圆满，没有阻碍，没有困苦，没有罪恶，没有疑问。死灵们心心相通，无我无他。我们甚至可以在时间中任意来去，因为思想的速度远远快过时间，想象便到未来，回忆即是过去。”

“可你刚才不是还说‘圆满并不是无缺’吗？”

“是呀是呀，可是圆满……”MS叹道，“它让我们丢失了欲望。欲望！”

沉默了一会儿他又说：“慢慢你会懂的，你会明白，那是怎样的寂寞。寂寞得就像似被嵌进了岩石，就像似被铸进了均匀的时间，寂寞得快要让整个死国都发疯了呀……所以，所以我们指望戏剧，我们模仿软弱，模仿孤独，模仿激情，模仿着相互敞开心扉的感动。但只是模仿，只能是模仿。你看呀，你看死灵们的动作多么机械、标准、规范，多么呆板，因为那都是事先设计好的呀！毫无办法。他们已经尽力了，他们在尽力摆脱成规，但是摆脱成规如果成为目的，一切又都成了刻意的安排，刻意安排还能有什么惊喜和快乐？还能有什么新奇的发现？心魂就像被做成了一个环，圆满，绝没有缺口。寂寞，永远的寂寞。因为，真正的创造需要的是欲望！欲望啊，你懂吗？可他们没有，早已经没有了，没有欲望，没有惊奇，没有激情……”

“怎么会呢？”

“因为没有什么是他们做不到的。因为圆满。因为我们与这黑暗毫无差别。我们就是黑暗，就是这无边无际。没有神秘，没有未知，下一个动作是什么他们早已看见，下一分钟是什么，明天怎样，我们了如指掌。”

我再看那些交欢的死灵。确实，他们的动作总是显得僵硬，虽然叠胸交股却似按部就班，虽然相互冲撞但没有颤抖，呻吟只是发自喉咙，仿佛一句规定的咏叹。所谓千姿百态风情万种也都像服从着某种预定的程序，让我想起光明中士兵的操练。

“你们干吗不回到过去呢，回到死国有欲望的时代？”我带了几分讥嘲地问，“你不是说你们已经无所不能，能够在时间中任意来去了吗？”

MS 叹一口气：“你应该已经懂了呀，在死国所思即所行，不可思议就是寸步难移。丧失了欲望，可怎么回到欲望的时代？”

“那是从什么时候？”

MS 呆愣着，呆愣了好一会儿，神情中渐渐显出沮丧、颓唐，或者还有自嘲。

“那可能是因为一次伟大的成功。”他说，“在死国历史上的某一时刻，神降福于死国，死灵们的千古梦想忽然实现，我们走进了极乐，所有的死灵都在那一刻超度了苦难，洗净了心灵，断灭了贪念和恨怨。我们身轻如风，行走如思，水复山隔都不存在，天涯海角霎时便在眼前，正如你看到的，在黑暗中我们无所不能。我们甚至无须语言，只靠思想便已相知相通，互相毫无隔膜……我们仰谢神恩，感谢他伟大的馈赠，举国庆祝，多少天多少夜不停地狂欢，是呀，我们疯狂地享受欢乐，周游八方，奇思妙想无不可及，正像你说的，随心所欲……”

“然后呢？”

“是呀，你问得好，然后呢？可我们已经没有然后了呀！一切都停止了，一切，都停止在圆满上……不错，我们饱享了一阵无苦无忧的时光，可是然后！然后慢慢地，慢慢地寂寞降临了，寂寞就像在一个环中流动周而复始，寂寞就像这黑暗一样充满了我们的视野、我们的心魂，毫无遗漏，密不透风……一次伟大的成功一次旷古的神恩把我们送进了永无休止的圆满，和寂寞。就这样。就是这样。死灵们再不可能有困苦，再不可能有好奇，再也不可能有激动和兴奋了。开始我们还以为这是一时的，不足为虑，谁知漫长的时间从此只剩了重复。对无所不能来说，一切都是陈旧的，再没有过去和未来之分。我们意识到事态的严重，试图粉碎这神恩，所以他们告诉过你，在死国，神被看作一种平庸的东西。平庸至极！它使我们无所不能吗？不，其实它使我们寸步难移！但是……但是粉碎圆满是可能的吗？麻烦就出在这儿，圆满是无懈可击的呀，无懈可击！所以我们呼唤魔鬼，重新给我们残缺吧……”

“可这就是欲望啊，MS！”我紧紧抓住他，仿佛要摇醒他似的喊，“这不就是欲望吗，MS？你可真是骑着驴找驴。”

“但这是一个悖论。”MS凄苦地一笑，“欲望着欲望，恰恰是因为没有欲望。”

“但是你也可以这样想，欲望着欲望，恰恰也就有了欲望。”

这一回轮到MS紧紧地抓住我了：“是吗？告诉我，我们怎么办？”

我迷惑地摇摇头。

MS却像似有了一点儿希望：“现在你来了，死国终于吹来了一点儿新奇的风。你温热的身体还保留着欲望，你要保护好它，切莫被圆满所诱惑，切莫也掉进这恒常的寂寞中去。啊，你不要不以为然，神恩实际上是最富诱惑的呀，还有什么比无苦无忧全知全能更具诱惑的吗？”

远处，湖岸上的戏剧已近尾声。死灵们相继停止了动作，既无疲惫也无欣喜，唯一脸徒劳无功的沮丧，就像一个乏味的笑话讲完了，或者一个浅薄的幽默刚一开始就露了底。草地上，树林边，他们默坐呆望，不知在等待什么。

MS说：“有时候，我们甚至渴望罪恶，盼望魔鬼重新降临死国，兴风作浪，捣毁这腻烦的平静，把圆满打开一个缺口，让欲望回来，让神秘和未知回来，让每个死灵心中的秘密都回来吧，让时空的阻碍、让灵与灵之间的隔膜统统回来！”

无边的黑暗中响彻MS的哀告，风一样散布开去，又风一样被湮灭掉。

“也许，MS，我就是魔鬼遣来死国的使者。”

MS半晌不语，似有所思。

我望着湖岸上的死灵，心旌摇动。女死灵们个个妖艳，我不信她们会不善风情。

可MS叹道：“只是，只是我又怕满足会把你的欲望磨光。”

“怎么会呢？”我雄心勃勃，跃跃欲试，“你放心吧，那不可能。”

MS思忖良久，目光一闪终于下了决心：“那么就拜托了。愿你的欲火能够燃遍死国，那样的话，所有的死灵都会铭记你的英名。”

我有点儿临危受命的感觉，甚至是慷慨赴义的凛然。但是说真的，我可没有那么纯洁。

随后在湖岸上发生的事令人难于启齿。其实不说也罢，光明中的人们不说也懂——“柔情似水，佳期如梦，金风玉露一相逢，便胜却人间无数”。可是黑暗中的死灵啊，唉唉，完全两回事，跟他们说什么也没用，他们压根就不懂。你怎么教，他们也还是笨手笨脚毫无灵感。话说回来，那样的事能教吗？那不是一门技术啊。他们倒都谦虚好学，一副求知若渴的样子，你要他们怎么干他们就怎么干，一丝不苟。他们一边抬眼看着你，一边在身下模仿着干他们自己的事，老天爷呀这是怎么了，猪都不至于这么笨！植物都不至于这么笨！不错不错，他们确实聪明，教什么会什么，但一律都像盗版，我的奇思妙想在他们那儿立刻变为成规，我的放浪不羁在他们那儿立刻被处理成程序。

我冲他们喊：“你们他妈的就不能有点儿自己的想法？”

他们齐声问：“我们他妈的应该有点儿什么想法呀？”

“我怎么知道你们想什么？这不是钻井采油，用不着狗日的万众一心。”

“那，狗日的你在想什么呢？”

一群傻帽，连语气都在模仿我。

我说：“我想什么关你们屁事！这事要靠你们自己的想象。”

他们又一齐问：“想象？想象是什么呀？”

“是一群猪，要么就是一堆木头！”我气急了。

他们可倒乖：“到底是猪，还是木头呢？”

完了完了，这样令人哭笑不得的场面弄得我意趣全消，激情荡尽。我停下来，坐在草地中央气喘如牛，满心沮丧。

MS 在远处紧张地望着我，我想起了他的重托。

“各位，”我说，“请不要把这事当儿戏，这可是关系到死国的未来，关系到死灵们的前途，关系到你们能不能走出无边的寂寞。”

我这话音一落，死灵们纷纷飘拢过来，满天满地的严肃，全部黑暗都仿佛凝滞了，那情景就像光明中的万千信徒走向神坛，怀着敬畏聆听圣言。

说真的，那一刻我被感动了，我想说不定我就是死国的救世主吧？我不应该再有什么保留，解救死国的重任已经落在我的肩上。

我喘够了气，择去沾在身上的树枝和草叶，重新抖擞一下精神说：“你们问我在想什么是吗？好吧，我就告诉你们。很简单，我一心要在这自由的时刻违反常规，和我的爱人一起，蔑视一切尘世的规矩，践踏所有虚伪的礼节。我要让我的爱人真正地看见我，看见我的心愿、我的梦想，我的软弱和我的狂放，看见我肉体深处的心魂，我们要互相真正地相见，一同揭去平日的遮蔽。我们借助身体的放浪互相诉说，倾听，靠那崭新的语言领我们走入禁地，走入无限的可能，打烂众目睽睽所圈定的囚笼，粉碎流言蜚语竖立的坚壁，在无遮无拦的天地间团聚。在自然里，在旷野上，在风雨中，做我们爱的祭祀，实现悠久的梦想。你们要知道，那也就是苦难的祭祀，感谢它，感谢苦难给我们的机会，领受爱的恩典。苦难不是别的，苦难正是心魂的相互遮蔽。我们生来就是残缺，我们相互隔离、防备、猜忌，甚至相互仇恨、攻击，但是现在，在神的圣名面前，在亘古至今的梦想中，我们随心所欲地表达我们相互的期求……”

但是忽然我又飘离了，MS 和所有的死灵立刻都无影无踪。慢慢地，我又看见了一丝光亮，听见金属器械轻轻碰撞的声音，还有呼喊和风声……这一次我不再惊慌，我知道，只要我向着透出光亮的那个方向挣扎，我就可以重返人间。

但是，我想回去吗？

我犹豫了好一会儿。然后慢慢地，心里有点儿明白，心里仿佛荡开一股暖流，亲切和热情，像远行游子的思乡那样，思念光明。

这时，意想不到的事发生了——MS 来到了我身边，来到了接近光明的地方。

“你怎么来了？”

MS 愤愤地嚷着：“你对他们说的可都是些什么呀先生！什么苦难呀、梦想呀、残缺呀……死国没有这些玩意儿，没有一个死灵能听懂你的话！别忘了这儿是死国，恰恰是圆满，是至善至美把死国拖进了无边的寂寞……”

“MS 你等等，”我打断他说，“可是你听懂了呀！”

“我？”

“你听懂了，所以你来到了这儿。不是吗？”

MS 一下子呆住了，愣愣地盯着我。

我说：“你看呀，你看见了什么？光明，那边，对，你已经接近了光明！”

远处的光亮越来越大，风声越来越响，光明正冲淡着黑暗，风声搅乱着寂静。MS 呆呆地望着光明膨胀的方向。他的肉体也正从黑暗中脱颖而出——似乎由抽象凝为具体，从无限画出边缘。他不再飘动，稳稳地站立。他的样子仿佛有些冷，有些惊讶，有些迷茫，但又似摆脱了浑浊之后的清朗、兴奋、生气勃勃，让人想起那幅著名的画——波提切利的《维纳斯的诞生》。果然，就有一片无花果叶子飞来，遮住了他，遮住了他的丑陋或者竟是他的美妙，遮住了他的欲望……

光明大片大片地吞噬着黑暗，风声扫荡寂静。我的身体沉重起来，越来越沉重，有什么东西压得我喘不过气来，我拼命挣扎，挣扎……挣扎的过程中我甚至有些后悔了，也许我还是应该留在那寂寞之中不要回来。所有光明的记忆又都回到了我的心里了，我是不是值得回去？我想问一问MS，他是不是后悔了，是不是已经领教了欲望的沉重？但是我看不见他，不知道他在哪儿……

“啊老天爷，你可算醒过来了！”我听见有人说。

“别动别动，你还不能动呀。”

“你要不要喝点儿水？”

“或者，吃点儿什么不？”

夕阳的光芒，一大片，血红明亮地映在白色的墙上。风，渐渐疲软下去，有一搭无一搭地喘息着。

“这是哪儿？”我问。

“这是医院，手术室。”

“手术室？为什么是手术室？”

“你是从死里回来呀！知道吗？”

“好了好了先别问了，你总算是活过来了，这就好。”

这时，忽然有一阵强劲的婴儿的啼哭传来。

“那是谁？谁在哭？”

“是隔壁，大概是隔壁有个孩子刚刚出生。”

“啊，他来了。”

“谁？你说是谁来了？”

我想，是MS。当然，他即将有一个尘世的姓名。

一九九八年十二月二十九日完稿

两个故事

有一年秋天，我在地坛公园遇见一个老人。

柏籽随风摇落，银杏的叶子开始泛黄，我在那园子东南角的树林里无聊地坐着，翻开书，其实也不看，只是想季节真是神秘，万物都在它的掌握之中。

这时候我看见夕阳里走来一个老人。我想等他走过去，然后点支烟继续享受这秋日黄昏的宁静；有些老人总对抽烟的年轻人抱有偏见。我把烟捏在手里，等着，看一条长长的影子向我游近。那影子在草地上起伏、变形，快要爬上对面的一棵树干时停下来。“借个火，小老弟。”一顶旧草帽和草帽下一张堆笑的脸已经凑到我跟前。我给他把烟点上，自己也点上。他没有要离开的意思，挎包扔在地上，蹲下来看我的轮椅，对轮椅的结构提出很内行的批评。见我并不热情，他站起来，绕着我走圈儿，没话找话跟我搭讪：今年的气候不正常呀，你有多大年纪呀，尝尝我这烟吧这烟如何如何的好，以及这么年轻你怎么就把腿弄成这样，用没用过云南白药和看没看过藏医，等等。我想不宜再对他冷淡，也该对他有所关心才好。

“您呢，”我说，“这是上哪儿去？”

他脸上的皱纹于是松开，笑容淡下去，不断地眺望树梢和树梢以上的天空。“天上浮云似白衣，斯须改变如苍狗”，从来如此，并无异常。唯夕阳灿烂，久视令人目眩。

“依你说呢小老弟，最后我们都是上哪儿去？”

我疑惑地看他，表情中必已流露了对他的重视。

“别这样小老弟，所有的话都不过是说着玩玩儿。”

他坐下，掀去草帽，掸他满头的白发，不停地掸，于是乎很久他不再言语。我敢说那是一种空前的景象：头皮屑飘落如雪，纷纷扬扬总有一刻钟之久才见稀疏。

“小老弟，要不要我讲个故事给你听？”

仿佛雪住了，云开天青他再次露出笑脸。我心里挺不高兴，这老半天莫非倒是我在等你讲什么故事？我心说，你要是不走我可要走了，但我却随口应道：“什么故事？”人有时候就这么言不由衷。

“关于我的。不过到最后，还有一个比我更不走运的人。”

以下是他讲的故事。

我是个叛徒。不，我是说真的。铁案如山。是呀，现在真正是铁案如山了。现在，这件事，只有我自己可以不信了。再过几年，等我一死，就没人不信了。

其实一样，单我自己不信管什么？什么事都一样，要是没人做证，多大的事也等于零。这些日子我老想：要是你压根就是一个人活在孤岛上没人知道，你跟死了有什么不一样？

我的故事差不多就是这么回事。我知道我是怎么一个人，可是我没有证据。我没有证据倒不是说这事本来就没有证据，是说我拿不到证据。拿不到，也不是说还没拿到，对，曾经是还没拿到，现在不是了，现在是肯定拿不到了。肯定拿不到跟从来没有其实一样。

你是不是看我有点儿精神不大正常？好，你觉得没有就好，听我说。

刚才你问我上哪儿去，我现在是哪儿也不用去了，只剩下最后一个大家谁也跑不了都要去的地方了。“条条大路通罗马”，我看压根儿就是指的那地方。可这之前我一直在东奔西走，差不多半辈子，我都在找一个人，几十年里只要有一点儿他的线索我也不放过，哪怕是地角天边我也要去查看个究竟。因为……因为这个世界上总共就两个人知道我不是叛徒，除了我就只有他。

他叫刘国华。

也许你在电影里见过，过去，敌后工作，经常是单线联系。就是说，一个人只与一个人联系，一个人只受一个人领导，张三领导李四，李四领导王五，但是张三并不领导王五，张三也不知道王五在干吗，甚至压根儿不知道有王五这么个人。要不就是张三领导李四，也领导王五，但李四和王五互相谁也不知道谁。为什么？啊，你真是年轻。这么说吧，除了张三，不管是谁叛变了，都只可能再出卖一个，不至于破坏整个组织。张三也是只与他的一个上级联系，要是他叛变了，他能出卖的人也就不会太多。什么，你说这是对朋友的不信任？嘿呀小老弟，你真是太天真了，刚才我远远地瞧见你，我就想，这个年轻人，以后的日子有他受的。现实！懂吗，小老弟？它跟希望不一样，它要不是跟希望越差越远就很不错了。好了，我不跟你争，这事你不懂也许倒好。

你还想不想听我的故事？好，慢慢儿听，没准儿不白听。

总之我是单线联系的最后一环，我只听从我唯一的上级的指示，至于他听从谁的指示我管不着，至于他还领导谁我也不问，也没想过要问，问也白问，再问就是犯纪律。

我的上级就是刘国华，老刘。最后一次，他指示我打入敌人内部，以叛变的方式打进敌人内部去。当然是为了搞情报。简单说吧，我干成了，并且取得了敌人的信任。实际当然不会像我说的这么简单，实际是经历了很多很多危险的，比如说……唉，不说了吧，那些事更是只有我自己知道。

电影？电影毕竟是电影，不过我不反对你按照电影里那样去想象。

可是，就在我好不容易打入敌人内部之后不久，我们胜利了。就是说我打入了敌人内部可是我还没来得及干什么我们就全面胜利了，就是说我什么都没干就不需要我再干什么了。这真让人窝火，让人觉着委屈，一切一切不都白费了吗？不不，麻烦并不在这儿，胜利了怎么说都是好的，这我想得通，一切还不都是为了胜利吗？麻烦的是，胜利之后我却再也找不到刘国华了。

老刘，对，找不到了。问谁谁也不知道。不知道，多简单，可我呢，怎么办？只有老刘知道我是谁，是怎么回事，只有他能证明我其实并不是叛徒，只有他知道我的叛变其实是为了什么。可是找不到刘国华你说什么也没用，没人知道你。可老刘他无影无踪，就是找不到。

就这么，我找了他几十年。

全中国有多少刘国华呀！几十年里我见的刘国华有一百多个，男的女的，东北的，西南的，活着的和死了的，可都不是我要找的那个刘国华。

我没有放弃希望。几十年我一直坚定着一个信心：除非我死了我不信我就找不到他，不信这笔糊涂账就说不清楚。我是叛徒？笑话！那是因为我还没找到老刘，等我找着老刘你们再后悔吧，再看看你们是不是把一个英雄给冤枉了吧！

我也想过，莫非老刘他已经死了？我宁可不这么想，在找到老刘的尸首或者他确实已经死了的证据之前，我必须得找他，这是我唯一的希望啊。这几十年我能活过来，还不就因为这个？

老刘他真要是死了那也就什么都甭说了。

老刘他要是个没良心的人，那，我也就认命了。

我四十岁上才成家。有个女人跟了我，她说她信我不是瞎说，她说不是瞎说一瞧就知道，用不着什么证据。也有些人对我的话将信将疑，可是你说了半天一点儿证据也拿不出来这算怎么回事？有谁会说自己是坏蛋吗？平心而论是这么个理。说到底我得找到老刘。我老婆心甘情愿跟了我，打一过门就跟我一起找这个刘国华。什么英雄不英雄的，老也老了我早不在乎那玩意儿了，我只是想不能让我老婆白信任我一回，不能让她总这么跟我受这份糊涂罪。依着她早就不找了，她说不如赶紧生个孩子过咱们的日子吧。她是真喜欢孩子，可我总想把事情弄清楚了再要也不晚。就这么弄来弄去有一天我看见她悄悄掉眼泪，我问她怎么了？她说完了，甭生了，已经绝经了。现在想想，我倒真也算得上是英明，要了又怎么着？叛徒的儿子，长大了也得埋怨我。

总之，那时候我一门心思非找到刘国华不可。

除了台湾，我一点儿不夸张，全国二十多个省我都走到了，所有的市、县我都托人或者写信去打听过了。直到不久前，又听人说起有个叫刘国华的，在南方，一个小镇子上，有个曾经化名刘国华在敌后工作过的老同志。哎哟我想这回有门儿，连我老婆都说这回八成错不了啦。我立刻就去了。在那个小镇子上，一个青砖红瓦的小院里，果然，是他，是老刘，是我要找的那个刘国华。当然他是老多了，不过错不了，这么多年他的模样总在我眼前晃，再怎么老我还能认不出他？

可他已经不能算是活人了。

他活倒是还活着，可对我来说，他其实已经是死了。

他的家人把我迎进门，把我领到老刘的床前。我说："哎哟老刘喂我可算找着你喽！你还认得我不？"我泣不成声，哭得站也站不稳，一下子跪倒在他床前，可他瞪着俩大眼珠子什么表情也没有。你猜怎么着？他是植物人了。

他家里人说，刚刚胜利没两天他就躺下了，中风不语。开始还明白点儿事，整天"啊……啊……啊"地躺在床上干着急，话也不会说字也不会写，过了几天干脆人事不知了。领导把他送回家，组织关系转到县上，生活、医疗倒都不用愁，家里人照顾他还有一份护理费。"是呀，能吃能喝就是不省人事，"他家里人说，"连我们是谁他也不认得，整天就这么一个人盯着天花板。""可不是吗二十多年啦，"他老伴说，"倒也没什么麻烦的，给他翻翻身，侍候他吃喝屙撒呗。"

我还能说什么呢？

我从他家里出来，心想这回行了，不用再找他了，不用再绕世界跑了，也不用逢人就问您认识的人里有没有个叫刘国华的了。一切都结束了。你别说，这么一想倒觉着从头到脚都轻松了。可是我一下子就走不动了，扶着墙左右瞧瞧，那墙头上垂挂下来一串花，红的白的开得正旺，艳得让人害怕，让人不敢看。前面有家小饭馆，我就进去，要了碗面，其实不想吃，就为歇歇，喘口气。老刘的家里人后来还说了好些老刘的事，可说的都是什么我一点儿没听清，心里光记着那句话——“开始他还明白点儿事，整天啊……啊……啊地躺在床上干着急。”我想老刘这一定是放心不下我，没问题他是想着我呢，想把我的事给领导上托付托付。老刘毕竟还是老刘哇，我心里挺感动，他没把我忘了，没扔下我不管，行啊我这心里头挺知足。不单知足，倒觉着对不住老刘了，我怨过他，骂过他，恨过他，我怎么也没想到是这么回事哟。中风不语！老刘啊老刘，得什么病不行啊你？

我坐在那个小饭馆里愣了老半天，最后想：唉，得了，反正该受的我也都受了，什么都甭说了，不如赶紧回家陪陪老婆去吧。毕竟我那老伴是相信我的。我想起她的眼神，那里面纯净得让人想哭，让人想走进去再也不出来，那里面好像通着另外的什么地方，看不见的地方，也许是另一个世界，在那儿，什么事都是清楚的，就像我老婆说的：用不着证据。

老人收住话头，又那么一心一意地眺望树梢，眺望天空。太阳掉到了远处的楼群后面，在那儿闪烁着最后的光芒。

“还有一个人呢？您不是说，还有一个比您更不走运的人吗？”

老人侧脸望望我，再把目光放回到天上。

以下是他讲的第二个故事。

我是在那个小饭馆里碰上这个人的。到现在我也不知道他是谁，叫什么，打哪儿来，不知道他到底有什么冤仇。

我在那小饭馆里坐着一直坐到差不多这个时候，这个人来了。他要了酒，站在柜台前一口连一口地喝，两眼直勾勾的。喝了一阵子，他端着酒坐到我对面来。“谁让我最后碰上您了呢，”他说，“您不能不答应陪我一块儿喝几杯。”我没有太推辞。看他一副神不守舍的样子，我猜他是做买卖做赔了，要不就是赌钱赌输了。他说不是，都不是，他说这地方他是头一次来，是来找老三的。

他管他那个仇人叫老三，也不知道他们是什么关系。

总之，他到处找了报仇。他找了好几十年，找了大半辈子，这倒是有点儿像我，不过我可不是找什么仇人，我没有仇人。

他不一样，他是要报仇。他说非得亲手杀了老三不可，不然他这一辈子就活得太窝囊了。他说，几十年了，他没有一天不想着杀了那老东西，大不了一命顶一命呗，那也得杀了他。他说死也得出出这口气，几十年了他说就为这个他才活下来。他要面对面，一对一地把老三杀了，让那老东西明白明白他就是跑到天边去事情也不能算完。他说他做梦都梦见老三死在他面前的样子，梦见那个不可一世的老东西跪地求饶。那也不行，跪地求饶也不行，“我非杀了他不可！”

他说他什么都想好了，这些年他没有一天不在盘算这件事，所有的可能他都想到了，所有的细节都想好了。当然，老三也绝不是个容易摆弄的，“这小子老奸巨猾心毒手狠，不是我杀了他就是他杀了我”，他说那也行，怎么都行，谁杀了谁都行反正一回事。

他不停地喝酒，一口气地说着，差不多是喊，听得我心里发毛。

慢慢儿地他口齿不大利索了，喝高了，把这些话来来回回地说。小老板站在柜台里动也不敢动。

终于，他的声音低下来。“可到底还是有件事，我怎么也没想到。”他说。

简单说吧，几天前他找到了老三。找了几十年终于让他打探到了，老三就在这个镇子上，他立刻就来了。他悄悄跟踪了老三好几天，打听老三的情况，老三竟然一点儿没发现。听起来老三并不像他说的那么老谋深算。老三现在是孤身一人，老了，这些年哪儿也不去，也不跟任何人交往，一日三餐之外就是去河边钓钓鱼。

他心说行啊老东西，你他妈的倒自在，你这一辈子造的孽你以为就算没事儿了？

那天他跟着老三到了河边，太阳还没出来，四周没人，他从草丛里跳出来，跳到老三跟前问老三还认不认得他。这一刻他盼了多少年呀，梦也不知梦见多少回了，他有点儿兴奋过度。老三看看他，冲他点点头，仿佛还笑了笑，老三正要说什么还没说出来他已经扑上去一刀把老三给杀了。

老三一声没吭就倒在河滩上，血咕嘟咕嘟地流出来，流进河里，把河水染红了一大片。他有点儿后悔事情办得未免太简单了，不像梦里那么有声有色。

这个人没有立刻就走，他说总觉得事情不大对劲儿，不是那么个意思。哪儿出了什么毛病吗？他在尸首旁边坐了一会儿，心想，其实也就只能这么简单吧，还能怎样呢？河上的雾气慢慢地薄了，阳光在河滩上铺开，爬上老三的脸，他看见那张脸上的笑还没有消失干净。他又在心窝那儿补了一刀。可他心里还是嘀咕，还是觉着不对劲儿。这么着，他去翻老三身上，从老三贴身的衣兜里翻出一样东西。

“知道这是什么吗？”他拿出一个小玻璃瓶给我看。

小玻璃瓶里有些褐色的粉末。

“河豚的血！没错儿我问过人了，是河豚的血焙干了碾成的粉。”

我听说过这东西，毒得厉害，一丁点儿就能要了人的命。

“什么意思？”我听见我的声音在颤抖。

“什么意思，你还问什么意思？老三！原来老三他早就想着去死了！”

他举着那个小瓶，眯缝着眼睛翻来覆去地看：“这老东西，他天天到那河里去钓鱼，其实是为了这玩意儿！这玩意儿河里已经不多了，一年两年也未准钓得着一条。这老东西可真他妈的有耐性啊，这点儿玩意儿够他钓多少年的你说？你说，老三他是不是早就不想着活了？”

我能说什么呢？吓也吓坏了。

“喂，小老板你过来！你是这地方人，你看看。”

小老板也是早吓坏了，面色如土。

“你看看，是不是河豚的血？”

小老板从柜台里走出来，躲在我身后哆嗦。

“老哥你说说，老三他攒这东西干吗？他要不是打算去死他攒这玩意儿有什么用？老哥你说说，可他攒了这么多为什么还不去死呢？这么多，死三遍都够了，我猜他是自个儿下不了自个儿的手……”

我和小老板互相靠着，也弄不清是谁在抖。直到警车来了。

警灯在外面闪，随后进来几个警察。

这个人忽然笑起来，说：“幸亏我来得早，要不让老三就这么自个儿死了，我还报的什么仇？”

警察站在门口，几支枪对着这个人。

他冲警察喊：“我不跑！要跑我早跑了。我在这儿等着，告诉你们老三是我杀的，没错儿他是我杀的，我一个人杀的！”

警察看着他，也不催他。

这个人又哭起来，问我，问小老板，甚至问警察：“可你们倒是说说呀，老三他攒这些毒药到底是要干吗呀？是不是他早就想死了只不过自个儿下不了自个儿的手哇？是不是？是——不——是！”

警察说：“你，跟我们走。”

二〇〇〇年二月十八日

小小说七篇

/猎人/

早年，地坛里有个遛弯儿的老太太，手里一根拐杖常引得路人驻步。拐杖是一整条鹿腿做的：鹿蹄黑亮，腕部弯曲成手柄，筋骨分明，皮毛犹在。众人把玩一回，而后感叹："真东西，漂亮！"老太太落座石阶，面目冷峻。

有人问："这东西您哪儿来的？"

"抢来的！"老太太没好气。

"不不，咱是问您哪儿买的？"

"哪儿也不卖！"

"那，您这东西是？"

"你才东西哪！"

"哎哟喂老太太，您别生气呀，咱是说……"

"猎人留下的。我那相好的，留下的。"

众人窃笑，不敢再问。老太太倒说开了——

猎人年轻时不打猎。猎人好跑，也能跑，跑一万米能把别人落下两三圈。猎人心憨，打小儿就实在；跑到一万米，他心想这也算跑？就又跑，一圈一圈总也不像要停下的样子。众人就喊：“行嘞，行嘞！”“够啦，傻小子！”可猎人压根儿没明白他们为啥要这么喊。

猎人跑得高兴，出了体育场，跑上大马路。不知啥时候喊声却变成了：“加油，加油！”“嘿，这哥们儿行啊！”路人以为他是在跑马拉松。

跑马拉松他也不含糊，跑过终点也不见有人追上来。可喊声就又变回来：“行嘞，行嘞！”“哪儿这么个傻小子，还不快停下！”猎人心说我有的是劲儿哪，干吗停下？你们也不瞧瞧这四周的景色够多美！

那时候不是唱吗：我们的田野，美丽的田野……在群山那面，有野鹿和山羊……雄鹰在飞翔，一会儿在草原，一会儿又向森林飞去……

他就这么跑哇，跑哇，跑过田野，跑向群山，天也黑了，月亮也上来了，周围也没人喊了。行吧，今天就到这儿，回去领奖去，奖还能是别人的？

奖还真就是别人的了。万米奖，给了那个让他落下两圈的人。马拉松奖，给了一个他见也没见过的家伙。猎人问：我的呢？人家说：你是谁？

就这样，他干脆跑到山里打猎去了。那时候还允许打猎呢。

/算命/

早年，地坛里有两个会算命的人。一位半宿半宿地在林子里吹箫，大家叫他“箫兄”；一位整天在园子里边走边饮，人称“饮者”。

有一天大雾弥漫，我独自守着棵老树发呆，忽一阵酒气袭来，饮者已现近旁，醉眼迷离地正瞅着我笑呢。我说您好。他说有啥不好？我说您总这么高兴。他说不高兴咋办？那时我二十几岁，已经盼着死了——两条腿算是废了，工作又找不到，日子嘛倒还剩着一大半，以后的路可怎么走呢？

饮者正一口一口地往嘴里灌黄汤。我说：要不您给我算上一命？

他拉着我的手看了看，又问过八字，说我命属木，生于冬，必多病，二十岁上少不了要住医院，尔后厄运频频，步履维艰，直到……

直到啥时候？我忙问。

另一个声音却在身后响起：单说以往，也算本事？

回头看时，雾气缭绕中箫兄一身黑衣，抱箫而立。

饮者缓缓起身，与箫兄久久对视。同行相轻，据说二人久存芥蒂。

那就算算未来？饮者说，语气中有明显的挑战味道。

箫兄摸出两张纸条说：您写一句，我写一句。

片刻写罢，二人换看，拊掌大笑，似芥蒂已去。

饮者问：如何给他看呢？

箫兄答：只末尾一字吧。

饮者又问：剩下的加封？

箫兄点头：待未来拆启。

末尾一字，饮者的是“之”，箫兄的是“也”。我说这不跟没看一样吗？饮者说：提前拆看也行，就怕不准了。箫兄道：不准了，而且不好了。我说你们把我当傻瓜吗？他们说：您请便。

那么，未来是什么时候？

不得不拆时。

如何才算不得不拆时？

笑声朗朗，二人已隐形大雾之中。

尔后多年，园中时有酒气飘绕，林间常闻箫声彻夜，却很少再见到他们；偶尔见了，也绝口不提此事——行内的规矩：命，是说一不二的。

转眼几十年，不知多少回我想拆开那两封字条看看，总又怕时机不对。直到不久前躺进急救室，这才想，拆吧，免得死也不知他们都写些什么。

两句话，竟似一联：虽万难君未死也；唯一路尔可行之。

/为无名者传/

爷爷的爷爷的爷爷……重复五十遍，那个人，该叫他什么？就叫“百太祖”吧。按十七八年一辈算，他应该是活在三国时期。甫家的家谱上说他，“于长坂坡前，被一赵姓将军一枪毙命”。查遍史书，唯《三国演义》第四十一回疑似相关：“赵云怀抱后主，直透重围，砍倒大旗两面，夺槊三条；前后枪刺剑砍，杀死曹营名将五十余员。”但愿百太祖正在其中，否则正史、野史均无他丝毫痕迹。

传说，百太祖与百太奶尚在胎中，即经两家父母指腹为婚。二人青梅竹马，情投意合，孰料婚龄将至，甫家败落，亲家寻因种种，欲毁婚约。直至百太祖戎装待发，欲见娇娘一面，百太奶家仍闭门不允。幸有“红娘”内应，正所谓“月上柳梢头，人约黄昏后”“月移花影动，疑是玉人来”“菩提树滴菩提水，滴入红莲两瓣中”，或如后世民歌所唱“抱住哥哥亲了个嘴，肚里的疙瘩化成水”，总之百太祖夜闯闺房，给百太奶留了个种。

否则一千七百年后，甫家最终也难有一位妇孺皆知的名人了。

送郎从军一幕自古雷同，譬如“车辚辚，马萧萧，行人弓箭各在腰，爷娘妻子走相送，尘埃不见咸阳桥”，譬如“紧紧握住红军的手，亲人何日返故乡”。男儿功名重，百太祖一骑绝尘。女子为情生，百太奶以泪洗面，忍辱负重，为甫家养育着九十九太祖，终日所盼唯夫君早日归来。譬如“将军百战死，壮士十年归”，譬如“鸡娃子叫来狗娃子吵，当红军的哥哥回来了”，人分古今，相思无异。然“烽火连三月，家书抵万金”，其时通讯靠喊。百太奶岂知，爱子呱呱落地日，正是夫君尸横疆场时。家谱记载，百太祖首战刀未血刃，已成他人枪下鬼。又如民歌所唱“人人说咱们二人天配就，你把妹妹闪在那半路口”，百太奶闻讯昏厥三刻，自此终身独守，再不曾嫁。

千年悠悠，亦如白驹过隙。却说这百太祖的直系一百代孙，自幼乖巧伶俐，取名志高，孰料长大成人却不忠不孝。不忠者，他不仅与风靡一时的小说《红岩》中那个叛徒同名同姓，且行径与下场亦无二致；否则，必也会像其百代先人们一样，无论正史、野史，均无痕迹。而“不孝有三，无后为大”，甫家到志高一辈已是数代单传，偏这厮被人一枪毙命时，尚未有后。

/听妈妈讲那过去的事情/

二〇一七年，你外公尚未成婚，在E州做刑警。他师父，刑警队长老路，正要退休。那年E州出了件大案，简单说吧，恐怖分子要在机场、车站搞一次连环爆炸。警方所知仅止于此，所幸抓获了一名嫌犯——据线人的情报，此人还是主谋之一。欲救万千无辜于危难，务必得从他嘴中掏出更多线索，这任务就交给了路队和你外公。

嫌犯果然顽固，任你千条妙计，他自一言不发。审问多日，师徒俩气得肝疼牙痒，仍无所获。嫌犯倒嚣张起来："杀了我吧，这是你们唯一能做的。"老路拍案道："我们能做的还很多！"嫌犯冷笑，继而闭目养神。

师徒俩出了审问室，在天井里抽烟。老路说："这样下去咱非输不可。"二人抬头仰望，空中仿佛滚过隆隆巨响。老路说："碰上这号不要命的谁也没辙。"二人低头默想，似已见那血肉横飞的惨景。

突然，老路把烟头一甩，盯住你外公说："就不敢给他动动刑？"

"虐囚可是犯法的呀，师父！"

天井里半晌无言。谁都明白：审问失败最多算你无能，若动刑，麻烦可就大了，就算上级睁只眼闭只眼，新闻媒体也饶不了你！

外公蹲在角落里，很久，冒出句话："师父，您说，这小子肯定知情吗？"

师父就笑："你是想，这两难局面会不会还给咱留着个缺口？"

天井里一无声息。谁都明白：真正的麻烦并不在媒体，而在良心——一边是法纪严明而置百姓的安危于不顾，一边是知法犯法却有望拯救万千无辜于危难。

半天，外公又说：“师父，您说上面这情报……准吗？”

师父又笑：“你不过是把缺口换了个部位。”

外公还要说什么，老路打断他：“甭说啦，老弟，有缺口还怕没部位吗？比如，动刑就一定能奏效？违法，就不能不走漏风声？唉！早年我有个老同事，也碰上这么个局面，左右无路，便一枪把缺口开在了自己的脑袋上……”

天上云飞风走，七月天，天井里竟冷得人发抖。可是那老同事的灵魂流连未去？老路的神情渐趋坚忍，焦灼的目光却平缓了许多。

他站起身，拍拍你外公的肩膀：“老弟，找个好人结婚吧。别的事交给我。”

“师父，您想干吗？！”

“不干吗，今晚先去睡个好觉。”

第二天外公一上班就听说，昨夜，那个顽固的家伙终于开口了。外公顿觉不妙，忙去找他师父。老路已被停职。上级的好意，让你外公去拘捕路队。师父仍然坐在那个天井里，据说自审问结束后他就没动过地方。见你外公来了，他伸出双手。外公不忍，流泪道：“师父，您的良心是完整的，可我算什么？”师父说：“老弟，甭瞎想。要是不给我判了，咱这事就还算不上完整……”

/何宅/

何先生勤劳致富，不惑之年买下一所宅园，地处城边湖畔，闹中取静。夫妻俩难得为自己放了一回长假，装修好房子，配全了家具，园子里种满花草树木，便又去远方忙生意了。宅园交给一位远房阿叔和爱犬黑妞看管。

阿叔年近花甲，每日打扫房间，维护庭院，忙得不可开交。黑妞风华正茂，整日闲逛，常引来些异性在篱笆墙外乱喊乱叫。何先生按时给阿叔邮来工资，以及黑妞和宅园的各类养护费。

日复一日，并不见先生回来，打扫卫生便改为每周一次。后来先生的生意越做越远，渐渐做出了国，卫生又改为每月打扫一回。如是三年，仍不见先生的影子，阿叔渐觉寂寞，又看这十几间房空得可惜，便从乡下把儿子一家接来同住。黑妞也是孤单，隔着篱笆不知让谁给弄大了肚子。

黑妞生下两双儿女，众人说定能卖个好价钱。阿叔不肯，留下酷似黑妞的一只，其余都送给了爱狗的人。

黑妞十几岁去世，阿叔在园中给她立了块碑。

年复一年，黑妞的重外孙也已成年，何先生这才回来。其时阿叔也已过世，临终把工作交给了儿子阿仔。黑妞的重外孙也是通体透黑，取名黑娃。

先生明显消瘦，每日唯出门看病，回家服药、散步、睡觉，一切都由阿仔照料。先生看来病得不轻，总把阿仔认成阿叔，把黑娃喊成黑妞，阿仔百般解释，先生终不理会。

阿仔问："先生的家人啥时回来？"

先生只说儿女都在海外成了家，便转开话题："阿婶和儿子都还好吗？"

阿仔想，反正是解释不清，就说："都好，老婆在家种田，儿子读书。"

"怎么不让他们来城里玩儿呢？"

"不瞒先生，他们都来住过一阵，听说您回来，就让他们走了。"

“走什么嘛，这儿有的是地方住啊！”

“乡下人不懂事，整天乱吵，影响先生。”

“唉，还有什么可影响的！都让他们来吧，也帮帮你我。”说罢大把大把的钞票掏给阿仔，“田，雇人种；孩子，来城里上学。娘儿俩一起坐飞机来！”

阿仔的家眷来后不久，先生即告病危。阿仔一家急得团团转，让先生去医院先生也不去，只说不如死在家里。

弥留之际，先生示意阿仔一家挨近他坐，然后又喊那条狗：“黑妞，黑妞……”黑娃竟懂得是喊它，跑过来，舔舔先生的手。

阿仔觉得应该让先生走得明白，就又解释：“这狗不是黑妞，是她的重外孙了。我也不是阿叔，我爹他也早就……”

先生闭目叹道：“你真以为我不知道吗？也看不见黑妞的坟？”

料理完先生的后事，阿仔携妻带子回了老家；担心何家的人来继承遗产，找不到家门，临行时在篱笆墙上挂了块牌子：何宅。

/历史/

有一年夏天，表妹阿含去V州开会，亲历了一桩奇事。

V州是我们老家，但早已故人全无。周日休会，阿含想去看看祖上的老宅，可走了大半个V州城也没找到。实际上她对祖居所知甚少，唯行前听她母亲描述了个大致的方位，说那是城中不多的几家大宅门之一。阿含只好见了古旧的大宅门就去问：知不知道这宅子最早的主人姓什么？被问者无不摇头瞠目，报以满脸的警惕。

市中心商家云集，客流如潮。在一家餐馆吃过午饭，阿含想找个清静的地方歇歇，便走出餐馆后门。谁料眼前一池莲花，半坡绿草，曲径亭台，林木掩映。这是啥地方？阿含正自窃喜，却见几位古装男子正于池畔饮酒谈笑。是拍电影吧？阿含心想不如去看看有没有熟人。可当阿含渐走渐近时，却见那几个男子陡然惊慌，竟至呆若木鸡。阿含并不在意。阿含在影视界人气正旺，初来界内的年轻人见了她难免举止无措，只是这几位稍嫌过分。阿含问他们拍的什么片子，谁的导演，谁的摄像，那几位却是张口结舌，面面相觑。也不知谁找来的这几块料！阿含卧身草丛，以鞋为枕，心想不如睡他一觉。似睡非睡间，听有仆人来添酒加菜，眯眼看时，却见那厮紧盯着阿含一双赤裸的秀足，顾自筛糠。阿含气了，腾地坐起来，正待发作，却见那厮撇下箪壶已然抱头鼠窜。再看几位男子，也只剩一个。阿含方觉事有蹊跷，问道："出了什么事？"所剩的一位颤巍巍地说："敢问仙人自何方来？"阿含顿感周身发冷，细看，那人脑后的一条长辫明明是长在头皮上的！阿含再不敢多言，匆忙抓起鞋子，一溜烟跑回宾馆。众人见她面无人色，便问何致如此？阿含愣怔半晌，才说："刚才我，可能是走……走进了过去。"

没人信她的话。但不久前我查家谱，见有记载：我爷爷的四次方——即我二百年前的那位老祖宗，二十岁行冠礼后，与三五好友聚于后花园内饮酒庆贺，见一神秘女子飘然而至，衣着奇诡，举止粗陋，目光放浪，言语怪诞，来去倏忽。众好友皆失魂落魄，即刻四散而逃。唯我那老祖宗如罹花痴，对神秘女子念念不忘，食不甘味，夜不安寝，行若走木，坐比雕石，自此再不言娶，终身鳏居。

看来阿含所言不虚。她确曾掉入时间隧道，或曰"时空蠕洞"，走进了二百年前我那老祖宗的二十岁生日。唯一事难解：我那老祖宗果真终生未娶的话，我可算怎么回事？茫茫历史，想必另有蹊跷。

/不治之症/

G 大夫医道精湛，中西博采，内外兼修。有回我问他什么病最难治，他不假思索地说：疼。哪儿疼？哪儿疼都不好办。

曾经有个病人，十几年中不知跑了多少家医院，也治不好他的头疼病。G 大夫问他："怎么个疼法呢？"他一会儿说跳疼，一会儿说刺疼，一会儿又说满脑袋串着疼，疼得什么事也干不成。G 大夫给他做了全面的神经科检查，包括眼、耳、鼻、牙，又给他拍了全方位的头部 X 光片，结果一切正常。

"扎扎针灸吧，好不好？"

"好吧，麻烦您给我开几周病假。"

过了些日子，G 大夫问他："怎么样，有点儿变化没有？"

那人双眉紧锁："唉，还是疼，疼得我什么事也不能干。"

G 大夫又给他做了 B 超和脑血流图，还是看不出毛病。

"再吃点儿中药看看吧。"

"行呀，麻烦您还得给我续几周病假。"

又过了些日子，G 大夫问他："怎么样，疼得轻点儿没有？"

那人依旧一脸苦闷："不疼则已，疼起来还是没法儿工作。"

"不会吧？"G 大夫面有疑色。

那人立刻恼了："您这叫什么话，莫非是我骗人？"

G 大夫又让他去做了 CT。不出所料，什么问题也没有。

"这样吧，再做做理疗，同时拔拔火罐儿。"

"行吧，您干脆给我开上一个月的假。"

"假就甭开了。总闲着也不好，说不定干点儿活，这头疼慢慢就好了。"

那人气哼哼地走了，再也没来。

听者无不大笑：咳，是个骗假条的。

G大夫却顾自叹息说：还是得怨医学无能；一个人来了，说他这儿疼，那儿疼，你有什么办法判断他是不是在说谎呢？

甭给他开假条，看他还来不来！

G大夫苦笑道：就怕不都这么简单，前不久又有个病人，也是头疼，看遍了各大医院，能做的检查都做了，偏方、验方也不知吃了多少，结果呢，连病因都找不到；可他就说疼，疼得厉害。

这家伙也要假条吗？

当然，假条还是得开。

骗子，甭给他开！

是呀，有了前面的经验，我也想试试他，后来就没给他开。

不来了吧？

不来了，可他死了。

死了？！

没过多久就听说他死了。

什么毛病？

至死不知。

二〇〇八年年末七篇一并修改完成

二〇〇九年五月二日改定

图书在版编目（CIP）数据

夏天的玫瑰：插图版 / 史铁生著. —长沙：湖南文艺出版社，2016.12
（2025.1重印）
ISBN 978-7-5404-7842-1

Ⅰ.①夏… Ⅱ.①史… Ⅲ.①短篇小说—小说集—中国—当代 Ⅳ.①I247.7

中国版本图书馆CIP数据核字（2016）第261521号

上架建议：名家经典/当代小说

XIATIAN DE MEIGUI：CHATU BAN
夏天的玫瑰：插图版

作　　者：史铁生
出 版 人：陈新文
责任编辑：薛　健　刘诗哲
监　　制：于向勇
策划编辑：楚　静
营销编辑：王　凤
内文插图：吴冠中
版式设计：潘雪琴
封面设计：仙　境　李　洁
出版发行：湖南文艺出版社
（长沙市雨花区东二环一段508号　邮编：410014）
网　　址：www.hnwy.net
印　　刷：三河市天润建兴印务有限公司
经　　销：新华书店
开　　本：875mm × 1230mm　1/32
字　　数：275千字
印　　张：11.25
版　　次：2016年12月第1版
印　　次：2025年1月第9次印刷
书　　号：ISBN 978-7-5404-7842-1
定　　价：62.00元

若有质量问题，请致电质量监督电话：010-59096394
团购电话：010-59320018